knight, Saint & Nika

「騎士と聖者の邪恋」

Chara

騎士と聖者の邪恋

宮緒　葵

キャラ文庫

この作品はフィクションです。
実在の人物・団体・事件などにはいっさい関係ありません。

目次

口絵・本文イラスト／ｙｏｃｏ

「行くのか」

錆《さ》びかけた扉の取っ手を握ろうとした瞬間声をかけられ、ニカは振り返った。

鎧戸《よろいど》の隙間《すきま》から差し込む朝日の中、佇《たたず》んでいるのは祖父のゼオだ。若い頃樋熊《ひぐま》と格闘した際に負ったという大きな傷が斜めに走る浅黒い顔は厳《いか》めしく、老いを感じさせない肉体は筋骨隆々として逞《たくま》しい。

女子どもなら泣き出しそうだが、実は必要以上の争いを好まない穏やかな気性の主だとニカは知っている。生まれてすぐ両親と死に別れたニカを十八歳になるまで育ててくれたのは、ゼオなのだから。

もっとも筋肉は付いていても体格には祖父ほど恵まれず、肌も淡い褐色で、粗削りながらなかなかの美形だと幼馴染《おさなじ》みから言われるニカはゼオとはまるで似ていない。唯一同じなのは、短く切った黒髪と榛《はしばみいろ》色の瞳くらいだ。

「祖父《じい》さん、起きたのか」

猟師の朝は早いが、まだ太陽が稜線《りょうせん》から顔を覗《のぞ》かせたばかりだ。暖炉《だんろ》には火が入れられておらず、祖父と孫二人でつつましく暮らす小屋は冷え切っている。もう少し眠っていて良かったのにと思い遣《や》れば、ゼオは未熟なスグリの実でも頬張ってしまったように顰《しか》め面《つら》をした。

「田舎育ちの孫が王都に出ようってのに、のんきに寝こけてるジジイが居るか。…ほれ、餞別《せんべつ》だ。持って行け」

ゼオは二つに割れた顎で隅のテーブルをしゃくってみせる。そこに置かれていたのは一振りの剣と小型の弓、そして小さな革袋だった。昨日は無かったから、ニカが眠ってから用意してくれたのだろう。

「祖父さん、これは…」

もらうわけにはいかないと、ニカは即座に断ろうとした。

上質ななめし革の鞘《さや》に収められた鋼の剣はゼオが傭兵《ようへい》時代に愛用していたもので、今も手入れを欠かしていないのを知っている。弓は狩猟の道具だし、革袋の口から覗いているのは銀貨だ。物々交換が主流の片田舎ではせいぜい銅貨までしか使わないから、わざわざ行商人に毛皮でも売って都合してくれたのだろう。どれも自分には分不相応だ。

「持って行け。お前には必要なものだ」

「…だが、祖父さんの大切なものだろう？　それにこんなたくさんの金…」

「剣は使われなけりゃ意味はねえ。ここいらと違って、都会は金が無けりゃあ何も出来ねえんだ。飯を食うにも宿を取るにも事欠く有様じゃあ、ティラの小娘を探し出すなんざ夢のまた夢だぞ」

若い頃は王国じゅうを旅していたというゼオの言葉には説得力があった。生まれてから一度も村から出たことの無いニカだ。ここは先達に従うべきだろう。

「……では、ありがたくもらっておく。この礼は」

「ンなもん要らん。お前は無事に帰って来ることだけ考えておけ」

腕を組んだままそっぽを向くのはゼオ流の照れ隠しである。ニカは苦笑し、剣をベルトに吊《つ》った。弓は矢筒と一緒に背中に装着する。銀貨の詰まった革袋を持っていた鞄《かばん》に入れ、マントを羽織れば準備は完了だ。

「ふん…、なかなかさまになってんじゃねえか」

ゼオがにやりと唇を吊り上げる。祖父から剣の手解《てほど》きを受けてはいたが、修練に使うのはもっぱら樫《かし》の木を削った木刀ばかりで、本格的な剣を佩《は》くのは初めてだった。ずっしりとした重さが妙にしっくり馴染むのは祖父の血のおかげだろうか。だとしたら嬉《うれ》しい。

「ありがとう、祖父さん。…行って来る」

「ああ。気ぃ付けてな」

ふもとの村に下りる時と同じ気軽さで見送られ、ニカは今度こそ小屋を出た。凍《い》てつくような朝の空気がいつもより熱を帯びた頬に突き刺さる。

……待っていろよ、ティラ。必ず見付け出してやるからな。

ニカは幼馴染みの少女の面影を思い浮かべ、霜の下りた土を踏み締めながら山すそへ下りて行った。

聖神《せいしん》の祝福を受けし王国、トラウィスカ。

三百年ほど前までは褐色の肌の民、ティークが細々と暮らしていた土地を白き肌の民、ノウムが侵略し、打ち建てた国だ。ティークも武器を手に反抗したが、数多《あまた》の氏族に分かれていたティークには大軍を纏《まと》め上げる指導者が存在しなかった。王族を筆頭に強大かつ先進的な魔術を用いるノウムはティークをあっという間に各個撃破し、新たな支配者となったのである。

ノウムの王族は聖神イシュティワルドの加護を受けていた。イシュティワルドは寵愛《ちようあい》する王族に無限の魔力を授けるのだという。そのため総じて高い魔力を持つノウムの中でも王族の魔力はけた違いで、白金色の髪を持つ者が多く生まれるのだ。

体内の魔力が高ければ高いほど、髪の色は淡くなっていく。黒髪や焦げ茶の髪がほとんどのティークは魔力を持っていたとしてもごくわずかであり、魔術は使えない。ノウムの貴族には金髪の者が多いが、白金の髪が生まれるのは王族だけだ。そのため白金色の髪は王族の証《あかし》とされる。

三百年も経《た》てばノウムとティークの血は混ざり合い、庶民では双方の血を引く者の方が多くなってきた。だが貴族は高い魔力を維持するため、純血を保ち続けている。国土が他国に踏み荒らされそうになった時、戦うのは貴族の義務なのだ。戦場では高い魔力からくり出される高火力の魔術こそが大きな武器になる。

生まれつき強大な力を有していると、殴られる前に殴ってやりたくなるらしい。代々の国王は好戦的な人物が多かった。

ニカが片田舎の山村に生まれた十八年前も、国王エミディオは隣国に攻め入っていた。ニカの父親は高額の報酬目当てに兵に志願したがあえなく戦死してしまい、母もニカを産んですぐ亡くなっていたため、ニカは父方の祖父ゼオに育てられることになったのである。

ゼオは村から離れた山小屋に住まい、猟師として生計を立てていた。かつては各地を転戦する凄腕《すごうで》の傭兵だったそうだが、寡黙《かもく》な祖父からその頃の話を聞いたことはほとんど無い。ゼオは生きていくすべを徹底的に実地でニカに叩《たた》き込んだ。罠《わな》の仕掛け方も獲物の仕留め方も食べられる植物の見定め方も、剣の振るい方も、全てゼオに教わったのだ。

元々人嫌いだったゼオだが、ニカが六歳になる頃にはよほどのことが無い限り村にも近付かなくなっていた。そのため村人と交流したり、祖父が狩った肉や毛皮を行商人に持ち込むのはもっぱらニカの役割になった。

『昔はここまでじゃなかったのに、歳《とし》を食って偏屈に磨きがかかっちまったのかねえ』

村人たちはそう言って憐《あわ》れみつつも、ニカを遠巻きにし見ていた。

虐《いじ》められたわけではなく、話しかければ無視もされなかったが、なるべく関わりたくないという空気を幼心にもひしひしと感じた。まれに遊んでくれる子が居ても、次に会うと『お母さんが遊んじゃ駄目って言うから』と逃げていってしまった。追いかけて理由を聞いてみたこともあるが、答えてはもらえなかった。

心に虚《うろ》を感じつつも、穏やかに暮らしていけたのは祖父のおかげだ。

祖父はしょんぼりと帰って来たニカを甘やかしたりはしなかったが、森の獣を木彫りでこしらえてくれたり、ねだられるがまま様々な国々の話もしてくれた。そのうちとろとろとまぶたが落ちてきて、藁《わら》のベッドに運ばれ、ぐっすり眠って起きると温かいミルクを差し出してくれる祖父にニカは大きな愛情を感じていた。

絶え間無く続く戦のせいで税金は上がり続け、どこの村も負担に喘《あえ》いでいるのだ。貧しい村人の子が養ってくれる親を失えば、奉公と称して売り払われるのが普通である。厄介者の自分を祖父が引き取ってくれたのは、大きな幸運だった。

祖父と共に山の獣を狩り、時折村に下りて生活に必要なものを購《あがな》う。そんな日々に何の不満も持たず過ごすうちに、ニカは十八歳になった。村では大人と看做《みな》される年齢であり、同じ年頃の男女は所帯を持ち、子を持つ者も珍しくない。

ニカにも結婚したいと願う相手が居た。幼馴染みのティラだ。ニカより一つ年上のティラは村一番の美女と名高く、わがままなところもあるが、根は素直で優しい娘だとニカは信じていた。ニカを避けず、親に止められても遊んでくれたのはティラだけだ。

『みんなあたしのこと綺麗《きれい》だってちやほやしてくれるけど、本当のあたしを見てくれるのはニカだけ。一緒になるならニカがいい』

そう言ってくれた時には本当に嬉しかった。だから二年前、一度でいいから王都を見たいと望む彼女を快く見送ったのだ。毛皮を売って得た金と、行商人から買った銀の指輪を餞別に持たせてまで。混ざり物が多くくすんだ色の安物だが、ティラは涙を流して喜んでくれた。

王都ではティラの親戚が小さな食堂を営んでいる。そこに住み込みで働かせてもらいながら王都の生活を満喫し、一年経ったら必ず村に帰ってニカと結婚する。ティラはそう約束してくれた。

ニカはその言葉を信じて待ったが、一年が経ってもティラは帰って来なかった。最初はまめに届いていた手紙も途絶え、こちらからの便りに返信も無い。

『きっと王都でいい男でも出来たんだろう』

『最初から戻らないつもりだったんだ。可哀想《かわいそう》に、ニカは騙《だま》されたんだよ』

村の人々は無責任に噂《うわさ》し、誰もティラを心配しない。

とうとう二年が経ち、十八歳になったニカは決意した。王都へ赴き、ティラを捜そうと。

都会は華やかだが危険も多いとゼオは言っていた。ティラは何かの犯罪に巻き込まれてしまったのかもしれない。だとしたら助けてやりたい。彼女と共につつましくも穏やかな家庭を築くためにも。

村人たちも今回ばかりはニカを止めたが、ゼオだけは別だった。

『これも宿世の定めというものか』

不思議なことを言いながら、このあたりを巡る乗合馬車の存在を教えてくれたのだ。トラウィスカは広く、王都までは徒歩で五日はかかる。野宿では野盗の心配もしなければならないが、乗合馬車なら二日でたどり着ける上、夜は宿場町に留《とど》まるから安全も確保出来るし、道に迷う心配も無い。

そんな便利な乗物があるのかと、初めて聞いた時には感動したものだ。木々の生い茂る山での移動は己の足に頼るのが前提で、村には荷運び用のロバくらいしか居なかったから。

自分が不在の間は負担をかけてしまう。これ以上迷惑はかけないよう祖父の起きる前に出立するつもりだったのだが、ゼオにはお見通しだったらしい。それともニカがわかりやすすぎるのか。お前の動きは良くも悪くも素直すぎる、もっと狡賢《ずるがしこ》くなれと剣の修練中はしょっちゅうどやされた。

……にしても、祖父さんはどうして剣なんて教えてくれたんだ？

疑問を浮かべながら放った矢は、木陰から突進しようとしていた猪《いのしし》の目に命中した。たまらず転がったところにとどめの矢を打ち込んでやる。猪は何度か大きく跳ねたが、やがて動かなくなった。

「すっげえな、兄ちゃん！」

「こんなでっかい猪を、弓だけで仕留めちまうなんて！」

　わっと歓声を上げたのは、馬車の陰に隠れていた乗客たちだ。

　山小屋を出たニカは首尾よく乗合馬車を捕まえ、順調に街道を進んでいた。だが森のほど近くで昼休憩を取ることになり、御者が馬車を停めたとたん、眼を血走らせた巨大な猪が森から現れたのだ。

『馬車に隠れろ！』

　逃げ惑う乗客たちに叫び、ニカは迷わず矢を番《つが》えた。恐れは無い。猪は何度も狩ったことがある。ニカが仕留めてきた中でもかなり大きいが、木の根に足を取られる森の中に比べたら、視界も開けた平地での狩りは楽なものだ。

「ありがとうな、兄さん。おかげでお客さんも馬車も無事だったよ」

　初老の御者が帽子を取り、ぺこぺこと頭を下げた。猪の突進をまともに喰《く》らったら、粗末な造りの馬車など簡単に破壊されてしまっただろう。

「構わん。出来ることをしただけだ」

　ニカは弓を背に戻し、横たわる猪の骸《むくろ》の前で瞑目《めいもく》した。

　つかの間、猪の魂が安らかであるよう祈る。猟師にとって獣は命のやり取りの相手であり、己を生かしてくれる恩人でもある。

「しっかし、なんで猪がこんなとこに出て来たんだろうな。前にここを通った時は静かなもんだったし、だから休憩場所に選んだんだが」

「…縄張り争いに敗れたんだろう」

ぼやく御者に、ニカは猪の下顎を指差した。そこから生えた長く鋭い下牙は、よく見れば先端が欠けている。潰《つぶ》れた鼻面には傷が刻まれていた。この猪は森の中での争いに負け続け、どうしようもなくなって人間を襲ったのだろう。

「負け続けた？　こんなでっかくて強そうな猪が？」

「たぶん、熊にやられたんだ」

さすがの猪も、食物連鎖の頂点に君臨する熊には敵《かな》わない。それは猪もわかっているので、可能な限り避けようとする。

にもかかわらずこの猪が森を追い出されるに至ったのは、おそらく熊が繁殖しすぎたせいだ。支配者が増えたことで、猪の生息領域が激減してしまったのだろう。

御者は薄くなった髪を悔しそうに掻《か》きむしった。

「熊が…。くそ、領主様のせいだな」

「領主？」

「ああ。そこの森は近くの村の猟師の狩場なんだが、村の男が皆ここいらの領主様に徴兵《ちょうへい》されちまったんだ。もちろん猟師もな」

猟師が狩るのは主に鹿や兎《うさぎ》、雉《きじ》などだが、遭遇すれば熊を仕留めることもある。毛皮も肉も肝も高く売れる熊は、獲物としては極上だ。その分狩りは命懸けになるが。狩る者が居なくなれば、天敵の存在しない熊の繁殖には歯止めがかからなくなる。今、森の中は生き物の数の均衡が崩れ、乱れているのだろう。いったん崩れてしまった均衡はそう簡単には戻らないし、猟師も危なくてなかなか足を踏み込めない。

「男たちはいつ帰るんだ？」

「当分は無理だろうよ。王様は戦が大好きだし、領主様は王様に媚《こ》びを売りたくてたまらないんだから」

ニカが生まれた頃隣国に攻め入っていたエミディオ王は、今はトラウィスカの北に位置するヴォラス諸侯連合国に攻め込んでいる。

富裕な諸侯が共同統治する国土はトラウィスカの一部となったかつての隣国よりはるかに広大で、北端には大陸間交易の中継地として巨大な港が栄える。内陸部には肥沃な穀倉地帯を抱えており、大陸で最も富める国と謳《うた》われていた。

そんな国が素直に屈服するわけがない。連合国を治める諸侯は潤沢な軍資金に物を言わせて大陸じゅうから傭兵を集め、トラウィスカ軍を迎撃させた。全員が強力な魔術を操るトラウィスカの騎士団は大陸屈指の精強さを誇るが、その数は軍全体の二割ほどで、残り八割は各地の王領から徴兵されてきた魔力を持たない一般の兵士である。

財力に勝るヴォラスと魔術という最強の武器を持つトラウィスカ。二国の争いは膠着《こうちゃく》化し、お互い決め手に欠けるまま睨《にら》み合っている状態だと御者は嘆く。

「ここの領主様みたいに王様に媚びたい貴族が領民を兵に差し出し、前線の兵が減らないせいで争いも終わらないいんだ。皮肉なもんだよ」

「…そうなのか。あんたは物知りだな」

戦好きなエミディオ王のせいで皆の暮らしがたちゆかなくなりつつあることは知っていたが、詳しい情報を耳にしたのは初めてだ。ニカが素直に感動すると、御者は呆《あき》れを露《あら》わにした。

「おいおい、このくらいティークの庶民だって常識だぞ。あんたはいいとこの坊ちゃんなのに、王様がどこと戦ってるのかも知らなかったのか？」

「俺はただの物知らずの田舎者だ」

ずっと山奥で暮らしてきて、村の外に出たのは初めてだと告げると、御者は目を丸くする。

「そうなのか？ てっきり貴族に近い家の坊ちゃんが、お忍びで旅でもしているのかと思っていたんだが」

「…何故《なぜ》だ？」

「だってあんた、お貴族様ほどじゃないが肌の色も薄いし、よく見りゃ顔も品があるし、剣も持ってるだろ。飾り気は無いがずいぶんいい剣だ。庶民が持てるものじゃない」

そんなふうに思われていたのかと、今度はニカが驚く番だった。

肌の色はゼオや村人たちに比べれば確かに薄いが、取り立てて気にしたことは無い。村の外には同じような人間がたくさん居ると思っていた。しかし御者の口振りでは、なかなか珍しいものらしい。

「……実は、あたしもそう思ってた」

おずおずと言い出したのは若い女の乗客だ。つぎはぎだらけのスカートの陰から興味津々《しんしん》に顔を覗かせる女の子は、面差しが似ているから娘だろう。休憩前はしきりにニカに話しかけようとしていたが、必死の形相の母親に止められていた。村から出ても同じ目に遭うのかと、少し寂しく思っていたのだ。

「お貴族様とつながりのある坊ちゃんのご機嫌を損ねたら、あたしたちの首なんてその剣で簡単に刎《は》ねられちまうんだろうって」

「それにその弓の腕前だって尋常じゃねえ。名のあるお師匠様に習ったんだろ?」

粗末な旅装の男が加わり、他の乗客たちもうんうんと頷《うなず》くのでニカは驚いてしまった。

「弓を教えてくれたのは祖父さんだ。剣も祖父さんからもらった」

祖父は元傭兵の猟師で、愛用していた剣を餞別にくれたのだと説明するのにだいぶ手間取った。何せ複数の人間相手に喋《しゃべ》ることなどめったに無い暮らしを送ってきたのだ。途中で質問を挟まれたりするととたんにまごついてしまう。

だがむしろその反応によって、乗客たちはニカが生粋の庶民だと信じてくれた。貴族やその関係者ともなれば、数多の召し使いにかしずかれるのが普通だそうだ。

「……ああ……、そう、なるほど。幼馴染みを捜すため、王都にねえ……」

「金と指輪までもらって、一年で戻るって約束したのに、二年も戻らない女をねえ……」

旅立ちの事情を聞くなり、御者と旅装の男は慈愛と憐憫《れんびん》の入り混じった妙な表情になった。

他の乗客たちも同じような顔をしている。

「それってどう考えても、金だけ巻き上げられてフガッ」

「しっ！　男の純情を傷付けるんじゃない！」

何か呟《つぶや》こうとした若い男を、連れの乗客が小突いて黙らせる。幼いなりに空気を読んだらしい女の子が、母親のスカートの陰からとてとてと歩み寄ってきた。

「だいじょうぶよ、おにいちゃん。おっきくなったらわたしがお嫁さんになってあげるからね」

「これ…っ…！」

青ざめる母親を振り返りもせず、女の子はじっとニカを見上げている。故郷ではありえなかった、純粋な好意が嬉しくて、ニカはしゃがんで女の子のぱさついた髪をぽんと撫《な》でる。

「そうか。ありがとうな」

「…、うんっ！」

破顔する女の子の後ろで、何故か母親までもが頬を染める。具合でも悪くなったのかと心配するニカは、自分が優しげな微笑《ほほえ》みを浮かべていることに気付いていなかった。

「…兄さん、王都では気を付けなよ。都の女は怖いからな。幼馴染みを見付ける前に喰われちまうぞ」

「……？　ああ、そうしよう」

御者の忠告を、ニカは首を傾《かし》げながらもありがたく受け取った。ゼオに鍛えられた自分を打ち倒せる女などそうそう居ないと思うが、ゼオいわく危険の多い王都だ。樋熊並みに屈強な女もひそんでいるかもしれない。気を引き締めなければ。

「さて、ろくに休めなかったがそろそろ出発しようか。また獣に襲われるかもしれないからな」

御者の提案に反対する者は居なかった。熊でも出て来たら、乗客たちを守りながら仕留めるのは難しい。猪の骸は森から獣を呼び寄せないよう、近くの川に沈めておいた。肉や毛皮は惜しいが、血抜きをする時間も取れないのだから仕方が無い。

再び押し込められた狭い車内の居心地は、乗客たちがにこやかに話しかけてくれるのでさっきよりもずっと良かった。

会話は得意ではないが、人の話を聞くのは好きだ。ティラが王都に旅立つ前は、もっぱら彼女のお喋りに相槌《あいづち》を打つのがニカの役割だった。

そのおかげで、祖父との暮らしでは身に着かなかった知識や情報を色々得ることが出来た。

やはりニカくらい薄い色の肌は庶民には珍しいらしい。王都の人間は目敏《めざと》いので、ニカを見たら貴族か富裕な商人の子だと判断するだろうということだった。

最近では商人が援助と引き換えに没落貴族の娘を娶《めと》ることが多く、ニカのような子が生まれやすいのだそうだ。亡き両親もゼオも庶民だから、ニカの場合は祖先の誰かがノウムで、たまたまその血が色濃く出ただけだろう。

武術を習うのは基本的に貴族の子弟だが、庶民も帯刀を禁じられているわけではない。終わらない戦のせいでどこも治安が悪いため、武器を携える庶民は多いそうだ。馬車の乗客たちもほとんどが小型のナイフを持っていた。

しかしニカのものほど大型の剣を装備するのは、やはり騎士や傭兵といった戦いを生業にする者だけのようだ。騎士はともかく、素行の悪い者が多い傭兵は市民から忌避される存在らしい。普段はなるべくマントに隠しておくべきだろう。

「王都は人が増え続けてるから、人探しは難儀するだろうね」

そう教えてくれたのは女の子の母親だ。男手を戦に取られた地方の村は残された女子どもだけでは暮らしていけなくなり、働き口を求める人々が王都に殺到しているのだという。

「かく言うあたしもその口なんだ。この子の父親が兵隊に連れて行かれちまったまま戻らなくてね。王都なら学の無いあたしでも母子二人、何とか食べてくらいは稼げると思ってさ」

苦く笑う母親の横で、女の子は木彫りの小鳥と楽しそうに戯《たわむ》れている。さっきの休憩地に落ちていた枯れ木の枝を、ニカが小刀で彫り上げたものだ。

「…そうか。働き口が見付かるといいな」

女の子が自分と似たような境遇とわかり、ニカの心は痛んだ。ニカの父は自ら進んで兵士になったが、女の子の父親は領主の身勝手に巻き込まれたのだ。ニカと違って父の記憶が残っている分、寂しさはつのるだろう。せめて王都では平穏に暮らせるといいのだが。

「あらまあ、この子ったら」

女の子を見遣った母親が苦笑した。女の子がこっくりこっくりと船を漕《こ》いでいたのだ。座席からずり落ちそうになりながら、木彫りの小鳥をしっかり握り締めているのが可愛《かわい》らしい。

「疲れちまったんだろうね。父親くらいの男の人と遊んでもらったのは、久しぶりだったから」

……そうか。早めに結婚していたら、俺もこれくらいの子が居ておかしくないんだな。

娘にショールをかけてやる母親がティラに重なる。意地っ張りで見栄っ張りだが、心根の優しいティラはきっといい母親になったはずだ。

女の子は母親の膝に頭を乗せられ、髪を撫でられるうちに寝息をたて始めた。眠気が移ったのか、ニカまで眠くなってくる。

――ニカ。助けて……。

まどろみの中、左胸を真っ赤に染めたティラが涙を流していた。必死に伸ばした手は届かず、ニカはまた心の虚が広がるのを感じた。

翌日。

宿場町を出てしばらく進んだ後、ニカは街道の途中で乗合馬車を降りた。

ずっと乗っていれば王都に送り届けてくれるのだが、王都周辺をこの目で確かめようと思ったのだ。ティラを見付け出すまでは王都で暮らすことになる。狩場周辺の地理を確認しておくのは猟師の性のようなものだ。王都までは一本道だそうだから、迷う恐れは無い。

短い間共に過ごしただけだったが、馬車の乗客たちは皆ニカとの別れを惜しんでくれた。御者は『助けてもらったお礼に』と食料を分けてくれたし、女の子は木彫りの小鳥をぎゅっと抱き締め、ニカが見えなくなるまで手を振ってくれた。

たくさんの人々と接するのは思いがけず楽しかったが、一人になると知らぬ間に強張《こわば》っていた肩から力が抜けた。やはり自分は単独行動が性に合うようだ。

「……立派なものだな」

とん、と街道を踏み締める。

ニカの村周辺を走っていた頃は土が剝《む》き出しでところどころぬかるみ、揺れも酷《ひど》かったが、王都に近付くと石で舗装《ほそう》されたなめらかな道に変わった。軍隊や隊商を移動させやすくするため、歴代の王が整備させていったのだそうだ。道の幅は二台の馬車が行き違えそうなくらいあり、よくよく見れば敷き詰められた石はあちこち剝《は》がれ、隙間から草が伸びていた。

ニカがあたりの木々の配置を記憶している間にも、何台もの馬車が通り過ぎていく。

車窓から覗く人々の顔色は一様に暗い。あの母親のように、働き口を求めて王都へ向かうのだろうか。

街道周辺は平らに均《なら》されているが、少し脇に逸《そ》れると林が広がっている。そっと足を踏み入れてみると、入り口に見慣れた草が生えていた。ゼオが教えてくれた、血止めの効果のある薬草だ。

かがんで摘み取ろうとしたとたん、ちりっと首筋に痛みが走り、ニカはとっさに背後へ飛びすさった。一台の馬車が木々の隙間から突進してきたのは、その直後だ。

「ヒッ、ヒイイッ！」

御者は恐怖に顔を引きつらせ、手綱を放してしまっている。制御を失った馬は口から泡を噴きながら、林の奥へと進んでいく。その先には樫の大木がそびえているが、血走った目には映っていまい。

ニカはとっさに木に登り、御者の隣に飛び下りた。泣き喚《わめ》いている御者から手綱を奪い取り、ぐっと引っ張る。

「落ち着け、……落ち着け！」

馬は首を大きく振って暴れたが、すぐに大人しくなった。

元々よく躾《しつ》けられた賢い馬なのだろう。ぶるる、と鼻を鳴らし、こちらを振り返る大きな瞳には、人間に対するいたわりすら滲《にじ》んでいる。

そんな馬が我を忘れるほど暴走したのには当然、理由が存在する。

「あ、あああああ、あんたは？」

「黙っていろ。……来るぞ」

ニカはがくがく震える御者に手綱を返し、御者台から下りた。街道の方から、木々の隙間を縫うようにして異様な風体の男たちが現れる。

あっという間に馬車を包囲した彼らの数はざっと二十人ほど。皆垢《あか》じみた服の上に革鎧を纏い、上等とは言えない剣や弓を構えている。

「やぁーっと追い付いたぜ。手間かけさせやがって」

ざんばらな黒髪の男が剣を無造作に担ぎ、黄ばんだ歯を覗かせて笑った。どうやらこの男が集団の頭のようだ。

「……誰だ、お前たちは」

ニカは今にも卒倒しそうな御者の代わりに問いかける。

一瞬の後、男たちは爆笑した。

「俺たちに向かって『誰だ』だってよ！」

「おいおい兄ちゃん、どこの田舎者だあ？」

「よく見りゃ肌もなかなか白いし、こいつも高く売れるんじゃないか？」

だみ声の合唱に御者は失神しそうになるが、ニカは眉一つ動かさない。予想外の反応に戸惑ったのか、黒髪の男がぐいと顎を突き出した。

「兄ちゃんよお、俺らはここいら一帯を縄張りにしてるもんだ。ここらへんを通る馬車は俺らに通行料を払うのが決まりなんだが、そいつがばっくれようとしたんで追いかけてきたのよ」

御者はぶんぶんと首を振っている。やはりそんな決まりは存在しないらしい。この馬車は街道を走っていたところを襲われ、人目の無い林に追い込まれたのだろう。

と言うことは——。

「…お前たち、賊か」

乗合馬車の乗客たちが言っていた。騎士団が戦に狩り出されるせいで王都周辺の治安も悪化しつつあり、旅人を狙《ねら》う賊が増えているのだと。

「だとしたら何だって、ん…、…っ⁉」

黒髪の男が言い終える前に、ニカは袖口に仕込んでいた小刀を放った。

よく研がれた刃は男の喉笛に深々と突き刺さる。男の仲間たちには、頭が突然首から血を噴き出しながら倒れたようにしか見えなかっただろう。

「か、頭ぁっ！」

「テメェ、まさか魔力持ちか!?」

……魔力？

そんなものが無くても、身を守ることくらい出来る。

ニカは祖父から譲り受けた剣を抜き、男たちに斬りかかった。一人で多数に立ち向かう時には、相手が混乱しているうちになるべく数を減らす。ゼオの教えだ。

「……ぎゃああっ！」

矢を射ようとしていた男を斜めに斬り下ろす。

骨と肉を絶つ鈍い感触が伝わってくるが、胸がざわついたのは一瞬だった。

命のやり取りの間には何の感情も疑問も抱いてはならない。考えるのはただ、己が生き延びることだけ。

……本当に、何故なんだ？

猪を仕留めた時と同じ疑問がぶり返す。何故ゼオはニカに剣を教えたのか。獲物を狩るのに剣は役に立たない。剣が役立つのは、同じ人間を相手にする時だけだ。

そう、今のように。

……祖父さんには、わかっていたのか？

いつかニカが村を出て、人間と戦うはめになるということが。

「……こいつ、強いぞ！」

「けど一人だ、囲んでやっちまえ！」

ようやく衝撃から立ち直った男たちがめいめいの得物を手に動き出す。

左右から斬りかかられると同時に背後からも殺気を覚え、ニカはとっさに木陰に身を滑り込ませた。どすどす、と何本もの矢が幹に突き刺さる。

数にものを言わせて攻められたらこちらの分が悪い。せめて弓だけでも排除出来れば…。

「──シルヴェスト様、おやめ下さいっ！」

神経質そうな悲鳴が響いたのは、ニカが乾いた唇を無意識に舐《な》めた時だった。

固く閉ざされていた馬車の扉が開き、中から一人の男が降り立つ。

白いローブを目深にかぶっているせいで顔はわからないが、長い裾をひらめかせながら振り向く仕草が何とも優美だ。殺気立った賊がつかの間ニカの存在を忘れ、視線を釘付《くぎづ》けにされてしまうほどに。

その隙を見逃すニカではない。剣の代わりに弓を構え、放った矢は無防備に立ち尽くしていた賊の背中に命中する。

「…こっ、この野郎！　打て、打っちまえ！」

仲間が倒れるところを目の当たりにした賊が、だみ声を張り上げた。矢を番えようとした射手たちを、白いローブの男が睥睨《へいげい》し──。

「光の槍《やり》よ」

――一言、呟いた。

雪解けの小川のせせらぎ、クロツグミのさえずり、薫風《くんぷう》に揺れる木々のざわめき。今までニカが耳にしてきたどんな音よりも麗《うるわ》しく、なまめかしい声音を賛美するかのように黄金の光が弾《はじ》けた。光は空中で何本もの槍と化し、射手たちの胴を貫いていく。

「……ま…っ、まっ、魔力持ちだ！」

「怯《ひる》むんじゃねえ！　魔力持ちってことは貴族だ。馬車ん中はお宝がたんまりだぞ！」

賊は及び腰になりつつも襲いかかろうとするが、飛び道具さえ始末されればもはやニカに怖いものは無い。抵抗する賊たちを祖父の剣でなぎ倒していく。

白いローブの男はニカの動きに驚いたようだが、絶妙の間合いで光の槍を放ち、ニカを補佐してくれた。

……これが魔術か。

魔術を使えるのはノウムの貴族だけだから、この目で見るのは初めてだ。

獲物を追尾し、鎧をバターか何かのようにやすやすと貫く理不尽な力。

ティークがあっさり征服されるわけだ。ノウムの貴族が純血を保ちたがるわけだ。

「ま…、……参った！」

半数以上がニカの剣か弓、あるいは光の槍によって倒されるまでさほど時間はかからなかった。残る半数は武器を捨て、両腕を頭の後ろに回してひざまずく。

「木に縛り付けておきましょう。王都に着いて騎士団に報告すれば、回収に来てくれるはずですから」

どうする、と眼差《まなざ》しで問うたニカに白いローブの男は提案し、掌《てのひら》を叩いた。

すると馬車の中から三人の男たちが次々と現れる。白い肌に、色味は違えど金色の髪――ノウムの貴族だ。ニカや賊を見回し、汚らわしそうに眉を顰《ひそ》める。

「この者たちを縛り付けておきなさい」

「私どもがでございますか？　そこのティークに命じれば良いではありませぬか」

口答えする男の神経質そうな声には聞き覚えがあった。さっき白いローブの男を止めようとしていた男だ。青い瞳にはニカも賊も蛆虫《うじむし》か何かのように見えているに違いない。

「命の恩人の手を、これ以上煩《わずら》わせるつもりですか？」

「…そこのティークだけが戦ったわけではございません」

「ええ、私も戦いましたね。私にしがみ付いて離れようとしない臆病者に代わって」

鋭い棘《とげ》を含んでも男の声はなお玲瓏《れいろう》として美しい。あれだけの魔術を操れるにもかかわらず、なかなか出て来なかったのは、金髪の男たちのせいだったようだ。

反論出来なくなった彼らは渋々と動き出し、賊を手近な木々に縛り付けていく。

「改めて、命を助けて頂いた感謝を」

男はニカに向き直り、優雅な手付きで白いローブを脱いだ。

……俺はまだ乗合馬車で居眠りでもしてるのか？

思わずそんな疑惑を抱いてしまうくらい、露わになった顔は整っていた。整いすぎていて、昔ゼオから聞いたことのある等身大の自動人形ではないかと疑いそうになる。

陶器の肌に砕いた真珠の粉を塗り、瞳には本物の宝玉を嵌《は》め込み、喉にかけられた魔術で雲雀《ひばり》のようにさえずるという貴族の道楽だ。製作には目玉が飛び出るほどの金がかかるらしい。

もっともどんなに優れた人形職人でも、この男を作り出すのは不可能だろう。慈愛と力強さを同居させた微笑みも、木漏《こも》れ日に溶けてしまいそうな淡い金色の長い髪も、炎を宿した紫水晶のような瞳も――生み出せるとしたら神だけだ。

「私はシルヴェスト。シルヴェスト・カルデナスと申します。危ないところをお助け頂きありがとうございました。貴方《あなた》のお名前を伺ってもよろしいですか？」

「……ニカだ」

相手は魔力を操る貴族である。へりくだらなければならないのはさすがのニカでもわかったが、そんなものはゼオからも教わっていないのだから仕方が無い。

幸い、シルヴェストは気にしていないようだ。少なくとも表面上は。

「ニカですね。心正しく勇気に満ちた神のしもべに、主の祝福があらんことを」

シルヴェストは襟の詰まった上着からロザリオをしゃらりと引き出し、宙に掲げた。ロザリオなら村の助祭が着けているのを見たことがあるが、こちらはおそらく本物の金だ。クロスの

中心には紅《あか》い薔薇《ばら》が三輪あしらわれている。

助祭のロザリオは確か一輪だけだった。優美なのに棘を持つ大輪の花は、どこかこの男を思わせる。

「それは何だ？」

「……知らないのですか？」

頷くと、シルヴェストは紫色の瞳をぱちぱちとしばたたいた。乗合馬車の中でも、乗客たちがよくそんな顔をしていたものだ。

「悪いな。村を出て来たばかりの田舎者なんだ」

「…そうでしたか。それにしては…」

シルヴェストは戸惑ったようだったが、すぐに優しげな笑みを取り戻した。

「いえ、そういうことでしたら無理はありません。ロザリオは聖教会の聖職者に与えられるものですが、位階が高い者ほど薔薇の数が増えるのです」

最下位の助祭が一輪で、そこから一輪ずつ増えていくのだという。司祭は二輪、司教は三輪、大司教は四輪、頂点に立つ聖皇《せいおう》が五輪。ということは…。

「つまり、あんたは司教様ってことか」

「はい。とあるお役目を果たすため商人に身をやつし、部下とひそかに行動していたのですが、王都への帰還の途中に襲われてしまい…。貴方が助けて下さらなかったら、聖皇猊下《げいか》のもとに帰れなくなるところでした。重ね重ねお礼を申し上げます」

木漏れ日が淡い金髪をきらきらと輝かせ、慈愛深い微笑みを神々しく彩る。聖神イシュティワルドは性別を持たぬ神とされるが、聖画では美しく母性に満ちた女性に描かれることが多く、決まって今のシルヴェストのような微笑みを浮かべている。

……ずいぶんと腰の低い坊さんだな。

聖神イシュティワルドを崇《あが》める聖教会は、トラウィスカにおいて国王に比肩する権力を握っている。ゼオの話では、国王すら聖皇にえらそうな口は叩けないのだそうだ。

だから聖職者たちはたいてい尊大で、村の助祭も村人たちから嫌われていた。だが助祭より二階級も上、しかもノウムの貴族であるはずのシルヴェストからは侮蔑《ぶべつ》の気配すら感じない。

……にしてもこの坊さん、何かに似てるような気がするんだが……。

「そうか。災難だったな」

何だったたか、と記憶を探りながら若干上の空で頷けば、シルヴェストの微笑みがほんの少しだけ強張ったようだった。恩人でもさすがに無礼を見過ごせなくなってきたのだろうか。どうせ今後出逢《であ》うことも無いだろうから大目に見て欲しい。

「…ところでニカ、見たところ貴方は旅の途中のようですが、どちらに行かれるところだったのですか？」

「王都だが」

「そうですか、それは良かった」

シルヴェストの笑みが我が意を得たりとばかりに深くなる。ううっ、と呻《うめ》き、恍惚《こうこつ》の表情を浮かべるのは生き残った賊たち…いや、シルヴェストの部下たちもだ。

「どうでしょう。私たちと共に王都へ来て頂けませんか？　ここでは満足なお礼も出来ませんから」

思わぬ提案だった。王都の聖職者であるシルヴェストの協力を得られれば、ティラの捜索の大きな助けになるだろう。何せこちらは右も左もわからない田舎者だ。この幸運を逃すべきではない。

迷ったのは一瞬だった。

「断る」

「……はっ？」

「俺はたまたま居合わせて、火の粉を払っただけだ。礼は要らん」

断られるなど欠片《かけら》も思っていなかったのだろう。ぽかんとする顔すらきらきら輝いている。

うん、と心の中でニカは頷いた。こんな眩《まぶ》しい男がしじゅう傍《そば》に居たら目がやられてしまいそうだ。『やたらときらきらした奴《やつ》らとはなるべく関わるな』と、ゼオも言っていた。

ふと見上げた空の太陽は中天に差しかかっている。だいぶ時間を費やしてしまったようだ。狩りで鍛えられたニカの目は暗闇も見通すが、出来れば日が落ちる前に到着しておきたい。

「…俺はそろそろ行く。気を付けて帰れよ」

きびすを返そうとして、ニカははっとした。絶句しているシルヴェストのきらきらしい顔を眺め回し、確信する。…そうだ、この色彩は…。

「ベルスだ」

「……ベルス？」

おうむ返しにするシルヴェストはどこか幼く、子どもの頃のティラを思い出させる。物言いがきついので誤解されやすいが、本当は繊細《せんさい》で傷付きやすい娘なのだ。一日も早く探し出してやらなければ。

シルヴェストの白い頬がうっすらと染まる。自分が淡く微笑んでいることにも気付かず、ニカは街道に向かって歩き出した。

「あの、シルヴェスト様。賊どもを縛り終えましたが……」

部下の一人がおずおずと話しかけてきて、シルヴェストはようやく我に返った。ニカと名乗った少年はとっくに立ち去ってしまっている。

……彼は、何者だ？

ノウムの血がかなり多く混じっているのだろうが、魔力を持たないティークだ。魔力の波動をまるで感じなかったし、髪と目の色からしても間違い無い。

けれどニカ自身が言っていたように、ただの田舎者だとはとうてい思えなかった。

「平伏しろ」

普段は抑えている魔力を解放しながら命じると、気位の高さで道中さんざん邪魔をしてくれた部下はさっと膝をつき、地面に額を擦《こす》り付ける。

…そう、これが本来あるべき姿なのだ。人はより強い魔力を持つ者に問答無用で従わされてしまう。

部下も貴族の端くれだからそれなりの魔力を持っているが、神の恩寵を受けたと謳《うた》われるほどのシルヴェストには及ばない。ましてや魔力を持たないティークなら、魔力を解放したシルヴェストに逆らえるわけがないのだ。

共に王都へ来るようニカを誘った時も、シルヴェストは魔力を抑えていなかった。だがニカは苦痛を感じた素振りも見せずに断り、さっさと行ってしまったのだ。謎の言葉を残して。

「……何なのだ？　ベルスとは」

高位聖職者としての知識と教養には無い言葉だ。つまり知る必要も無い言葉のはずなのだが、自分を見詰めていたニカの平凡な、だが未知の輝きを宿した榛色の瞳を思い出すと知りたくてたまらなくなる。

「……あの、司教様。ベルスは鳥の名前でございます」

「こら貴様！　シルヴェスト様に直言するとは何事か！」

おどおどと申し出た御者をもう一人の部下が怒鳴り付ける。一行の中の唯一のティークに部下たちは皆居丈高に振る舞っていた。ノウムばかりの一行では怪しまれるから、わざわざ交ぜたティークなのに。

「構いません。ベルスがどのような鳥なのか、教えてくれますか？」

呆れと侮蔑を微笑に隠して問えば、山里出身だという御者はぽうっと頰を上気させながら教えてくれた。

「人里離れた森の中に棲《す》み、雌《めす》は地味な茶色なんですが、雄はとんでもなく綺麗な金色の羽をしているんです。ちょうど司教様の御髪みたいに。鳴き声は聖神イシュティワルドの恩寵と謳われるほど澄んで美しくて、だから森の王とも呼ばれていて」

「ほう……」

わかりにくいが、つまりニカはシルヴェストの容姿を誉《ほ》めてくれたということなのだろうか。嫌な気がしないのが不思議だった。この身に浴びせられる賛辞を、いつもは辟易《へきえき》しながら聞き流していたはずなのに。

「…その、それでその」

「どうしました？　貴方を責めたりはしませんから教えて下さい」

シルヴェストが優しく促すと、言いよどんでいた御者は意を決したように口を開いた。

「……ベルスの雄は見た目と裏腹に気性がとにかく荒くて、羽根を狙って狩ろうとした奴の目ん玉突っついて撃退しちまうんです。私の故郷にも、ベルスに目をやられた奴が何人も居て」

「あ、あのティーク、何と無礼な……！」

「聖皇猊下のご信任篤《あつ》いシルヴェスト様を何だと思っているのだ⁉」

部下たちは怒り狂うが、シルヴェストはひそかに感心していた。さすがに目玉をくり抜いてやったことは無いが、それに近い仕打ちをしてやったことは何度もある。すっかり馴染んだ慈悲深い司教の仮面の下を、初めて出逢ったティークが看破するとは。

トラウィスカのそれなりに裕福な貴族家に生まれたシルヴェストは、優しい両親と規格外の魔力にも恵まれ、何不自由無い暮らしを送っていた。

だが世間知らずのお坊ちゃまでいられたのは十八年前、九歳の頃までだ。エミディオ王が隣国に侵攻し、将官として従軍した父が率いていた部隊ごと戦死を遂げてしまったのである。

そこからシルヴェストの運命は一転した。本来ならシルヴェストが継ぐはずだったカルデナス家の家督は父親が部隊を全滅させた罪を問われ、継承を許されなかったのだ。家族は離散し、引き取られた親族の家ではこの美貌ゆえにさんざんな目に遭った。

家督を継げない貴族の子弟はほとんどが聖職者か軍人を目指す。シルヴェストが選んだのは聖職者だった。シルヴェストに執着する親族も聖教会には手を出せないし、聖神イシュティワルドの加護の賜物《たまもの》とされる魔力に恵まれたシルヴェストにとって、軍よりは聖教会の方が居心地が良かったのである。

聖神イシュティワルドの御使い。

混ざり気の無い光に透ける金色の髪に神秘的な紫眼のシルヴェストを、周囲はそう褒《ほ》め称《たた》えた。王族の白金の髪は別格として、純粋かつ強大な魔力の証だからだ。王族を除けば、魔力量でシルヴェストに匹敵するのはほんの数人程度だろう。

この魔力と美貌のおかげで、シルヴェストは二十七歳にして司教の位まで上り詰めた。ニカは全く感銘を受けていなかったが、聖職者の大半は司祭止まりだ。至高の位である聖皇はたった一人、その補佐役の大司教は三人。司教はシルヴェストを入れても六人しか居ない。シルヴェスト以外の五人が五十を過ぎてようやく司教座に上ったことを鑑《かんが》みれば、シルヴェストの栄達がいかに早いかがわかるだろう。

実務段階における最高位たる司教の権力はなまじの貴族よりよほど強く、不興を買えばまともな暮らしを営めなくなる。王都の者なら庶民でも知っていることだが、ニカは故郷の村人と接するかのようにざっくばらんだった。

欠片も無礼に感じなかったのは、卑屈なところのまるで無い堂々とした態度ゆえか…それとも、無知なのに知性を秘めた瞳のせいか…。

「あ、あの、司教様？」

ためらいがちに呼びかけられ、シルヴェストは微笑みの仮面が脱げかけていたことに気付いた。軽いめまいを覚えながら、すぐにかぶり直す。

……何をやっているんだ、私は。

いくらニカが不思議な存在でも、聖皇から与えられた任務より優先すべきものなど無いはずなのに。

『宝物庫から聖剣が盗み出された』

王都大教会に召喚されたシルヴェストが聖皇から明かされたのは、一月ほど前だ。

聖剣とは聖神イシュティワルドが初代国王に授け、代々の王が代替わりの際に次の王に受け継がせてきた王位継承の証である。膨大《ぼうだい》な魔力を秘め、一振りで万の軍勢を滅すると伝わっていた。

聖剣は普段大教会の宝物庫に収められ、保管は聖教会に一任されている。宝物庫の鍵を持つのは聖皇のみだ。つまり聖皇が宝物庫を開けなければ王は王位を譲ることも出来ないということであり、聖教会の権威の裏付けにもなっていた。

その聖剣が盗み出された——しかも十数年ぶりに宝物庫を開けて盗難が発覚したため、いつ盗まれたのかも定かではないというのだから、控えめに言っても大失態だ。公になれば聖皇とて失脚は免《まぬが》れまい。

エミディオ王がヴォラス諸侯連合国の併呑《へいどん》に夢中なのが不幸中の幸いだった。王は停戦を主張する王太子フェルナンドと折り合いが悪く、当分の間は王位継承など考えそうにない。盗難に気付かれる前に聖剣を取り戻せば、盗難は無かったことに出来る。

シルヴェストと同じ考えに至った聖皇は、聖剣を秘密裏に探し出すようシルヴェストに命じた。大教会の不手際に舌打ちしつつも、シルヴェストは従容《しょうよう》と引き受けた。

この手で聖剣を取り戻せば聖教会内におけるシルヴェストの地位は盤石のものになる。少なくとも大司教の座は約束されたも同然だし、聖皇の座も遠くはない。聖剣を奪われた、その一大事を明かされた司教はシルヴェストのみだ。それは聖皇の絶大なる信頼と期待を意味するのだから。

人間に宿る魔力も物に宿る魔力もそれぞれ異なる紋様を帯びている。聖剣の魔力紋は聖教会に記録されているため、魔力紋をたどれば行方を追跡出来るわけだ。

そこでシルヴェストは聖剣の魔力紋を登録した探知機を携え、かすかな反応を追ってあちこちをたどったのだが、捜索は捗《はかど》らず、経過報告のため王都へ戻る途中で賊に襲われてしまったのである。

……よけいなお荷物さえ背負わされなければな。

聖皇が付けてくれた三人の部下は足手まといでしかなかった。ティークに対する侮蔑を隠そうともせず、あちこちで無用の揉《も》め事を起こしてくれたのだ。

賊に目を付けられたのも、この前の宿場町でぶつかってきたティークの商人に顔をさらし、怒鳴り散らしたせいだろう。おかげでニカに出逢えたわけだが…。

「……?」

またあの榛色の瞳を思い出してしまい、軽く頭を振った時だった。右手の中指に嵌めた指輪がほのかに温もりを帯びていることに気付いたのは。

そっとかざしてみれば、深い青だった石が青みがかった紫色に変わっている。

「……探知機が反応した?」

指輪に嵌め込まれた青い石は聖剣の魔力紋を登録した探知機で、聖剣に近付くほど青から赤へと色を変化させていく仕組みである。この一月の間、探知機がこれほど強い反応を見せたことは無かった。

賊に襲われる前も石は青かったはずだ。と言うことは……。

「——急ぎ王都に帰還します。馬車の状態は?」

シルヴェストが問うと、御者は身を縮こめた。

「も、申し訳ありません。木の根に引っかけたせいで車輪が外れかけちまってて、少し時間を頂きたいんですが…」

「何だと貴様、…っ…」

怒鳴り付けようとした部下を魔力で黙らせ、シルヴェストは優雅に微笑む。

「構いません。全力で飛ばせるよう、しっかりと修理して下さい」

ニカは王都へ行くと言っていた。今の王都は人で溢《あふ》れ返っているが、魔力紋をたどれば必ず探し出せるはずだ。

魔力すら持たないティークが聖剣を盗み出した犯人とは思えない。探知機が反応したのは、ニカが何も知らずにどこかで聖剣と関わったからだろう。ようやく得た重要な手がかりを逃してはならない。

見付け出していつものように籠絡《ろうらく》し、そして…。

「……絶対に逃がしませんよ、ニカ……」

神々しくも妖艶《ようえん》な笑みに、賊たちまでもがごくりと息を呑《の》んだ。


ひたすら歩き続けた甲斐《かい》あって、ニカは陽《ひ》が落ちる前に王都へたどり着いた。まずは入場を待つ長い列に並び、村長の邸よりも大きく堅牢《けんろう》そうな大正門をくぐると、思わず立ち尽くしてしまう。

「……でかいな」

王都は三層構造になっており、一番外側の第三層は庶民が、真ん中の第二層は富裕な民が、最も守りの手厚い内側の第一層は貴族が住まうのだと乗合馬車の乗客から教えてもらっていた。中心にそびえるのは王族の暮らす王城だ。

大正門からはかなり離れているが、いくつもの尖塔《せんとう》を首飾りのように連ねた壮麗な宮殿ははっきり見て取れた。間近で見上げたなら、きっと巨人の国に紛れ込んだ蟻《あり》の気分を味わえることだろう。

外側の層に住むのはほとんどがニカと同じティークの庶民だが、行き交う人々はこざっぱりとした服を纏い、若い娘は皆どことなく垢抜けている。

街中の道は小路にいたるまで石畳が敷かれ、そこかしこで市が開かれていた。四方八方から上がる威勢のいい掛け声やかん高い笑い声、言い争いの声などが混ざり合い、乾燥した空気をざわざわと揺らしている。

年に一度の夏祭りを百倍、いや千倍にしたかのような賑《にぎ》わい。これが王都の日常なのだ。

山の暮らしに染まったニカは人いきれを吸い込むだけでくらりとするが、ティラはきっと目を輝かせただろう。あの美しい幼馴染みはたくさんの人が集まる場所が何より好きだったから。

……やっと来たぞ、ティラ。すぐに見付けてやるからな。

まずはティラが働いているはずの親戚の店を訪ねてみよう。どんな店かは知らないが、確か名前は『山彦亭《やまびこてい》』だったはずだ。

ずり落ちかけていた鞄の肩紐《かたひも》を直し、ニカは前方から歩いてくる裕福そうな男に目を留める。

その背後を痩《や》せた十歳くらいの少女が付かず離れずの距離を保ちながら追っているが、考え事に夢中の男は気付いていない。どことなくティラに似た少女はにやりと笑い、追い抜きざま男がベルトにぶら下げた袋を抜き取る。

「――おい」

「きゃあっ⁉」

ニカは何食わぬ顔で離れていこうとした少女の背後に素早く回り込み、手首をひねり上げた。ちゃり、と袋から固い音がする。中身は金だろう。

「か、返してよ！　それはあたしのよ！」

少女は必死に暴れるが、樋熊も仕留めたニカの腕を振り解くのは不可能だ。騒ぎに足を止めた男が振り返り、あっと声を上げる。

「俺の財布じゃないか！　このコソ泥が、警備隊に突き出してやる！」

「っ……」

男の剣幕に、少女はびくりと身を震わせる。ニカは力の緩んだ手から袋をするりと奪い、男に突き出した。

「拾った」

「――は？　お前、何を言って…」

「あんたが落とした財布を、この子が拾ってくれたんだ。…そうだな？」

榛色の目を向けられた少女は悔しそうに唇を噛《か》みながらも頷いた。警備隊に突き出されるのがよほど怖いらしい。

「…拾ったってお前、ちょっとそれは…」

「事実を言っただけだ」

「いや、だから……」

男はこめかみを引きつらせる。納得出来ないのだろう。ニカとて男と同じ立場ならきっとそうだ。

だが男はニカがじっと見詰めているとだんだん縮こまってゆき、しまいには財布を受け取った。無言ですごすごと退散していく後ろ姿は、まるで樋熊に遭遇してしまった猪だ。

「…っ…、いい加減放してよ！」

「ああ、すまん」

じたばたともがきだした少女を、ニカは解放してやった。少女は尻餅《しりもち》をついたがすぐに起き上がり、ニカをぎろりと睨んでから駆け去っていく。

「お兄さん、お兄さん」

近くの露店で果物を並べる恰幅《かっぷく》のいい女が手招きをしてきた。素直に応じると、売り物の林《りん》檎《ご》をひょいと渡してくれる。

「これは？」

「あたしからのお礼だよ。久しぶりにすかっとさせてもらったからね」

女が言うには、さっきの男は元々この第三層の生まれなのだが、商売を成功させて第二層に移住したのだそうだ。しかし時折古巣に足を運んでは尊大に威張り散らすので、このあたりでは嫌われ者なのだという。

「…財布を盗られかけたのに？」

「本当に盗られてたっていい気味だよ。金なんて腐るほど持ってるんだろうし、あんな奴のせいで警備隊に突き出されたんじゃあ、あの子も可哀想だからね」

「あの娘を知っているのか？」

「最近見かけるようになった子だね。たぶん両親が死んじまって、王都にたどり着いたはいいけど、働き口にありつけず盗みをしてるんだろうよ。このあたりじゃそういう子は珍しくないんだ。王都じゃ人が余ってて、大人でも伝手《つて》が無けりゃ働けないからねえ…」

ニカは乗合馬車で出逢った母子を思い出した。あの母親も伝手など持ち合わせてはいないだろう。何とか暮らしていけるだけの働き口を見付けているといいのだが。

「何だ、ブラスのとこかい」

山彦亭について尋ねると、女は丁寧に道順を教えてくれた。昼間は食事を出し、夜になれば酒も出す食堂兼居酒屋だそうだ。女の亭主は常連客だという。

「この時間帯だと閉まってるかもしれないけど、リアナの紹介だって言えば入れてくれるはずだよ」

「そうか。……ありがとう、リアナ」

ニカはもらった林檎を軽く掲げ、店のある方へと歩き出した。無意識に浮かべた微笑みに女が真っ赤になっていることなど気付かぬまま、教えてもらった道筋をたどる。

注意して見れば、貧しげな身なりの人々が小路や物陰で息をひそめている。

さっきの少女はきっとニカを恨んでいるだろう。ティラに似た少女に盗みをさせたくなかった、というのはニカの身勝手に過ぎない。あの男は金に不自由していないのだから、見て見ぬふりをした方が少女のためだったのかも…。

考え事をしながら角を曲がると、赤い煉瓦《れんが》造りの店らしい建物があった。軒先にぶら下がった看板は風雨にさらされ色あせているが、どうにか『山彦亭』と読める。

「今準備中だよ！　陽が落ちてから出直してくれ！」

塗装の剝げかかった扉を叩くと、太い声が返ってきた。

「リアナの紹介で来た。時間は取らせないから、話を聞かせて欲しい」

「ああん？　リアナだあ？　……ったく……」

苛立《いらだ》たしげな足音が近付いてくるや、ばんっ、と扉が開け放たれた。現れた目付きの悪い男はニカの頭のてっぺんから爪先まで無遠慮に眺め回し、ほんの少しだけ眉間の皺《しわ》を緩める。

「……旅の人か。何の用だ？」

「ここで働いているティラについて聞きたいんだが、あんたがブラスか？」

ティラの名を出したとたん、頰を強張らせた男が扉を閉めようとした。

ニカは素早く反対側の取っ手を摑《つか》んで引っ張る。男も負けじと力を込めるが、単純な力比べでニカに勝てるのはゼオくらいだ。扉ごと外に引きずり出され、悔しそうにニカを見上げる。

「言っとくがティラは消えたきりだ。うちには戻ってないし、俺は何も知らねえからな」

「……消えた？　どういうことだ？」

戸惑うニカに、男も困惑したようだった。

「あんた、ティラの取り巻きじゃないのか？」

「……？」

「…その様子じゃ違うみたいだな。悪かった」

男はニカを店内に誘うとカウンターに座らせ、冷たい水を出してくれた。歩き詰めだった身には何よりのご馳走《ちそう》だ。礼を言って飲み干し、改めて名乗る。

「俺はニカ。ティラの幼馴染みだ」

「ニカ…、…そうか。お前さんがニカか」

男の態度は一気に同情に満ちたものになった。ブラスと名乗り、桶《おけ》いっぱいのじゃがいもの皮を剝き始める。夜の仕込みだろう。ニカが手伝いを申し出ると、ますます眼差しが柔らかくなった。

山の小屋では、料理はもっぱらニカの担当だった。手際良くじゃがいもの皮を剝いていくと、男の機嫌はいっそう上向く。

「お前さんのことはティラから聞いてたよ。結婚の約束をしてたんだろ。わざわざ王都に来たのは、あの娘を捜すためか？」

「ああ」

「……そうか。お前さんみたいないい男が居ながら、どうしてあの娘は……」

ブラスは苦々しげに眉を顰めながら教えてくれた。ティラは二年前、確かに給仕女として働き始めたが、真面目に働いていたのは半年ほど。王都の水で磨かれた美貌を男の客に誉めそやされ、ちやほやされるようになると変わっていったのだという。

「心付けをくれる客に色目を使い始めたんだ。金払いのいい奴には身体《からだ》を触らせたりしたせいで、一時はティラ目当ての客ばかりになっちまった。うちはそういう店じゃないってのに」

「…ティラが、そんなことを？」

「信じたくないかもしれんが本当だよ。あの娘《こ》を巡って何度乱痴気《らんちき》騒ぎが起きたことか」

ブラスは困り果てたが、当のティラはまんざらでもなさそうだったらしい。客の中にはティラ目当てに真ん中の層からやって来る裕福な商人も居たほどだ。

そして村に帰る期限が迫った一年前、ティラはこつ然と姿を消してしまったが、ブラスは驚かなかったそうだ。

「あんな生活を味わっちまったら田舎になんて戻れないだろうからな。一番羽振りのいい客のとこに押しかけて、妾《めかけ》にでもしてもらったんだろうよ」

「…だが、あんたはティラが出て行くところを見たわけではないんだろう？」

だったら誰かにかどわかされた可能性もある。ティラは世話になった人に何も告げず消えるような娘ではない、とニカは訴えたが、返ってきたのは皮肉と哀れみの入り混じった笑みだった。

「お前さんの知るティラはそういう娘だったかもしれんがな。ティラが消えてから、何人の取り巻きどもが『ティラを出せ！』と押しかけてきたと思う？」

彼らいわく、ティラは結婚をちらつかせ、高額な装飾品や衣服を貢がせていたのだそうだ。取り巻きたちはやり場の無い怒りをブラスと店にぶつけて暴れまわり、酷い時には店を何日か閉めなくてはならなくなったという。さっきニカが締め出されそうになったのも、そんな取り巻きの一人だと勘違いされたせいだろう。

『…あんたなんて嫁の来手も無いだろうから、あたしがお嫁さんになってあげてもいいわ』

二年前、ぷいと背けた頬を紅く染めながらそう言ってくれた時のティラを、ニカはまだ鮮明に思い出せる。

確かにティラは村でも若い男に甘やかされていたし、おだてられると調子に乗りやすいところはあった。…だが違う。ティラは絶対、黙って姿を消したりはしない。本当に誰かの妾になると決めたのだとしても、ブラスにはそう告げてから店を出て行くはずだ。

「……はあ。これだけは教えたくなかったんだがなあ」

納得しかねているニカに、ブラスは溜息《ためいき》を吐《つ》きつつも話してくれた。山彦亭の常連客が、ティラを花街で見かけたのだという。

「花街……？」

「そうだ。もうわかっただろう？　ティラはお前さんを裏切ったんだ。お前さんが苦労して捜してやる価値も無いって」

ブラスは同情に満ちた目で力説するが、ニカはきょとんとするばかりだ。花街という言葉を聞いたのは初めてだったのである。

「…おい。お前さん、まさか花街が何かわからないって言うんじゃないだろうな」

恐る恐る問われ、ニカは頷いた。

「そのまさかだ。初めて聞いた」

「おおぉい…、まじかよ……」

額を手で覆ってしまったブラスによれば、花街とは娼館《しょうかん》が軒を連ねる地域のことだそうだ。娼館もわからなかったので首を傾げたら、たくさんの娼婦を置いて客を取る店のことだとペレグリに遭遇した猟師のような顔で教えてくれた。

ペレグリは鹿の仲間だが、めったに森の奥から出て来ないため見かけるのは猟師でも一生に一度あるか無いかだ。目撃するととんでもない幸運に恵まれるか、不幸に襲われると伝わっている。ニカは一度も見たことが無い。ベルスなら何度かあるのだが。

……あのやたらときらきらした司教は、無事に帰れただろうか。

整いすぎて現実味の無い顔を思い出すだけでほんの少し弾《はず》む胸が、ニカは不思議だった。いかなる時も冷静であれとゼオに叩き込まれたせいか、感情が揺れることなどめったに無かったのに。…そう、ティラの信じがたい行動を聞かされた今でさえ。

「娼婦が何かもわからない、とは言わないよな？」

「…それはわかる」

さびれた田舎の山村にさえ娼婦は存在した。夫に先立たれた妻が残された子を養うために身を売るのだ。だがそうした女性を集めた娼館や花街は、ニカの想像の範疇《はんちゅう》を超えている。

「じゃあ、もう理解出来るだろう。ティラみたいな若く美しい娘が花街に居たのなら、娼婦に身を堕《お》としたんだってことだ」

「……」

「おおかた客に追い出されたか、騙されて売り飛ばされるかしたんだろうよ。どっちにしても自業自得だ。嫁にするなら、他にもっといい娘がたくさん居るぞ」

ブラスが同情心から忠告してくれているのはわかる。

それでもニカはティラを諦《あきら》めようとは思えなかった。ティラはどこかでニカの助けを待っている。そんな気がしてならないのだ。

「花街の場所を教えてもらえるか？」

「お前さん……」

ブラスは呆れつつも、花街までの地図を書いてくれた。ニカが礼を言うと、ぽんぽんと肩を叩かれる。

「良かったら夜はうちに泊まりな。手ごろなとこは、どの宿もいっぱいだろうからな」

「…いいのか？」

「仕込みを手伝ってもらった礼だ。…だから、何があっても自棄《やけ》になるんじゃないぞ。若い頃の苦労は必ず報われる。聖神イシュティワルド様も見ていて下さるからな」


ブラスに見送られ、ニカはさっそく花街へ向かった。

花街は第一層の北にあり、山彦亭や市場…庶民の生活する区域からはだいぶ離れている。何代か前の国王があちこちに散らばっていた娼館を一か所に集めさせたのだそうだ。

『臭いもんは全部纏めちまえ、ってことだろうよ』

ブラスはそう言っていたが、実際に足を踏み入れた花街は悪臭とは無縁の瀟洒《しょうしゃ》な街だった。石畳はぴかぴかに磨き上げられ、他所《よそ》より綺麗なくらいだ。大通りの脇には鉢植えの花がずらりと並べられ、冬にもかかわらず春の花園のようなかぐわしい香りを漂わせている。山では見かけない形の良い大輪の花々は、美しいのに不自然さを感じさせる。

「愛《いと》しいあの子に贈り物はいかがですか？　ちょっとくらいのご無沙汰《ぶさた》なら、笑って許してもらえますよ」

　小さな花束がいくつも入った箱を抱えた少年が人ごみを縫うように歩き回る。張り合うように声を上げる青年が売るのは、何と茹《ゆ》でた卵だ。

　どちらもけっこうな値段だが、何人もの客が呼びとめては買っていた。花束は娼婦への贈り物、茹で卵は自分で食べて精をつけるものらしい。花束を抱えてほくほく顔の男も、茹で卵を立ち食いする男もみな裕福そうな身なりで、足取りも軽く贔屓《ひいき》の娼館へ吸い込まれていく。

「……おい、あいつ……」

「どうしてあんな奴が……」

　ニカが通り過ぎると、そこかしこでひそめた話し声が聞こえた。花も卵も買わず、脇目もふらずにティラの姿を捜し回るので目立ってしまっているらしい。

　いっそどこか適当な娼館に入るべきなのだろうか。だがどこの娼館も貴族の邸宅かと思うくらい豪華で尻込みしてしまうし、形だけとはいえ、ティラを差し置いて娼婦を買うのはどうにも気が引ける。

　ひとまず目立たない小路に入ろうとした時、ひときわ絢爛《けんらん》な建物の重そうな扉がゆっくりと開いた。

　現れたのは若い女性たちの一行だ。みな花嫁衣裳《いしょう》よりもきらびやかなドレスを纏い、髪を複雑に結い上げている。

ニカの目は栗色《くりいろ》の髪の女性に引き寄せられた。

大きく空いた襟ぐりから覗く胸元は豊満で、ぴったりした緋色《ひいろ》のドレスは蠱惑的《こわくてき》な身体の線をこれでもかとばかりに強調しているけれど、いやらしさやけばけばしさは欠片も無い。華やかな美貌を彩る淡い笑みは優雅の一言だ。こういう女性を貴婦人と呼ぶのだろうか。

「おお、オクタビアではないか！　このようなところで拝めるとは、何と言う僥倖《ぎょうこう》…」

近くの娼館に入ろうとしていた男が歓声を上げたのを合図に、道行く男たちが揃《そろ》って足を止め、貴婦人——オクタビアに熱っぽい眼差しを注ぐ。

だがオクタビアは紅の塗《ぬ》られた唇にかすかな笑みをたゆたわせただけで、男たちには一瞥《いちべつ》もくれない。つれない態度にすら匂い立つ色香に吸い寄せられ、あっという間にちょっとした人垣が出来上がる。

誰もがオクタビアに目を奪われていた。…だから、人垣の向こうからふらふらとやって来る中年男に気付いたのはきっとニカだけだっただろう。

「オクタビア……」

かすれた呟きを漏らした瞬間、中年男の双眸《そうぼう》はぎらりと危険な光を帯びた。がくがくと震える手で懐を探り、取り出したのは金細工の短剣だ。

……まずい、あいつは！

「オクタビア、……オクタビアァァァ！」

鞘を捨てた中年男が短剣を両手で構え、オクタビア目がけて突進する。オクタビアに見惚《みと》れていた男たちは蜘蛛《くも》の子を散らすように逃げ出し、ドレス姿の女たちはへたり込んでしまい動けない。

――キィンッ！

ニカがオクタビアと中年男の間に割り込んだのは、短剣の刃が豊かな胸に吸い込まれる寸前だった。

鞘から抜いていた剣で短剣を受け止め、勢いのまま弾き飛ばす。

「う…っ、ぐう……っ！」

反対側の手で腹に拳《こぶし》をぶち込んでやれば、中年男はえずきながら崩れ落ちた。ニカはすかさず落ちた短剣を遠くへ蹴《け》り飛ばし、中年男を後ろ手に拘束する。

「怪我《けが》は⁉」

「…ご…、ございませんわ」

ニカが振り返りざま尋ねると、オクタビアはぎこちなく頷いた。腰を抜かしていたドレス姿の女たちがよろよろ起き上がり、どこかへ駆けていく。

「そうか、……良かった」

強張っていた頬を緩めると、オクタビアの頬もうっすら紅く染まった。可哀想に、突然襲われたせいで怯《おび》えているのだろう。

「そいつが…、そいつが次の金づるなのか……」

中年男が悔しそうに唸《うな》った。饐《す》えた体臭に強い酒の匂いが混じる。昼間から相当飲んだくれていたらしい。

「あんなに貢いでやったのに、金の切れ目が縁の切れ目なのか？　えっ？　どうなんだ、オクタビア」

「…わたくしと貴方はとうに終わったはず。何かお話があるのなら、楼主を通すのが筋ですわ」

「楼主がお前に会わせてくれるわけがないだろう⁉　お前さえ共に来てくれれば、俺はこんな真似《まね》をしなくて済んだのにっ…」

中年男は身勝手に喚き散らしていたが、揃いの黒い服を着た屈強な男たちが現れると、とたんに大人しくなった。さっきのドレス姿の女たちが呼んで来たらしい。

「ま、ま、待て。俺はただオクタビアと話がしたかっただけなんだ」

これだけたくさんの目撃者が居て、短剣まで落ちているのに、そんな言い訳が通用するわけがない。中年男は縛り上げられ、どこかへ連れ去られていく。

「オクタビア、オクタビア――――！　俺と一緒に死んでくれえええぇ！」

執念深い叫びを浴びせられてもオクタビアはしゃんと背筋を伸ばし、貴婦人のような優雅なたたずまいを崩さない。いつの間にか戻ってきた男たちはそんなオクタビアに見惚れているが、ニカには細い肩が震えているように見えた。

「……？」

外したマントを肩にかけてやると、オクタビアは緑がかった金色の瞳をぱちぱちとしばたたいた。

既視感を覚え、ニカは苦笑する。今日はつくづく規格外の美人と関わり合う日らしい。

「汚くてすまん」

「いえ、……いいえ。とても暖かいですわ」

オクタビアはマントを胸の前でかき合わせ、頭を下げた。

戻ってきたドレス姿の女たちも彼女に倣《なら》う。膨《ふく》らんだスカートの裾が広がり、色とりどりの花が咲いたかのようだ。

「お助け頂きありがとうございます。わたくしはオクタビア。『薔薇《ばら》女神の館』の姫にございますわ」

「俺はニカ、旅の者だ。…悪かったな」

「えっ？」

「いや、だからあんたは姫様なんだろ？　なのに汚いマントなんか着せちまって…」

ぶはっ、と誰かが失笑した。

「あいつ、どんなクソ田舎から出て来たんだ？」

「男のくせに、花を買ったことすら無いのかよ」

あちこちでげらげら笑っていた男たちは、オクタビアが澄んだ眼差しを投げかけるだけで気まずそうに口を閉ざした。

わけがわからずにいるニカに、オクタビアは優しく微笑む。

「申し訳ございません、わたくしの説明が足りませんでしたわね。姫とは、この花街では娼婦のことを指しますの」

「…そうだったのか。俺こそ物知らずですまなかった」

「ここにいらしたのは初めてなのでしょうから、仕方がありませんわ。それよりもニカ様、よろしければわたくしと共においで下さいませんか？　ささやかながら、命を救って頂いたお礼をしとうございますの」

お礼、の一言に男たちは色めき立ち、ニカは希望を抱いた。花街の有名人らしいオクタビアなら、ティラについて何か知っているかもしれない。

期待を込めて了承すると、ニカはさっそくオクタビアたちによって絢爛な建物――『薔薇女神の館』に連れて行かれた。花々の中にたたずむ女神の描かれた高い天井や一目で高価と知れる調度品の数々に、目がくらみそうになる。下働きのお仕着せさえ上品だ。娼館とはこんなに豪奢《ごうしゃ》な世界だったのか。

案内された二階の角部屋は、一階よりもさらに豪華だった。オクタビアが一人で使っている部屋だそうだが、応接間だけでもニカの暮らしていた山小屋が五つは入るだろう。

出された紅茶はかぐわしく、砂糖を入れなくてもほんのり甘い。鉋《かんな》で削ったように薄い陶器のティーカップを壊してしまわないか心配になる。

「支度をして参りますので、少しお待ち下さいませ」

両手で恐る恐る紅茶をすするニカを微笑ましそうに眺め、オクタビアは奥の部屋に行ってしまった。話をするのに支度が必要なのかと思ったが、あんなに胸元の出たドレスでは寒いから着替えたいのかもしれない。目のやり場に困らずに済むので、ニカとしてもありがたい。

オクタビアを待つ間は、十二、三歳くらいの下働きがニカの話し相手を務めてくれる。オクタビアは下働きたちからも慕われているようで、さっきの中年男は何だったのかというニカの質問にも快く答えてくれた。

この『薔薇女神の館』は数ある娼館でも一、二を争う高級店であり、時には貴族がお忍びで訪れることもあるそうだ。館お抱えの姫の客になれるのは、裕福な貴族か財を成した商人のみ。『薔薇女神の館』の客として迎えられたというだけで、男たちの社交界では一目置かれるのだという。そのため館の姫はいずれも美貌はもちろん、高い教養と歌舞音曲まで身につけた貴族令嬢顔負けの姫揃いである。

中でも富豪や貴族の客に囲まれたオクタビアは別格だった。さっきの中年男もオクタビアを崇拝する客の一人だったのだが、それも半年ほど前までの話。ヴォラス諸侯連合国との戦で取引先を失って没落し、オクタビアから縁を切られてしまった。オクタビアが特に薄情だというわけではなく、『金の切れ目が縁の切れ目』は花街の常識である。

しかし中年男はそれからもオクタビアにしつこく復縁を迫る手紙を送り付けたり、外出先に付き纏ったりしていたそうだ。

ここしばらくはふっつり姿を見せなくなっていたのでオクタビアも安心し、今日久しぶりに仲間たちと出かけようとした矢先に襲われてしまったのである。おそらくまるで相手にされないのに絶望し、オクタビアを殺して自分も死のうとしたのだろう。

「……樋熊みたいな奴だな」

「は？」

ニカが漏らすと、下働きはきょとんとした。王都の民だから樋熊の習性なんて知らないのかもしれない。

「樋熊は執念深い。一度狙った獲物は人里に下りてでも探し出し、必ず仕留めるんだ」

「…そ…、そうなのですか…」

「しばらく姿を見せなかったのも油断させるためだろう。…あの男はどうなるんだ？」

青ざめていた下働きはほっとした顔になり、紅茶のお代わりを注いでくれた。焼き菓子も追加してくれたのでありがたく頂く。…美味《うま》い。砂糖の入った菓子なんて、村では祭りの時くらいしか食べられない。

「花街で罪を犯した者は花街の掟《おきて》で裁かれます。自警団が連れて行きましたから、私刑にかけられ、王都の外に捨てられるんじゃないでしょうか」

自警団とは、揃いの黒い服を着ていた屈強な男たちのことだ。彼らは花街のいたるところに詰め所を持ち、花街の治安維持を担っているそうである。

下働きの口調には安堵《あんど》と信頼が滲んでいた。ずいぶんと頼りにされているようだ。

「自警団と警備隊は違うのか？」

ふと疑問に思って問うと、下働きは嫌そうに手を振った。

「全然違いますよ。自警団は花街の人間が作り上げた組織ですけど、警備隊は騎士団の一部ですから」

「騎士団は尊敬されているんじゃないのか？」

「騎士団はそうですね。でも警備隊は、攻撃魔術を使えるほどの魔力は持たない貴族や金持ちの坊ちゃんの引き取り先なんです」

上級貴族は未《いま》だに純血と魔力を保っているが、下級貴族となるとだいぶ血も薄まり、魔術を使える者は減る一方なのだという。騎士の条件は魔力を持ち、攻撃魔術を行使出来ることだ。その条件を満たせず、身を立てる才覚も無い者の行き着く先が警備隊である。

当然ながら意欲に乏しく、街中の警備を任されておきながらろくに働かず、弱い者をいたぶり、賄賂《わいろ》をもらって悪事を見逃すのも日常茶飯事だというのだから笑えない。財布を盗もうとしていた少女が警備隊を恐れるわけだ。

「どうしてそんな奴らが警備を任されるんだ…」

「戦続きのせいで騎士様の数は減ってますから、とても街の警備まで手が回らないんです」

花街の区域を担当する警備隊も表向き存在するのだが、賄賂を握らせ、街中での騒動には見て見ぬふりをさせているのだそうだ。

代わりに自警団が花街の掟で罪人を裁く。警備隊としても仕事をせず賄賂までもらえるので、喜んで目をつむっているという。

「…あんたは物知りなんだな」

打てば響くような説明に感動すると、下働きは照れ臭そうに笑った。

「オクタビア様のおかげです。あの方はあたしたち下働きにも読み書きや色んなことを教えてくれますから」

「心も綺麗な人なんだな」

「はいっ！　実はお血筋も高貴なんですよ。ここだけの話、オクタビア様は……」

「まあまあ。お客様相手にはしたない」

意気込んだ下働きを甘い声音がさえぎった。

ようやく支度を終えたオクタビアが奥の部屋からしずしずと現れる。栗色の髪をおろし、白い薄絹の夜着を纏ったしどけない姿で。

……う、ん？

何かおかしい、とニカは初めて違和感を抱いたが遅すぎた。

「も、申し訳ありません…あたしはこれで失礼します！」

下働きは脱兎《だつと》の勢いで出て行ってしまい、部屋にはニカとオクタビアだけが残された。嗅《か》いだことの無い甘い匂いを漂わせ、オクタビアがするりと身を寄せてくる。

「お待たせしました、ニカ様。さあ、参りましょう」

「……どこへ？」

オクタビアは微笑み、ニカの手を取って奥の部屋へ導く。

か細いのに絡み付いて離れない手を無理やり解くことも出来ずに付いて行くと、そこには天蓋《てんがい》のついたベッドがでんと置かれていた。さすがのニカもオクタビアの意図を察する。

「お、俺はあんたの客じゃないぞ」

「ええ、もちろんですわ。貴方様はわたくしの命の恩人。娼館の姫がお礼をすると申し上げたのなら、それはこの身体で報いるということですのよ。花街では常識ですわ」

……知るか、そんな常識！

ニカはうろたえると同時に理解した。客の男たちが色めき立っていたわけを。普通は手の届かない高嶺《たかね》の花が、ぽっと出の若造に与えられるからだったのだ。

「い、いや、待て。待ってくれ。俺はそんなつもりで付いて来たわけじゃないんだ」

何度も舌を嚙みそうになりながら訴える。こんなに慌てたのは、初めて一人で樋熊を仕留めた時以来だ。あの時は急所に矢を打ち込めば良かったが、薄絹を纏っただけの美女をどうすれば離せるのかわからない。

「まあ。でしたらどのようなおつもりでしたの?」

オクタビアはこてりと首を傾げた。さりげなく身を寄せ、胸を腕に押し付けてくるのはやめて欲しい。

「お、幼馴染みを、捜しているんだ。あんたなら、何か知っているかもしれないと、思って」

ニカはしどろもどろに話した。王都までティラを捜しに来ることになった経緯と、山彦亭でブラスから聞いた話を。やたらと時間がかかってしまったのは、途中でオクタビアが指を絡めてきたり甘い吐息を吹きかけてきたりしたせいだ。

「まあ、まあまあまあ」

どうにか話し終えると、オクタビアは感激したように手を組み合わせた。さっきまでとは違う晴れやかな笑みが華やかな美貌を彩る。

「何て素敵なお話でしょう。幼馴染みのお嬢さんを捜すために危険も恐れず、はるばる王都へ、なんて…」

「だ、だから礼をしてくれるなら、ティ、ティラについて教えて欲しい」

「ニカ様のお願いならもちろん…と申し上げたいところですけれど、残念ながらわたくし、ティラさんとおっしゃる方は存じ上げませんの。申し訳無いことですわ」

がっかりするニカに、オクタビアはすかさず提案する。

「館の姫や下働きたちに声をかけてみましょう。下働きはお使いでよく館の外に出ますから、ティラさんを見かけた者が居るかもしれません」

「…頼めるか？」

「ニカ様のためなら、たやすいことですわ」

オクタビアはニカからティラの顔かたちについて聞き出すと、絵が得意な下働きを呼んで似顔絵を描かせ、館じゅうの者に配らせた。恐るべき手際の良さだ。

だがティラを知る者は一人も居らず、めぼしい情報も得られなかった。

礼とはいえ、これ以上手間をかけさせるのは心苦しい。ニカは館を出ようとしたが、オクタビアに引き止められた。

「諦めるのはまだ早いですわ。こういう時にはうってつけのお方をお呼びしてありますの」

「うってつけの方？」

「わたくしよりずっと顔が広く手も長いお方ですわ。……困ったお方でもありますけれど」

オクタビアの顔は、やんちゃな弟に手を焼く姉のようだった。

珍しく陽《ひ》のあるうちに仕事が終わった。

今宵《こよい》は秘蔵のワインでも開けようかと目論《もくろ》みながら帰宅し、ザカリアスは着替えも早々に花街へ向かう。オクタビアから『一刻も早く館に来て欲しい』と書状が届いていたのだ。

オクタビアが第一層にあるザカリアスの邸まで書状を寄越すことはめったに無い。花街からの書状など、いくらあの『女王』からでも公になれば醜聞だからだ。ザカリアスが栄誉ある近《この》衛《え》騎士にして、王宮第二騎士団の団長ならば尚更である。

……そこまで気を遣ってくれなくてもいいんだがな。

数多《あまた》の女性と浮き名を流してきたザカリアスに、今さら守るべき名誉など無い。異母弟が娼婦《しょうふ》にうつつを抜かしていると知れば、異母兄は大喜びだろう。寝言なら寝ておっしゃいませ、とオクタビアは怒るだろうけれど。

……しかし、恩人ねえ。いったいどんな奴《やつ》なんだか。

第三層まで馬を走らせる間、オクタビアの書状に記されていた人物について思いを巡らせる。たちの悪い客に殺されそうになったところを助けられた。それだけなら、あのオクタビアがザカリアスに借りを作ってまで呼び出そうとはしなかったはずだ。よほど気に入られたのだろう。オクタビアが特定の誰かに肩入れするのは珍しい。

よほどの美男子なのか、利用価値のあるどこぞの御曹司《おんぞうし》なのか。ザカリアスの予想はどちらも外れていた。

「ご足労頂きありがとうございます、ザカリアス様。こちらがわたくしの恩人、ニカ様ですわ」

「ニカだ。故郷の村では猟師をしていた」

オクタビアが紹介したのは、野暮ったい旅装に身を包んだティークの青年だったのだ。

腰の剣はなかなかいいものだし、ザカリアスより頭半分ほど低い身体《からだ》は引き締まり、鍛えられているのがわかるが、傭兵《ようへい》には見えなかった。

己の命すら軽視し、刹那《せつな》の快楽に生きる彼ら特有の気配が無い。ニカの纏《まと》う空気はどこまでも澄んでいる。ザカリアスの知るどんなたぐいの人間とも違う。

肌の色からして、どこかの貴族が召し使いにでも産ませた子だろうか。洗練からはほど遠い、だがよく見れば端整な顔立ちは、警備隊の役立たず子息どもよりよほど気品がある。平凡な榛《はしばみいろ》色の瞳も、じっと見詰めていたら吸い込まれてしまいそうな…。

「ザカリアス様？」

「……あ、ああ、すまない。俺はザカリアス・アルリエタだ。オクタビアとは何かと縁があってね。オクタビアの頼みなら、何でも手助けさせてもらうよ」

オクタビアに促され、はっとして笑顔を作る。

すっかり馴染《なじ》んだ軽薄な笑みを向けられれば男は油断し、女は頬を染めてくれるはずだった。

だがニカの反応は他の誰とも違った。

「…ルラータ」

「はっ？」

まじまじと見詰められた末に意味不明の言葉を吐かれ、鉄壁の笑みにひびが入ってしまう。面白そうに尋ねるのはオクタビアだ。

「ニカ様、ルラータとは何ですの？」

「赤い毛をした熊だ。樋熊《ひぐま》より一回り大きい上に知能も高い。罠《わな》にもなかなか引っかからないので狩るのに苦労する。…このあたりの山には出ないのか？」

「残念ながら、見かけたことはありませんわねえ」

ころころとオクタビアは鈴を転がすように笑うが、王都近郊の山林でそんな化け物級の獣が出たら大騒ぎだ。それをニカは苦労してでも狩れるというのか。…にしても熊。そんなものに喩《たと》えられたのは、二十五年も生きてきて初めてである。

アルリエタ家の緋獅子《ひじし》――いつの間にかザカリアスにつけられたあだ名だ。ザカリアスに好意的な者は持って生まれた高い魔力や緋色がかった金色の髪ゆえだろうと称《たた》え、疎む者は『獅子はハーレムを作って雌《めす》に狩りをさせるからな』と嘲笑《あざわら》う。どちらも間違ってはいない。

ザカリアスは軍閥の名門貴族アルリエタ家の生まれだが、側室腹の次男ゆえに、正妻とその息子である異母兄マルコスとは非常に折り合いが悪かった。

ザカリアスの母が当主たる父の篤《あつ》い寵愛《ちようあい》を受けていたのに加え、全てにおいてマルコスに

勝っていたのがまずかったのだろう。魔力も武術も学問も、そして容姿さえ、ザカリアスはマルコスを圧倒していた。

燃え盛る炎を連想させる緋色がかった金髪は高い魔力を証明し、父に似た彫りの深い顔は一見冷酷そうだが、ほんの少し垂れぎみの紅《あか》い瞳のおかげで父には無い蠱惑的《こわくてき》な色香が滲《にじ》み出る。十年前に社交界デビューを果たしてから、ザカリアスは常に貴族令嬢たちの憧憬《しょうけい》の眼差《まなざ》しの的だった。鈍く光るくすんだ金髪に茶色の瞳の異母兄は面白くなかっただろう。

良くも悪くも実力主義の父は、マルコスを差し置いてザカリアスを跡継ぎに据《す》えようとしていた。攻撃魔術を発動させられるほどの魔力に恵まれなかったマルコスは騎士になれず、指揮官として戦場に立つことも難しいのだから、仕方の無いことではある。

だがそのせいでザカリアスは正妻と異母兄に命を狙《ねら》われ続け、ザカリアスを庇《かば》った母が大怪《おおけ》我《が》を負ったのをきっかけに、女好きの道化を演じることにした。

どんなに由緒ある名門の家督でも、母や自分の命と引き換えにしてまで欲しいとは思えなかったのだ。幾人もの令嬢や人妻に手を出し、花街をうろついた。オクタビアに出逢《であ》ったのもこの頃だ。

さらに十八歳の成人と同時に家を出たザカリアスは、騎士団に入団した。距離を置くことで正妻とマルコスの目を逸《そ》らそうとしたのだ。

しかしそれは完全に裏目に出た。侵略戦争を続けるエミディオ王の元では騎士団の出撃頻度が異様に高く、ザカリアスは武勲を立てすぎてしまったのである。

ザカリアスには実家とは別に子爵の位と豪奢《ごうしゃ》な邸、そして王宮第二騎士団の長の座が褒美《ほうび》として与えられた。大出世だがちっとも嬉《うれ》しくなかった。ようやく大人しくなりつつあった正妻とマルコスが、にわかに嫉妬《しっと》の炎を燃え上がらせてしまったからだ。

現在のマルコスは王太子フェルナンドに取り入り、側近としてそれなりの地位を築いてはいるのだが、実家の後ろ盾あってこその地位だ。異母兄の心から嫉妬と殺意が消え去るのは己の力だけでザカリアスを上回る武功を立てるか、ザカリアスが惨《みじ》めな死を遂げた時だけ。

どちらもありえない以上距離を取り、女好きの緋獅子であり続けてきた。本当の姿を知るのはオクタビアをはじめ、限られた人々だけだったのだが…。

「……、……これは？」

不思議な青年を穴が空きそうなくらい凝視するうちに、ごくわずかだが、ザカリアスは魔力の残滓《ざんし》を嗅《か》ぎ取った。

強い魔力の主の近くに居ると、その残滓が残り香となって移ることがある。同じく魔力を持つ者にしか嗅ぎ取れないこの匂い、どこかで覚えがあるような…。

「…おい」

「…っ…、ああ、失礼した」

戸惑ったように眉を顰《ひそ》められ、ザカリアスは慌てて身を引く。夢中になるあまり、ニカの肩口に顔を埋《うず》めるような格好になってしまっていた。

だがおかげで匂いの主を思い出した。

「シルヴェストと会ったのか？」

シルヴェスト・カルデナス。苦い響きを帯びた名を告げると、ニカは榛色の目を瞠《みは》った。少し幼い無防備な表情に、胸が甘くざわめく。

「…王都に着く前、賊に襲われているところを助けた」

「助けた？　どういうことだ？」

聖職者が布教のために旅することは珍しくないが、司教ともなれば王都から一歩も出ないのが当たり前だ。どうしても王都の外に出るのなら、騎士団が警護につくことになる。しかし騎士団に聖教会からの出動要請は届いていない。

……極秘任務ということか。

ニカから事情を聞き、予想は確信に変わった。ろくな護衛も付けず、商人に身をやつしてまで動いていたのなら、よほど外聞をはばかる任務に就いていたということだ。

……あいつ、またそんな危険な真似《まね》を……。

「友人なのか？」

唐突に問われ、心臓が疼《うず》いた。何も知らないくせに、ニカは痛いところばかり突いてくる。

「何故《なぜ》そう思った？」

「心配そうだったからな」

何でもないことのように言うニカは、自分がどれだけすごいことをしたのかなんてわかっていないのだろう。

「……単なる知り合いだ。高位の聖職者は王宮に上がることも多いんでな」

「ザカリアス様は王宮第二騎士団の団長で、子爵の位もお持ちなのですよ」

オクタビアがさりげなく助け船を出してくれる。どちらの肩書も庶民には縁遠い、雲の上の存在と言っても過言ではないのだが。

「そうか。強いからだろうな」

「強、い…？」

「ああ。あの司教も強そうだったが、あんたはもっと強い」

アルリエタ家の子息なので、強い魔力を受け継いだから団長になれたのだろうと揶揄《やゆ》されるのはしょっちゅうでも、強いから団長になれたのだと言われたのは初めてだった。同じ騎士や貴族でも羨《うらや》む肩書を、『強い』の一言で済ませてしまうとは。

「…そう言う君も強いんだろう？　最近の賊は兵士崩れが多くて、騎士団も手を焼いてるんだ。それに猟師なら獣を狩ることはあっても、人を斬るのは初めてだっただろう。大変な思いをしたな」

「何が？　人間だろうと獣だろうと命は命だ。重さに変わりはないだろう？」

心底わけがわからなそうな双眸《そうぼう》に心臓を射貫《いぬ》かれた。

——命の重さ。

家から逃れるため騎士になり、エミディオ王に命じられるがまま出征して数え切れないほどの敵軍を壊滅させてきたのに、ザカリアスは一度も思いをきたしたことなど無い。

『どうです。わたくしの目に狂いは無いでしょう？』

得意気なオクタビアの瞳がそう語っていた。

…全く、その通り。しがない騎士が心臓を差し出したくなるのだから、女王様が全力を尽くしてでも助けたいと思うわけである。

「……はあ。なるほど、幼馴染みを捜すためにはるばるここまで、ねえ……」

だがかつてないほど意欲に燃えていたザカリアスも、応接間に落ち着き、紅茶を飲みながらニカの事情を聞き終える頃には微妙な表情になっていた。同じ感情を優美な微笑《ほほえ》みに隠しているオクタビアに、視線だけで問いかける。

『そんなの、女が裏切ったに決まってるじゃないか。この街に娼館がいくつあると思ってるんだ？　万が一見付かっても、ニカが無駄に傷付くだけだぞ』

『わかっております。けれどニカ様はきっとご自分の目で確かめない限り、諦《あきら》めたりなさいませんわ』

だろうな、とザカリアスも思うが、念のため確かめてみる。

「…事情を聞いた限り、騎士団としてもティラ嬢は君を裏切った可能性が高いと思う。それでも君は彼女を信じるのか？」

「当然だ。ティラは黙って約束を破るような女じゃないし、窮地にあるなら助けたい」

結婚を約束したから当たり前だ、と断言するニカが眩《まぶ》しくて、ザカリアスは目を逸らした。

ずきんと胸が痛む。…このまっすぐさで愛されたのなら、どんなあばずれだって心を開いただろう。けれど彼女はニカを裏切ったのだ。ニカに愛される資格なんて無いのに、ニカの心に厚かましく居座るなんて…。

「……わかった。そういうことなら俺も協力しよう」

どんどん狂暴になっていく妄想を振り払い、ザカリアスは頷《うなず》いた。

「花街の娼館は騎士団に営業の届け出をする義務がある。お抱えの娼婦の名簿も提出することになっているから、ティラ嬢の名前を探そう。馴染みの店にも当たってみる」

「わたくしもティラさんを探して下さるよう、お友達に声をかけますわ。時間はかかるかもしれませんが、きっとティラさんは見付かります」

オクタビアが親身に言い添えると、ニカはふわりと唇をほころばせた。

「……ありがとう」

この笑顔を傷付けたくない。いつでもこんなふうに笑っていて欲しい。叶《かな》うなら自分の傍《そば》で
——ごく自然にそう考えてしまった自分に驚きながらも納得する。

オクタビアも同じ願いを抱いたからこそ、ティラ捜索に協力を申し出たのだと。

ザカリアスとオクタビアの協力を取り付けた後は、ザカリアスの邸に逗留《とうりゅう》させてもらうことになった。

騎士であり子爵でもあるザカリアスが邸を構えるのは、当然ながら第一層だ。貴族だらけの領域で暮らすなど場違いだし、何より面倒くさい。

ニカとしては今夜はブラスの世話になり、明日以降はティラが見付かるまで王都近郊の森で狩りをしながら野宿するつもりだったのだが、ザカリアスとオクタビアに全力で止められてしまったのだ。

『わたくしの恩人が野宿だなんて、ありえませんわ！』

『そうだ、汚らわしい獣に襲われたらどうする⁉』

このあたりの森に生息する獣程度なら寝込みを襲われても撃退出来る。そう反論しても二人とも『そういう意味じゃない』と額を押さえるばかりで、聞き入れてもらえなかった。

結局、ブラスには知人の家に泊まると手紙を届けてもらい、帰宅するザカリアスと同行することが決まった。何故か嬉しそうなザカリアスは、手紙を書くニカを見て首を傾《かし》げる。

「どうかしたか？」

「…いや、君、字が書けるんだなと思って。しかもかなりの達筆だ。ティークは読み書きの出来ない者が多いんだが」

しげしげとそう言われても、山では誰かに文字を披露する機会などめったに無かったからわからない。ニカの字を見たことがあるのはティラとゼオくらいではなかろうか。

「祖父《じい》さんが教えてくれたんだ」

「お祖父さんは貴族の側仕えか何かだったのか？」

「いや、元傭兵の猟師だ」

口下手なニカに対しザカリアスは天才的に聞き出すのが上手《うま》く、ゼオに育てられることになった経緯を白状させられてしまった。ニカの父が戦に行って死んだと聞き、紅い瞳が曇る。

「…何だ？」

「十八年前の隣国との戦なら、たぶん総指揮官は俺の祖父だ。ニカの父さんの部隊の指揮官は俺の父か、アルリエタ家の親族だったかもしれない」

「それがどうかしたのか？」

ニカが尋ねると、ザカリアスは目を丸くした。

「俺が憎くないのか？」

「…だから、どうして？」

ザカリアスも困惑しきっているが、ニカもザカリアスが何を言いたいのかまるで見当が付かない。首を傾げると、ザカリアスの頬がほんのり染まる。

「あー…、その、ニカの父さんが亡くなったのは俺の祖父や父のせいだろう？　だから父の息子である俺が憎くならないのか、と聞きたかったんだが…」

「ならないな」

どうしてザカリアスが後ろめたそうな顔をするのかもわからない。狼《おおかみ》の群れの親分がどれだけ有能でも、他の群れと衝突すれば、下っ端の狼が死ぬのは避けられないのだ。他の群れだって、自分たちが生き残るために必死なのだから。

そもそもニカの父親は徴兵されたのではなく、自ら望んで兵士になったのだ。敵軍ならまだしも、ザカリアスの祖父や父を恨むのはお門違いだと付け加えると、ザカリアスはまぶしそうに紅い瞳を眇《すが》める。

「……君のお祖父さんは、素晴らしい方なんだな」

「ああ、自慢の祖父だ。俺もいつか祖父さんのような男になりたいと思っている」

そう、ゼオのように鋭い視線だけで猪《いのしし》を怯《ひる》ませたり、丸太のように太い腕で樋熊の首を絞めて失神させたり、拳《こぶし》で鳥を打ち落としたり出来るような一人前の猟師になりたい。何故か笑顔を引きつらせるザカリアスに夢を語るうちに書き終えた手紙は、オクタビアが呼んでくれた配達人に託される。

「何かわかったらすぐにご連絡いたします。ザカリアス様、ニカ様をくれぐれもよろしくお願いしますわね」

オクタビアは館の玄関までニカたちを見送ってくれた。彼女ほどの高級娼婦がわざわざ見送るのは特別な客だけだと、ザカリアスが教えてくれる。

「オクタビアが客を見送るところなんて初めて見た。君は相当気に入られたな」

「ザカリアスは見送られたことは無いのか？」

「無いなあ。俺は客扱いされてないから」

肩をすくめるザカリアスとは、館を出る前にもひと悶着《もんちゃく》あった。さすがのニカも爵位持ちのノウムの貴族にいつもの口を叩《たた》くのはまずいと思ったので、慣れない敬語を使おうとしたのだが、ザカリアス自身に止められてしまったのだ。

ザカリアスは構わなくても、ザカリアスの周囲はいい顔をしないだろう。悩んだ末に受け容《い》れたのは、ザカリアスの寂しそうな横顔に罪悪感を抱いてしまったせいだ。

ニカより七歳も上なのに、この男は時折ひどく幼く見えることがある。でもそんな顔がどことなくティラと重なり、心の虚《うろ》がほんの少しだけ埋められるから不思議だ。

館の前にはザカリアスの馬が廏舎《きゅうしゃ》から引き出されていた。

シルヴェストの馬車の馬も見事だったが、こちらはさらに一回りほど雄大な馬体の黒馬だ。獰猛《どうもう》そうなのに不思議と気品がある。

「さあ、おいで」

ひらりと馬の背中に飛び乗ったザカリアスが手を伸ばした。

「いや、俺は歩いて……」

「スキアは軍馬だ。鎧《よろい》を着けた俺を乗せてもびくともしないから、ニカ一人くらい何てことは無いさ」

手を引っ込めようとしないザカリアスに、ニカも折れた。この男、人好きのする笑みを絶やさないくせにけっこう強引だ。そういうところが貴族なのかもしれないが。

「おお……」

ザカリアスの手を借りて初めてまたがった馬の背は、予想よりもはるかに高い。思わず歓声を上げると、背後からニカを抱き締めるように手綱を握るザカリアスがふっと笑う。

「馬に乗るのは初めて?」

「村から乗合馬車に乗ったが、馬そのものに乗るのは初めてだな」

「俺の邸には馬場があるから、良ければ乗馬を教えてあげるよ。どうやらスキアも君を気に入ったみたいだし」

自分の話題だとわかるのか、黒馬が首を巡らせてブヒンといななく。動物は好きだ。ティラは野山を駆け回る遊びには付き合ってくれなかったので、ニカの遊び相手はもっぱら山の動物たちだった。

「お前、スキアっていうのか。賢いな」

よく手入れされたたてがみをそっと撫《な》でてやると、スキアは嬉しそうに鼻を鳴らす。思わず頬を緩ませ、もっと撫でてやろうとしたら、背後から抱き締める腕に力がこもった。

「…ザカリアス？」

「そろそろ行こう。日が暮れると、たちの悪い奴らがうろつき始めるから」

ザカリアスが軽く腹を蹴《け》ると、スキアはゆっくり歩き始める。

最も繁盛する時間帯の迫った花街はさっきよりも客が増えていたが、誰もがザカリアスに進んで道を譲った。おかげでスキアは何にも邪魔をされず、すいすいと花街を抜けていく。

話し好きらしいザカリアスは、馬上で色々なことを教えてくれた。

「第一層、第二層、第三層の往来は基本的に自由だ。許可証のたぐいは特に必要無い。それぞれの層を貫くように運河が流れているから、商人はたいてい舟で行き来しているね」

「たちの悪い奴らが貴族の邸を襲ったりしないのか？」

「狙われるのはたいてい第二層の裕福な商人だな。王都の民で、貴族を襲おうとする者はまず居ないよ」

何故、とは聞くまでもない。…魔術だ。

鎧までもたやすく切り裂き、打ちのめす圧倒的な力。あんなものを操る人間を、進んで襲おうとする者は居ないだろう。シルヴェストを襲った賊は貴族とは遭遇したことも無い田舎者だったに違いない。

……ザカリアスも、相当強いだろうしな。

オクタビアに引き合わされた時は、山すそまで下りてきたルラータと丸腰で鉢合わせしてしまったような感覚に襲われた。相手の強さを正確に測るのは猟師の必須能力だ。純粋な戦闘能力なら、たぶんザカリアスはシルヴェストをしのぐ。

ニカが知る中で最も強いのはゼオだ。狩りの腕でも剣でも、まだ一度も祖父に勝てていない。果たして…。

「……な、何かな？」

赤面したザカリアスにあたふたと見下ろされ、ニカは自分が振り返ってじっと見詰めていたことに気付いた。

「あんたのことを考えていた」

「お、俺を？」

「ああ。祖父さんとあんた、戦ったらどっちが勝つだろうかと」

「……そういうことか」

ぱっと輝いた顔がみるみる失望に沈んだ。道行く若い娘たちが頬を染め、きゃあっと黄色い声を上げる。王都の騎士は表情一つで女心を勝ち取れるらしい。

「もちろん俺、と言いたいところだが、ニカのお祖父さんはどうもすごい御仁のようだからな。ニカのお祖父さんくらいの世代の傭兵には伝説的な人物が多いんだ。あの世代が現役の頃は、トラウィスカ以外でもあちこちで戦が起きていたから」

「そうなのか」

「魔力持ちの騎士十人を相手に圧勝した傭兵の話も聞いたことがある。まあ、これは後からだいぶ脚色されたんだとは思うが。…そう言えば、ニカのお祖父さんの名前をまだ聞いていなかったな。何て名前だ？　ひょっとしたら知っているかもしれない」

「それは私もぜひ伺いたいですねえ」

応えようとしたニカの耳に、蕩《とろ》けてしまいそうなほど甘い囁《ささや》きが注ぎ込まれた。

反射的に剣を握りながら身構えるが、馬上に居るのはニカとザカリアスだけだ。

「……お前……」

低く唸《うな》るザカリアスの視線をたどると、十歩ほど前方にシルヴェストが悠然《ゆうぜん》と佇《たたず》んでいた。部下は引き連れず、たった一人だ。

昼間出逢った時とは違う銀糸の刺繍《ししゅう》の入った外套《がいとう》を纏い、淡い金髪を堂々と晒《さら》した姿は、黒髪や茶髪がほとんどの雑踏の中で目立ちまくっている。烏《からす》の群れにうっかり迷い込んでしまった白鷺《しらさぎ》のように。

にもかかわらず、誰もこの場違いな青年を振り返りすらしないのは明らかに異常だった。

……いや、そうでもないのか。

ザカリアスは唇をゆがめているが、驚いてはいない。魔術には敵を打ち倒すだけではなく、己の姿を隠すような効果のものもあるのかもしれない。

「こんなところで遮断結界《しゃだん》を張ったのか」

案の定、ザカリアスはシルヴェストを睨《にら》み付けた。魔術についてはさっぱりだが、言葉の響きからして、ニカたちの姿を周囲の人々の目からさえぎるものなのだろう。

「私がこの界隈《かいわい》に顔をさらすのは、何かと差し支えがあるものですから」

シルヴェストは並みの人間なら竦《すく》み上がりそうな視線に小揺るぎもせず、優雅に唇をほころばせた。二度と目にすることは無いと思っていた微笑みに、ニカはどきりと胸が弾む。ベルス狙いの猟師にでもなった気分だ。目玉を抉《えぐ》り出されるとわかっているのに、目が離せない。

シルヴェストは左胸に手を当て、軽く腰を折った。村の助祭も同じ仕草をしていた記憶があるが、こちらの方がはるかに優雅だ。

「お久しぶりですね、ニカ。先ほどはありがとうございました」

「…どうして司教がこんなところに？」

「貴方《あなた》を探して来たのですよ。命を助けて頂いたのに、ろくなお礼も出来ませんでしたから」

ニカに遅れて王都にたどり着いた後、シルヴェストは教会の人手を使ってニカを捜させていたのだという。たぶん林檎《りんご》をくれたリアナや、山彦亭《やまびこてい》のブラスに話を聞き、ニカが花街へ行ったと突き止めたのだろう。だが聖職者たる身が花街に足を踏み入れるわけにもいかず、ここで待っていたに違いない。

……礼をするために、わざわざ？

村の助祭より何倍も偉いのだろうに、たかが一度助けられただけでそこまで恩に着てくれるなんて。

「――本当に、そんなことのためにニカを捜していたのか？」

感動したニカとは反対に、ザカリアスの反応は冷ややかだった。ニカを隠すように己の外套で包み、シルヴェストを見下ろす。華やかな外見とは裏腹なごつごつした手は、腰の剣の柄《つか》にかけられていた。

「どういう意味ですか？」

「騎士さえ顎で使う聖職者が、命を助けられたとはいえ、ティーク一人のために労力を割くわけがない。ましてや司教様のお出ましなんて、太陽が西から昇ってもありえないだろ」

「施された恩は倍の愛と感謝で返せ、と聖神イシュティワルドは仰《おお》せです。敬虔《けいけん》な神のしもべたるこの私が従うのは当然のこと」

睨み合う二人は、うっかり山中で遭遇してしまったルラータとベルスのようだった。膂力《りょりょく》に勝る赤毛熊《ルラータ》と、素早さに勝り、翼を持つ黄金鳥《ベルス》。

一触即発の空気にひびを入れたのは、ニカの腹の音だった。

「……あ」

そう言えば、乗合馬車で分けてもらったパンが最後の食事だった。オクタビアのところで焼き菓子を出してもらったが、小さな菓子程度ではとても腹の足しにはならない。

「すま…」

「ニカ、腹が減っているのか⁉」

すまん、邪魔をしたと謝る前に、ザカリアスがぱっと覗《のぞ》き込んできた。その勢いに押されて頷けば、紅い瞳がきゅっと細められる。

「すぐに帰ろう。ニカの好きなものをいくらでも作らせるから」

「…ちょっとお待ちなさい。何故ニカが貴方と帰ることになっているのです？」

怪訝《けげん》そうなシルヴェストを無視し、ザカリアスはスキアを歩かせる。

だが数歩進んだだけでスキアは立ち止まり、足踏みをし始めた。まるで見えない壁にぶつかってしまったかのように。

「シルヴェスト…」

「行かせませんよ。私の質問に答えない限り、ずっとこのままです」

「……無理やりにでも押し通ると言ったら？」

「お父上にそっくりだと思うだけです」

笑みを含んでいるのに冷たい声に、ザカリアスは不意討ちを喰《く》らったかのように頬を強張《こわば》らせる。ニカは思わずその手を握り、口を開いた。

「俺の人探しを手伝ってもらうんだ。その間、ザカリアスの世話になることになった」

「…人探し？」

ニカは王都に出て来ることになった理由と、ザカリアスの協力を得るまでの経緯を手短に話した。

ザカリアスは何度も止めようとしたが、ニカが手を握ってやると黙った。全て打ち明けない限り、シルヴェストは結界とやらを解いてはくれないだろう。ザカリアスなら強行突破も可能なようだが、出来たらさせたくない。

「……そうでしたか。幼馴染みの娘さんを捜すため、はるばる王都へ……」

ザカリアス以上に聞き上手なシルヴェストは、ニカの話が終わると呆《あき》れとも苦笑ともつかぬ微妙な表情になった。顔の造りはまるで似ていないのに、ニカの身の上を聞いた時のザカリアスにそっくりだ。

「ザカリアス……」

「何も聞くな」

ちらりと視線を流され、ザカリアスは首を振る。それだけで何か通じ合えたようだから、きっとこの二人は知己なのだろう。

こほんと咳払《せきばら》いし、シルヴェストは提案する。

「そういうことでしたら、ニカ。私の邸においでなさい」

「テイラはすでに花街を出てしまったかもしれません。花街の外なら聖教会の方が捜索には向いていますし、恩返しにもなりますから」

「…司教の邸に？」

「ちょっと待て」

一理あるなと思ったところに、すかさずザカリアスが割り込んだ。

「恩返しがしたいのはこっちも同じだ。途中からしゃしゃり出て勝手な御託を並べるのは、礼拝の時だけにしてもらおうか」

「勝手な御託を並べているのはどちらです？　そもそもニカに助けられたのは私が先、つまり私が先に恩返しをする権利を有しているのですよ」

二人の間に見えない火花が散る。

うっ、と苦しげな呻《うめ》きが聞こえたのはその時だった。

見れば、貧しい身なりの痩《や》せた老人がしゃがみ込んでえずいている。いや、老人だけではない。ニカたちの近くを歩いていた人々がふらふらとよろめき、壁にもたれかかったり、酷《ひど》い者は倒れてしまっている。

……ザカリアスたちのせいだ。

直感したのは、二人の身体から湯気にも似た白い靄《もや》が立ちのぼっていたせいだ。背筋が凍り付くような気配は、シルヴェストが賊を光の槍《やり》で貫いた時と同じ…。

「……やめろ」

紡いだ声は自分でも驚くくらい低かった。ようやく周囲の異変に気付いたザカリアスとシルヴェストが靄を収め、気まずそうに頭を掻《か》く。

「…俺としたことが、魔力の箍《たが》が外れかかっていたか」

「私こそうっかりしていました。遮断結界では魔力まで封じ込められませんからね。それにしても、ニカ…」

シルヴェストはまじまじとニカを見詰めた。紫色の瞳に滲むのは……かすかな怯《おび》え？

「貴方は何ともないのですか？　頭痛や吐き気、めまいなどは？　魔力を持たない者にとって、私たちの魔力は漏《も》れ出た分であっても毒なのですが」

シルヴェストの言葉が真実なら、ザカリアスに抱かれたニカは卒倒していてもおかしくなかったはずだ。まだ立ち上がれずにいる通行人たちを横目に、ぐるりと大きく首を回してみる。

「特に何ともないな」

「……これは……」

顎に指を当てて何やら考え込むシルヴェストに、ザカリアスが物問いたげな眼差しを向ける。シルヴェストは指先で唇を撫で、何事も無かったように微笑んだ。

「失礼しました。…改めて伺いますが、ザカリアス。ニカを渡すつもりは無いのですね？」

「当然だ」

「私も神のしもべとして、命の恩をお返ししないわけには参りません。そこで一つ提案があります。…私も貴方の邸に滞在させて頂くのはどうでしょうか？　そうすれば私も貴方も恩返しが出来ますし、騎士団と聖教会の情報を共有したらティラの捜索も捗《はかど》るでしょう」

きっとザカリアスは断ると思った。二人が知己なのは確実だが、二人を結び付けているものは決して良い思い出ではないだろうからだ。

「……いいだろう」

「ザカリアス？」

だから苦い返事が聞こえた時には、思わず振り向いてしまった。ザカリアスはニカを抱く腕にぐっと力を込める。

「ニカのためだ。司教殿にはとうてい相応《ふさわ》しくないあばら家だが、精いっぱいおもてなしさせて頂こう」

「ご厚意に感謝いたします。…ニカ、しばらくの間よろしくお願いしますね」

……どうしてこうなったんだ？

紅い騎士と黄金の司教。祖父にはなるべく近付くなと警告された『やたらときらきらした奴ら』に挟まれ、ニカは溜息《ためいき》を吐《つ》いた。

　第一層にあるザカリアスの邸に到着し、食事を済ませるとすぐニカは眠ってしまった。今日は色々ありすぎて疲れてしまったのだろう。

「駄目だよ、ニカ。ほら、ちゃんと君の部屋も用意させたから」

　何故か厩舎に潜り込んで眠ろうとしたニカを支え、自ら部屋へ連れて行ってやるザカリアスの世話焼きぶりにシルヴェストは面食らった。こんなにかいがいしい男だっただろうか。艶聞《えんぶん》には事欠かない色男だが、女だってここまで甘やかしたりはしないはずなのに。

「お前もだろう」

　ニカを寝かしつけて居間に戻ると、ザカリアスは呆れたように指摘した。

「小さい頃から魔力制御を完璧に仕込まれたお前が、俺相手に魔力を抑えきれなくなっちまうなんて。麗《うるわ》しの司教様の取り巻きどもが聞いたら腰を抜かすんじゃないか？」

「……」

　昔馴染みというのはこういう時に都合が悪い。

　この魔力溢《あふ》れる容姿を礼賛する者たちなら微笑み一つでごまかせるが、ザカリアスは納得のいく説明をしない限り絶対に引き下がらないのだから。昔から融通の利かない頑固な男だった。

「ニカに助けられた時、何かあったんだろう。…話してくれるな？　そのためにお前の提案を吞《の》んだんだから」

「…やはり、覚えていたのですか」

さっき指先で唇を撫でた仕草。あれは幼い頃、騎士ごっこをして遊ぶ間に二人で決めた合図だ。意味は『後で』。

知るのはザカリアスとシルヴェストだけだ。ザカリアスが覚えていればそれで良し、いなければ多少強引な手段に訴えるつもりでいたのだが。

「忘れるわけがない。お前と遊んだ時間は、俺にとって数少ない幸せな記憶だ」

「ザカリアス…」

あれからもう十八年も経《た》ったのに、ザカリアスは未《いま》だに引きずっているらしい。それはシルヴェストも同じか。向き合っていると、忘れたはずの記憶が痛みと共によみがえる。

シルヴェストとザカリアスは幼馴染みだ。ザカリアスのアルリエタ家はシルヴェストの生家の主家であり、シルヴェストの父親はザカリアスの父親に仕えていた。その縁でシルヴェストはザカリアスの遊び相手を仰せつかったのだが、二つ年下のザカリアスは異母兄と違い利発ながらも素直で、すぐに身分を超えた友人になった。

しかし幼い友情は、長くは続かなかった。十八年前の隣国への遠征で、シルヴェストの父が戦死してしまったからだ。…父の率いる中隊は、ザカリアスの父親の麾下《きか》にあった。

あの遠征でザカリアスの父親は多額の報奨金を与えられたのに、父の遺族たるシルヴェストには家督の相続すら許されず、一家離散の憂き目に遭った。

公平さの欠片《かけら》も持たないエミディオ王がその時の機嫌次第で論功行賞を行い、たまたま目についたシルヴェストの父親を厳しく処罰したからであり、場合によってはザカリアスの父親が処分を受けてもおかしくなかった――その事実を知ったのは、聖教会に入って何年か経った後だ。ザカリアスの父親が聖教会に多額の寄進をしてくれたおかげで、実家を取り潰《つぶ》されたシルヴェストがまともな扱いを受けられたということも。

だが、だからと言って一度ひびの入った友情が修復されるわけではない。

親戚をたらい回しにされる間、シルヴェストはアルリエタ家の御曹司として何不自由無く暮らすザカリアスに暗い感情を抱いたし、ザカリアスもまた罪悪感を覚えずにはいられなかっただろう。ごくたまに王宮ですれ違えばいつも何か言いたそうな顔をして、結局は話しかけてこなかった。

お互いが今の地位を築いてからは、顔を合わせることもほとんどなくなった。

元々軍人と聖職者は仲が悪いのだ。それでもザカリアスの華やかな交友関係やアルリエタ家の状況はシルヴェストの耳に入ってきていたので、ザカリアスもシルヴェストの現況は把握しているだろう。あれでも大貴族の子息だ。己を取り囲む人脈を情報源として活用するしたたかさくらい持ち合わせている。

……まともに向き合って話すのは、父が亡くなって以来か。

沈んでいた憎悪の欠片が噴き出ると思っていたのに、湖面のように凪《な》いだままの心が不思議だった。お互い大人になったからか、それとも――旧《ふる》い恩讐《おんしゅう》など吹き飛ばしてしまうほど強烈な存在が現れたからなのか…。

纏わり付く感傷を追い払い、シルヴェストは銀の酒杯に注がれたワインを飲んだ。

「…ニカに助けられた時、共に王都へ来るよう、魔力を抑えずに申し出ました。ただのティークにしては強すぎましたし、万が一にも私と王都の外で遭遇したことを言いふらさないよう、口止めしておく必要がありましたから」

「騎士団に警護の申請もしなかったのは極秘任務だったからか？…たとえば、聖皇《せいおう》直々に仰せつかったとか」

「黙秘します」

聖剣の盗難を、エミディオ王の駒《こま》である騎士団に悟られるわけにはいかない。膠着《こうちゃく》した戦線に辟易《へきえき》したエミディオ王は指揮を第一騎士団の団長に任せ、子孫を作るのも王の務めなどとほざきながら後宮に籠《こ》もっている。聖剣が盗まれたと知れば自ら大教会に押しかけ、聖皇を締め上げかねない。

「……それで？」

無理に聞き出すつもりも無かったのだろう。眉を寄せたザカリアスが続きを促す。

「ニカは平然と断り、去っていきました。同行していた部下は皆、私の言いなりになったにもかかわらず」

「お前の部下なら、魔術を発動させられるくらいの魔力持ちだろう？」

「ええ。魔力に対する抵抗力はティークの比ではないはずです」

「そいつらが抗《あらが》えなかったお前の魔力に、ニカは抵抗してみせた……か」

明らかに異常である。魔力を持たない者が持つ者に抵抗したことも、己がどれだけ非常識的な存在なのか、本人にまるで自覚が無いことも。

「見たところ、ニカはだいぶノウムの血が濃いようです。どこかの大貴族の落胤《らくいん》なのでは？」

「ありえない話じゃないが……」

ザカリアスが眉宇を曇らせるのは、両親共に純血のノウムでなければ魔力はほとんど子に受け継がれないのが常識だからだ。ザカリアスの生母も側室ではあるが、純血のノウムである。だから大貴族ほど純血同士の婚姻《こんいん》にこだわるのだ。

しかし大貴族とて人間、義務とは別に好いた女を傍に置き、子を産ませることもある。そうして生まれた子はわずかな魔力しか持たず、魔術を発動させられないため正式な貴族とは認められない。

にもかかわらずニカのように高い抵抗力を有する落胤の存在など、もし存在すれば大騒ぎになっていただろう。魔力を持つ者こそ支配者であるという、この国の在り方を根底からくつがえす存在なのだから。

「まさかとは思いますが、ニカのことを王に報告するつもりは無いでしょうね？」

念のため確かめれば、案の定ザカリアスは首を振った。

「あるわけないだろう。あの陛下がニカのような存在を知れば何を仕出かすか、想像するだけで身の毛がよだつ」

「…いいのですか？　司教《わたし》の前でそのような口を叩《たた》いて」

騎士は王に絶対の忠誠を誓った身。冗談でも王を貶《けな》すような言葉を吐き、それが聖職者から王に伝われば、騎士の地位も資産も剝奪《はくだつ》されかねないのだが。

「構わないさ。俺に限らず、皆思っていることだ」

内政を顧みず戦に明け暮れ、戦地から戻れば後宮に閉じこもりきりのエミディオ王から人心は離れている。誰も表立って反抗しないのは、聖神イシュティワルドに与えられたあの膨大《ぼうだい》な魔力ゆえだ。王族があの魔力を持つからこそ周辺諸国はトラウィスカを恐れ、侵略の報復に出ようとしない。

「いっそニカの幼馴染み探しが終わったら、騎士なんぞ辞めてニカと一緒に猟師でもやる方がいいかもしれん。仲間が居れば、ニカも気がまぎれるだろうし」

「…貴方、ティラはニカを裏切っているとはなから決め付けていますね」

「お前もだろう？　ニカの話を聞けば、十人中十人がそう思うさ。オクタビアの場合は、単にニカの純粋な心を傷付けたくないってだけで」

オクタビアの名はシルヴェストも知っている。高級娼婦ではなく、花街の顔役としてだ。さる大貴族の落胤として生まれた彼女は正妻によって娼館に売られたが、その美貌と教養を武器にのし上がり、自分自身を買い戻せるだけの財も築いた。信奉者の中には、オクタビアを正妻に望む貴族も居るらしい。

だがオクタビアは『薔薇《ばら》女神の館』に留《とど》まり、自らの意志で娼婦を続けている。花街に集まる膨大な富と情報を操り、見返りと引き換えに売りさばきながら裏社会に君臨しているのだ。おそらくザカリアスも彼女の『客』の一人なのだろう。

それにしても…。

「あの『女王』が全面的な協力を約束するとは、ニカはずいぶんと彼女に気に入られたのですね。お忍びで訪れた大司教さえ袖にされたと聞き及んでいますのに」

「……たぶん、ニカがオクタビアを普通の女のように扱ったからだろう。いや、本当に普通の女だと思っていたんだろうが」

ニカがオクタビアを客から救った経緯を聞かされ、シルヴェストは不可思議な感情が胸の奥に広がるのを感じた。

何の見返りも求めず助けたばかりか、男どもの垂涎《すいぜん》の的の身体を差し出されても断った。望んだのはただ、幼馴染みの行方をたどることだけ。

ニカらしいと痛快に思うのに、想像するだけで肌の内側からじりじりと炎にあぶられるような焦燥に襲われる。

一糸纏わぬ美しい女体がニカにしなだれかかるところを。健康的な肌を真っ赤にしたニカが女の柔肌に触れるところを。

——シルヴェスト以外の人間に、ニカが籠絡《ろうらく》されるところを。

「花街の女王もニカにかかればただの女ですか」

そんな芸当が出来る者は花街には居まい。オクタビアの素性を知らなくても、あの美貌を目の当たりにすればたいていの男は挙動不審になる。

「何せ俺も、開口一番『ルラータ』と言われたからな。ニカの住む山に出没する赤い毛の熊だそうだ。普通の樋熊より一回り大きくて知能も高く、罠にも引っかからないので狩るのに苦労するんだとか」

お前は知らないだろうが、と優越感の滲む口調で付け加えられたのがむしょうに癇《かん》に障った。

シルヴェストはもてあそんでいた酒杯をテーブルに置き、悠然と微笑む。

「では『ベルス』はご存知ですか？」

「……何？」

「人里離れた山の奥に棲息《せいそく》する鳥のことですよ。美しい金色の羽を持ち、聖神イシュティワルドの恩寵と謳《うた》われるほど麗しい声でさえずるとか」

ただし雄はとんでもなく狂暴で猟師の目玉を抉り出すこともある、とは言わないでおいた。

ザカリアスが紅い目をつっと細める。

「ニカがお前をそう言ったのか」

「ええ。どうやら私の姿はニカのお気に召したようですね」

魔力のこもった眼差しを、シルヴェストは心地好《よ》く受け流した。ワインが美味《うま》い。何かを美《お》味《い》しいと感じたのはどれくらいぶりだろう。

「……様！　お待ち下さい、ニカ様！」

「――！」

扉の向こうから慌ただしい足音が聞こえてきた瞬間、シルヴェストは酒杯をテーブルに叩き付けながら立ち上がっていた。あの声は確か邸の執事だ。

「待て、シルヴェスト！」

居間を飛び出すシルヴェストを、ザカリアスが当然のように追いかけてくる。

ばちっ、と掌《てのひら》で魔力が火花を散らした。かつてないほど狂暴な衝動が身の内で暴れている。玄関でうずくまるニカを見付けなかったら、攻撃魔術をザカリアスにぶつけてしまったかもしれない。

「何があった？」

ザカリアスの問いに、ニカに付き添っていた執事はおろおろと答えた。

「廊下をふらふらと歩いていらしたので、迷われたのかと思いお部屋にご案内しようと思ったのですが、私の手を振り解《ほど》いてここまで…」

「ニカ、……ニカ？」

シルヴェストはニカの傍にしゃがみ、顔を覗き込む。ぼんやりと見返してくるニカはどこか幼く無防備で、無いはずの庇護欲《ひごよく》をそそられた。この青年が剣を軽々と振るい、賊を斬り伏せる光景など、誰も想像出来ないだろう。

目の前で手を振ってみても、ニカは何の反応も示さなかった。

頬がほんのりと紅く、かすかに酒精の匂いを漂わせている。…酔っているのだろうか。酒は祖父に止められているとかで、食事の席では果実の絞り汁しか飲まなかったはずなのに。

「……、ラ」

ふっくらとした唇がかすかな声を紡いだ。よく聞こうと耳を近付ける。

「……ティ、ラ」

一瞬、視界が黒く染まる。

ティラ。それはニカの幼馴染み…ニカに愛され、ニカの旅立ちの原因になった女の名だ。あの女が居なければ、シルヴェストがニカに出逢うことは無かった。

あの女さえ、居なければ。

——ニカは……シルヴェストの……。

「どこだ……？」

か細い囁きが、シルヴェストの理性を呼び覚ました。ザカリアスが逞《たくま》しい腕でニカを抱き起こしている。追い返したのか、執事の姿は無い。

「…どこに、行った…？　お前は…、……」

「ここだ」

ザカリアスが宙をさまようニカの手を取った。

「ここに居る。…ここに居るぞ」

「…………」

……ああ。

一瞬浮かんだ安堵《あんど》の微笑みに、ひくりと喉を鳴らしたのはシルヴェストだけではなかった。

震える手がごく自然に己の左胸に触れた。どくん、どくんと脈打つ心臓は命の源であり、魔力の根源でもある。

そこに今、深々と撃ち込まれた。王族に次ぐと謳われるシルヴェストさえ抜けない楔《くさび》が――きっと、紅い瞳をぎらつかせる男の心臓にも。

「……ち、がう」

ニカは子どものように唇を尖《とが》らせ、ザカリアスの手を振り払った。

「ニ、ニカ。何が違うんだ？」

「…ティラは、こんなに、ごつごつしてない。もっと柔らかくて、いい匂いが、する」

がん、とザカリアスは衝撃を受けたようだったが、鍛えられた騎士と妙齢の女性とでは身体の造りそのものが違うだろう。

シルヴェストは呆れながら、ニカの手をそっと握った。

「私ならいかがですか？」

「……？」

シルヴェストも騎士にひけを取らない戦闘力を有してはいるが、魔術主体で戦う分、ザカリアスよりごつごつしてはいないはずだ。

期待通り、眉間の皺《しわ》を解いたニカはシルヴェストの手に頬を擦《す》り寄せる。

「温かい。……いい、匂い……」

安心しきった表情の愛らしさと、意外なくらいの頬の柔らかさに、楔を打たれた心臓が跳ね上がった。熱い血潮と共にどす黒い何かが全身を巡っていく。

…ティラもまた、ニカのこんな無防備な姿を見たのだろうか。睦《むつ》まじく身を寄せ合って…互いの匂いが移るほどに…。

「――ニカ」

ザカリアスも同じ苦悩を味わっているのだと、シルヴェストは熱の滲む囁きを耳にするだけで理解した。ニカのもう一方の手を掬《すく》い上げ、唇を押し当てる姿を見たら、緋獅子に恋い焦がれる令嬢たちは鼻血を噴いて卒倒しそうだ。

「光よ」

シルヴェストはとっさに魔力を紡いだ。きらきらと宙に生じた光の粒が瞬く間に膜と化し、ニカを包み込む。

ばちっ、と手を弾《はじ》かれたザカリアスが鋭い犬歯を覗かせた。

「シルヴェスト、お前…」

「いたいけな子羊が獅子の毒牙にかかるのを見過ごすわけにはいきませんから。…いつまでもこんなところに寝かせておいては風邪を引いてしまいます。私が寝室に連れて行きましょう」

軽く手を振ると、ニカが宙に浮かぶ。

その全身を覆う光の膜は、シルヴェストがニカを抱き取ると同時に消え失《う》せた。腕にかかる重みと温もりが、身の内を支配しつつあった黒いものをゆっくりと溶かしてゆく。

「お休みなさい。…良い夢を」

身をひるがえすシルヴェストを、ザカリアスは追いかけてこなかった。

魔力の繊細《せんさい》な操作ではシルヴェストに及ばない。無理に引き剥《は》がそうとすれば得意の炎の魔術でもぶつけざるを得ず、それでニカを怯えさせたくないとでも思ったのだろうか。

らしくもないと嘲笑う気にはなれなかった。シルヴェストの方が、はるかにらしくもないことばかりやっている。聖剣の行方を追うためとはいえ、ずっと避けていた因縁の相手の邸に押しかけるなんて。いつものシルヴェストなら、もっといい手段を思い付くはずなのに。

ニカの部屋に着くと、シルヴェストはベッドにニカを横たえた。枕元には繊細なカットの施された瓶《びん》とグラスが置かれ、瓶の中身は半分ほど減っている。

瓶の栓を外してみれば、つんとする匂いが漂った。…酒だ。

寝酒として用意されたものを、寝ぼけたニカが飲んでしまったらしい。下戸が一度にこれだけの量を飲んだら、酔っ払うのは当たり前だ。

「……行くな」

離れようとしたシルヴェストの聖衣の長い袖を、ニカがベッドの中から引っ張った。

榛色の瞳は凶器だ。ありふれた色彩でありながら奥底に蜜のとろみを宿し、男心をからめとる。その奥には、自ら身を投げたくなるほどの虚がある。

「行かないでくれ……、……ティラ……」

どんな手を使ってでも必ずティラを探し出そうと、シルヴェストは神に誓った。

ニカを裏切り捨てた身の程知らずのあばずれには、絶対に思い知らせてやらなければならない。己がどれほど罪深いことをしでかしたのか…シルヴェストの怒りを買ったのか…。

「どこにも行きませんよ」

シルヴェストはニカの隣に潜り込んだ。そっとかざした右手の指輪の石は、昼間ニカと出逢った時よりも赤みの強い紫色に変化している。

……やはりニカは聖剣と関わりがあるのか。

ザカリアスには言わなかったが、ニカが魔力の影響を受けないのは、聖剣と深く関わったからかもしれない。言動を分析する限り、そうと知らずに関係したのだろう。ザカリアスの目を盗み、ニカの口から洗いざらい吐かせなければ。

聖剣を取り戻すためなら、この身で籠絡してでも…。

「ティラ、…ティラ…」

切なく鳴き、ニカがしがみ付いてくる。口付けをねだるような唇に、自分の名をさえずらせることが出来たならどんなに快感だろう。ニカの中にある虚を、シルヴェストでいっぱいに満たせたのなら。

「……私はどこにも行きません。ずっとここに居ますから……」

抱き返しながら耳元に吹き込む囁きは、自分でも驚くくらい甘かった。


初めて貴族の邸に泊まった翌朝は、驚きの連続だった。

「おはようございます、ニカ」

まず、目覚めると間近に信じられないほど綺麗《きれい》な顔があった。その顔の主が麗しい笑みを浮かべ、そっと額に唇を押し当ててくる。…柔らかい。

「……、……司教？」

どうしてこんなところにと続ける前に、長いまつげに縁取られたまぶたが悲しげに伏せられた。まだ乳離れもしていない生まれたての小鹿を誤って射てしまったような、すさまじい罪悪感に襲われる。

「名前を呼んで下さらないのですか?」

「名前…?」

「ザカリアスは名前で呼んでいたではありませんか。ひょっとして、私の名を忘れてしまったのですか?」

「い、いや、覚えている。シルヴェスト、だったよな」

慌てて答えると、シルヴェストの唇がほころんだ。

「覚えていて下さって嬉しいです。これからはぜひ名前で呼んで下さい」

「あんたが構わないのなら、そうさせてもらうが…」

「ええ、ぜひ。こうして巡り合えたのもきっと、聖神イシュティワルド様の思《おぼ》し召しでしょうから」

シルヴェストはニカの首筋に腕を回し、再び額に口付ける。何かが流れ込んでくる感覚と共に、頭の奥にあった鈍い痛みと全身の倦怠感《けんたいかん》が溶けていった。

「今のは?」

「解毒の魔術です。貴方の体内に残っていた酒精を抜きました」

シルヴェストが言うには、昨日ニカが寝る前に飲んだ瓶の中身は酒だったらしい。あまりに眠くて、匂いにも気付かず飲んでしまったのだ。

その後、眠ったまま酔っ払ってふらふらさまよい、ザカリアスとシルヴェストに面倒をかけてしまったと聞かされ、治ったはずの頭が痛くなった。シルヴェストが同じベッドで休んでいたのも、運んでくれたシルヴェストに自分が縋《すが》り付いて離れなかったからだというのだから尚更だ。

「……何から何まで世話をかけてしまったようで、すまん」

「構いませんよ。むしろ役得でした」

役得って何が、と首を傾げるニカには微笑んだだけで、シルヴェストは身を起こした。レースのカーテン越しに差し込む朝日に照らされ、淡い金色の髪が輝く。

聖画の御使いめいた姿と、寝起きのしどけなさを纏わり付かせた表情の落差にどきりとした。こんな男がきらびやかな聖衣を身に着け、荘厳な教会で礼拝を執り行ったなら、誰もが感涙にむせびながらひざまずくに違いない。きっとティラなら…。

「どうしました？」

すっとシルヴェストが横たわったままのニカの頭の横に手をつき、覗き込んでくる。さらさらと流れる髪から花とも果実ともつかぬ甘い香りが漂った。

「…何が？」

「つらそうな顔をしていましたから、まだ酒精が残っているのかと思いまして」

紫色の瞳に映る自分はいつもと変わらないように見える。顔にはほとんど表れないニカの感情を読み取ってくれるのは、ゼオ以外にはティラだけだった。

……残っていると答えたら、また口付けをしてくれるのか？

つかの間浮かんだ埒《らち》も無い考えに驚きながら、ニカは首を振った。

「身体は問題無い。…ただ、ティラがあんたを見たら喜ぶだろうと思っただけだ」

「私を？」

「ティラは敬虔な聖教会の信徒なんだ。王都に行ったら必ず大教会に参拝するんだと言っていたのを思い出した」

派手な見た目に反し、毎日の祈りを欠かさないティラはニカなどよりよほど信心深い娘だった。二年前、王都に到着したらすぐにでも大教会に礼拝に訪れたことだろう。

「…そうでしたか。もしかしたら私の礼拝にも参列して下さったかもしれませんね。私は月に一度、礼拝を司っていますから」

「だとすれば、その日は一日ご機嫌だっただろうな。ティラは綺麗なものが好きなんだ。よく行商人から髪飾りを買っていたし、俺が指輪を贈った時もとても喜んで…、…シルヴェスト？」

ニカが呼びかけると、シーツにめり込んでいたシルヴェストの指がふっと緩んだ。紫色の瞳の奥にちらついていた不穏な光も消え失せる。

「失礼しました。…貴方がいつもよりたくさんお話をされるので、ティラのことが本当にお好きなのだと感動していただけです」

「好きじゃなきゃ、結婚したいとは思わないだろう？」

「……ええ。そうですね」

震えるシルヴェストの指で何かがきらめいた。…指輪だ。

ニカは宝石のたぐいには詳しくないが、非常に高価だろうという予測はついた。嵌《は》め込まれた薄紅色の石は小指の先ほどもあり、不思議な輝きを秘めているからだ。ニカがティラに贈った指輪の何百倍、いや何千倍もするに違いない。

シルヴェストがどいてくれたので、ニカはベッドから起き出した。祖父と暮らす山小屋では真っ先に暖炉《だんろ》に火を入れなければ凍えてしまうのだが、この部屋は薄い夜着一枚でも問題無いくらい暖かい。

貴族の邸というのはそういうものかと思ったら、違っていた。

「邸の主人がザカリアスだからこその恩恵ですね。彼は炎に強い適性がありますから」

シルヴェストによれば、魔力には適性というものがあるらしい。炎、水、風、大地、光、闇。自然界に存在する属性に対する働きかけやすさ——適性が違うのだ。

同じ量の魔力を持っていても炎に高い適性を持つ者も居れば、水に適性を持つ者も居る。適性外の属性を全く操れないというわけではないのだが、適性外の属性を操るには通常よりはるかに大量の魔力を費やさなければならないのだそうだ。弓矢が得意な猟師に槍で猟をさせるようなものか。

複数の属性に少しずつ適性を持つ者も居るが、ザカリアスの場合は炎に特化しているのだという。他の属性をほとんど操れないのと引き換えに、武器に炎を宿し、一振りで敵の大隊を焼き払うほどの炎術を使いこなせるのだ。ザカリアスはその魔力で邸全体を薄く覆い、空気を暖めている。

「武門の貴族には炎の適性持ちが多いですが、冬の間絶えず邸を覆い続けられるほどの適性を持つのはザカリアスくらいです」

「そうなのか。…シルヴェストはどうなんだ？」

「私は光の適性持ちですね。聖職者になるための条件は、ほんの少しでも光の適性を持つことですから」

光と闇は他の四属性に比べると適性持ちが圧倒的に少なく、シルヴェストのように光術を発動させられるほどの適性持ちともなると聖教会にもわずかしか存在しないそうだ。たいていは他の適性と一緒に光の適性もほんの少し併《あわ》せ持つだけで、光術は使えないのだという。

「さっき俺にかけてくれた解毒の術も、光術なのか？」

「はい。光術は防御や治療の術が豊富なのです」

攻撃力では他の属性に劣る光だが、防御と治癒《ちゆ》に関しては抜きんでているのだと聞き、ニカは唸《うな》った。

「いいな、光術は」

「…どうしてそう思うのですか?」

「だって、怪我も病気も二日酔いもすぐに治せるじゃないか」

猟師に怪我は付き物だ。それにゼオは大酒飲みのくせに酒に弱く、大量に飲んだ翌日は二日酔いで不機嫌になるから、すぐに治せるならありがたい。

「貴方という人は…」

シルヴェストは噴き出した。弾ける屈託の無い笑いに、ニカの目は吸い寄せられる。

「二日酔いを治せるから光術、ですか。男性なら炎の適性を望む方がほとんどなのに」

「冬を暖かく過ごせるからか?」

本気で尋ねると、またシルヴェストの笑い声が響いた。

「炎の適性が望まれるのは、戦場において最も役立つのが炎術だからですよ」

エミディオ王に限らず、歴代の王は戦に明け暮れてきた。王が絶対的権力者として君臨するトラウィスカにおいて、手っ取り早く立身出世を遂げたいなら戦場で武勲を稼ぐのが一番の早道だ。そして最も殺傷能力に優れるのは炎術である。

「たくさん敵兵を殺せば武勲になるのか?」

「…悲しいですが、そういうことになってしまいますね」

「そうか。だが…」

思案しながら続けようとすると、しっ、とシルヴェストが唇の前に指をかざした。足音もたてずに部屋を横切り、無言で扉を開ける。

するとそこには、苦虫を嚙《か》み潰したような顔のザカリアスが腕を組んでいた。

「ザカリアス？　どうしてこんなところに…」

「司教殿の珍しい大笑いが聞こえたんでな。何かあったのかと思って来てみたんだ」

不機嫌そうなザカリアスに、シルヴェストがすかさず反論する。

「嘘《うそ》をおっしゃい。ニカが起きた時からそこに居たでしょうに」

「…気付いていたくせに扉の封印結界を解かなかったのか？」

「起き抜けに貴方の騒々しい声を聞かされては、ニカが可哀想《かわいそう》ですからね」

二人の会話から察するに、ザカリアスはずっと前から外に居たが、シルヴェストが扉を封印していたせいで入れなかったということか。

それにしても、とニカは趣の異なる美形を見比べる。

「あんたたち、仲が良《い》いんだな」

「………はっ？」

二人の声が綺麗に重なった。ニカを振り向く間合いまで同じだ。

「私が、この男と？」

「朝っぱらから冗談がきついぞ、ニカ」

嫌そうに歪《ゆが》んだ顔もどことなく似ている。

ザカリアスは単なる知り合いだと言っていたが、きっとそれだけではあるまい。二人の間に流れる空気は、そう、まるでニカとティラのような…。

「――待て」

口に出そうとしたニカに、ザカリアスが掌を突き出した。

「今、何かとてつもなく嫌なことを言おうとしただろう。俺の勘は当たるんだ」

「……？　ただ、あんたとシルヴェストが、俺とティラに似ていると…」

「やめて下さい。寒気がします」

身震いするシルヴェストは、ほんの少しだけ青ざめている。何故かはわからないが、これ以上はやめておく方が良さそうだ。

「今後について打ち合わせがてら朝食にしよう。二人とも着替えたら食堂に来てくれ」

ザカリアスの提案で、シルヴェストは自分の客間に引き上げていった。ニカも最低限の着替えは持ち込んでいる。

「……ニカ」

さっそく着替えようとしたら、ザカリアスに呼びとめられた。いつも陽気な紅い瞳が、ためらいとかすかな恐れに揺れている。

「俺を軽蔑《けいべつ》するか？」

「どうして突然そうなるんだ？」

軽蔑するとしたらザカリアスの方だろう。まるで記憶が無いが、昨夜のニカは酔っ払ってさんざん迷惑をかけてしまったのだから。

「…俺が今の地位とこの邸を得たのは、戦場で武勲を立てたからだ」

――たくさん敵兵を殺せば武勲になるのか？

ニカはすぐに察した。さっきのシルヴェストとの会話を聞かれていたのだ。

「軽蔑なんてしない。生きるために命を奪うのは、騎士も猟師も同じだろう」

ザカリアスを軽蔑するのは、自分自身を貶《おとし》めるのと同じことだ。敵兵もザカリアスを殺すつもりで戦っているのだから、毛皮や肉を得るため敵対してもいない獣を狩る猟師の方が罪深いかもしれない。

「……そう、か」

猟師と一緒くたにされたら怒るかもしれないと思ったが、ザカリアスはほっと息を吐きながら前髪をかき上げた。

安堵の滲む紅い瞳に胸が騒ぐ。…どうしてそんな顔をするのだろう。たかが田舎者のティークに軽蔑されようと、ノウムの貴族は痛くもかゆくもないだろうに。

「その後は何を言おうとしていたんだ？」

興味津々《しんしん》に聞かれ、ニカは記憶をたどった。

「あれは…、どうして騎士や兵士ばかりが武勲を立てるのかと聞くつもりだった」

「…どういうことだ?」

「だって、戦場で戦っているのは騎士や兵士だけじゃないだろう?」

軍はたくさんの人間の群れだ。群れを養うには武器はもちろん、大量の食料や、生活に必要な物資を調達しなければならない。

軍にはそのための人員が存在するはずだし、騎士が戦闘に集中出来るのは彼らのおかげだろう。ならば彼らとて武勲を認められてもいいはずではないか。

「……すごいな、ニカは」

心からの賛嘆を滲ませ、ザカリアスが唸った。

「そうか?」

「ああ。普通は輜重隊《しちょうたい》の存在まで思いが至らない。それは指揮官の発想だ」

輜重隊、とはニカが考えたように、武器や食料をはじめとする軍隊に必要な物資の管理と輸送を担う部隊のことだそうだ。軍隊が活動するためにはなくてはならない存在なのに、戦場では何かと軽んじられがちだと聞いて驚いた。

「冗談だろ? 飯が食えなければ何も出来ないぞ」

「前線に出たことのある奴なら、誰もがそう実感するさ。だが肝心の王が輜重を軽んじる有様だからな。王におもねりたい高位貴族も追従して、輜重隊の待遇は悪化する一方だ」

「…王は前線に出ないのか？　神のご加護とかで、すごい魔力を持ってるんだろ？」

ザカリアスは武器の一振りで大隊を殲滅《せんめつ》するほどの炎術を使うという。ザカリアスを凌駕《りょうが》する魔力の主たる王なら、攻撃魔術で敵軍を全滅させられるのではないか。

「若い頃は出ていたらしいが、ここ数年は一度も無いな。後宮に籠もりきりで、外にはめったに出て来ない。ヴォラスとの戦いが長引いているのもその影響だ」

トラウィスカ軍の背後には聖神イシュティワルドの加護を受けた王が控えており、強大な魔力でいかなる劣勢もくつがえす。その事実は周辺諸国を牽制《けんせい》すると同時に、トラウィスカ軍にとって大きな武器でもあった。

だがヴォラス諸侯連合国との戦は、エミディオ王自ら仕掛けたにもかかわらず一度も戦場に出ていない。兵の数では大陸じゅうの傭兵を雇ったヴォラス諸侯連合国が圧倒的に勝り、ザカリアスのように攻撃魔術を操れる騎士は減少しつつある。

その結果互いに決定打を欠き、何年にもわたって不毛な争いを続けているというのだから呆れてしまう。長引く戦によって割を喰うのは王でも貴族でもない。民なのだ。

リアナやブラスのような庶民は、戦など一度も望んだことは無いだろう。乗合馬車で知り合った母子だって、エミディオ王が戦など仕掛けなければ父親を失わずに済んだ。

ニカの話を聞いたザカリアスが溜息を吐いた。

「王にニカの優しさのひと欠片でもあれば良かったんだがな」

「優しさなのか？　王は群れの親分だろう。末端の子分まで面倒を見るのは当たり前だ」

どんな獣の群れにも序列は存在するが、上の序列の者ばかり優遇しては、群れはいずれ崩壊してしまう。だからいい親分ほど末端まで目を配るし、そういう群れには猟師もなるべく手を出さない。ザカリアスの話を聞く限り、エミディオ王は親分としては最低最悪だ。

「は…っ、……はははははっ！」

ザカリアスがのけ反って笑い出したので、ニカはびくりとしてしまう。笑われるようなことを言った覚えは無いのだが。

「王は群れの親分…、か…」

「…すまん。あんたは王の騎士なんだったな」

気に障ったのだろうかと思ったが、ザカリアスは首を振った。時折、こらえきれない笑いに長身を震わせながら。

「いや、その通りだと思っただけだ。王もニカにかかったら形無しだな」

ふっと笑いを収め、ザカリアスはニカを見下ろす。さっきまでとは打って変わった、真剣な表情で。

「…ニカ。君は本当に猟師なのか？」

「何だ、突然」

「いや、昨日から思っていたんだが、君の考え方はまるで……」

ザカリアスはしばらく迷っていたが、結局続きを呑み込んでしまった。

何を言おうとしていたのだろうか。複雑そうな表情を気にしつつも着替えを済ませ、部屋の外で待っていてくれたザカリアスと共に食堂へ向かう。

「ニカ。こちらへいらっしゃい」

すでに席に着いていたシルヴェストが手招きをした。促されるがままシルヴェストの隣に腰かけようとすると、ザカリアスに腕を引かれる。

「君はこっちだ」

示された席はシルヴェストの向かい側である。そことシルヴェストの中間にある上座が邸の主たるザカリアスの席なのだろう。素直に従おうとしたら、今度は反対側の腕をシルヴェストに引かれた。

「ニカは貴族の邸に招かれるのは初めてでしょう。何かと緊張するでしょうから、私が傍に付いておりますよ」

「俺は邸の主として客人をもてなす務めがある」

ニカを挟んで二人が見えない火花を散らす。

給仕役の使用人が困り果てている様子に気付き、ニカは二人の手を振り解いた。ぽかんとする二人を尻目に、シルヴェストの席からもザカリアスの席からも離れた入り口側の席に着く。

「待たせてすまない。食事を運んでくれるか」

「……は、はい！」

給仕役の使用人は隣の厨房《ちゅうぼう》に駆け込み、食事の載ったワゴンを押して戻ると、腰を抜かさんばかりに驚いた。この邸の主人と聖教会の司教…最も敬意を払われなければならない二人が、ニカの両隣の席に着いていたせいだ。

その席は家族や客人でも最も下の序列の人間が座る席であり、ザカリアスとシルヴェストが着くのは本来ありえないことだったらしい。貴族の作法に疎いニカはそんなことなど知らなかったので、二人がおとなしく座ってくれて良かったとしか思わなかったのだが。

「昨夜考えたんだが…、ニカ。ティラ嬢が見付かるまでの間、俺の従卒をしてくれないか？」

朝から村の祭りよりも豪華な食事が始まると、ザカリアスがさっそく切り出した。

従卒？　と首を傾げると、シルヴェストが教えてくれる。

「高位の軍人に付き従い、身の回りの世話をする者のことですよ。……貴方には専属の従卒が居るはずですが？」

「正妻殿の推薦で不正に入団したことが判明したんでね。寝首を搔かれる趣味は無いから、退団させたばかりだったのさ」

ザカリアスはひょうひょうと答え、ニカにも家庭の事情をかいつまんで説明してくれた。

才能に恵まれたばかりに正妻と異母兄に命を狙われるとは、なかなかに苦労の多い人生を送ってきたようだ。それでも生来の陽気さを失わないのは、ザカリアスの強さなのだろう。

「新しい従卒を付けようにも騎士団は空前の人手不足だし、また正妻殿の紐《ひも》付きを送り込まれたんじゃたまらない。君が従卒になってくれれば助かるんだが、どうかな？　ニカ」

「…俺でいいのか？」

ニカとしてもこんな豪華な邸でお客様扱いされるよりは、働かせてもらった方が気楽でありがたい。だがニカは礼儀知らずのティークの猟師だ。逆にザカリアスの迷惑になってしまわないだろうか。

ニカの不安を、ザカリアスは熱い眼差しで拭《ぬぐ》い去った。

「君がいいんだ。君に傍に居て欲しい」

「…っ…、ザカリアス…」

揺らめく炎にも似た光を宿す紅い瞳に見詰められると、鼓動がにわかに速くなる。ちりっと項《うなじ》を焼かれるような感覚に振り向けば、艶《つや》を増した紫の瞳に呑み込まれそうになった。

「ザカリアスの従卒になれば、王宮に上がらなければなりません。きっと貴方には息のしづらいところですよ。…それより、私の手伝いをして下さいませんか？」

「あんたの、手伝いを？」

「ええ。ザカリアスから聞きましたが、読み書きが出来るそうですね。任務中に溜《た》まった書類仕事を片付けるつもりなので、ぜひ貴方に手伝って頂きたいのです」

銀のナイフを優雅に操るシルヴェストの指に嵌められた指輪。さっきは薄紅色だった宝石がどろりとした血のような色に染まっている。

血など見慣れているはずなのに、ぞわり、と背筋に悪寒が走った。心に空いた虚が軋《きし》み、喉がひりつく。このままでは呼吸が出来なくなってしまいそうで、ニカはザカリアスに向き直った。

「俺で良ければ手伝わせてくれ」

「……！　ありがとう、ニカ。嬉しいよ」

破顔したザカリアスがニカの手を握り締めた瞬間、息苦しさは霧散する。

……何だったんだ、今のは？

ちらりと横目で窺《うかが》ったシルヴェストの指輪の宝石は、元の薄紅色に戻っていた。


翌日、ニカはさっそくザカリアスの従卒として王宮に上がることになった。ニカの気が変わる前にと、ザカリアスが昨日のうちに諸々《もろもろ》の手続きを済ませてきたのだ。

王宮と言っても、大正門から見えていた尖塔《せんとう》や壮麗な宮殿ではない。その周囲をぐるりと囲む広大な敷地のうち、騎士団に割り当てられた区画だ。王族の住まう宮殿に入れるのは重臣か王族の側近、あるいは爵位を持つ貴族のみである。

ザカリアスも資格はあるのだが、異母兄と出くわしたくないから必要に迫られない限り寄り付かないと苦笑していた。逆に異母兄のマルコスは、王太子フェルナンドの側近として入り浸っているそうだ。

「皆、今日から俺の従卒になったニカだ。王都には不慣れだから色々教えてやってくれ」

第二騎士団の詰め所で団員たちに紹介され、ニカは無言で頭を下げた。

集められた三十人ほどの騎士たちは、当然ながら全員が魔力を持つ純血の貴族だ。どこの馬の骨とも知れぬティークなど気に食わないだろうと思ったのだが、反応はニカの予想の正反対だった。

「おお、お前がニカか！」

「遠くからよく来たな。王都の食べ物は口に合うか？」

「仕事のことで何かわからなかったら遠慮無く聞くんだぞ。外延は広いからな」

誰もがニカを笑顔で迎えてくれたのだ。ザカリアスが昨日、団員たちにニカの事情を話しておいてくれたらしい。後で知ったことだが、第二騎士団には『薔薇女神の館』の客も多く、オクタビアからくれぐれも恩人のニカをよろしく頼むと連絡が行っていたようだ。

「幼馴染みの子、早く見付かるといいな」

「団長はああ見えて面倒見のいい人だから、きっとお前のいいようにして下さるからな」

幼馴染みを捜すため田舎から出て来たことも好意的に受け取られたらしく、優しくねぎらわれた。

しかしながら全員が全員、ニカを受け容れてくれたわけではない。ザカリアスが王宮に呼び出されて行ってしまうと、若い騎士が嘲《あざけ》りを浮かべた。

「…はっ。何が結婚を約束した幼馴染みだよ。そんなの、金持ちの男と逃げたに決まってんじゃねえか」

「こら、アベル！　団長がお連れになった従卒に、何ということを！」

副団長がまなじりを吊《つ》り上げる。猪に似た獰猛な顔付きの副団長が怒るとかなりの迫力なのだが、若い騎士…アベルはまるで堪《こた》えた様子も無く肩を竦めた。

やや軽薄そうな印象はあるものの、顔立ちは整っている。他の団員たちも美形揃《ぞろ》いなので、強い魔力を持つ者は容姿にも恵まれるのかもしれない。

「団長が連れて来たって言っても、しょせんティークでしょう。魔力も無いのに、騎士団で働けるわけがない」

「アベル…お前、まだ婚約者のことを…」

「彼女は関係ありません。ただでさえ人手不足なのに、役立たずが騎士団に入って欲しくないだけです」

アベルはニカをひと睨みし、副団長が呼びとめるのも聞かずに去っていってしまう。副団長は苦々しい顔付きで首を振った。

「すまないな、ニカ。あいつは仕事熱心で能力も高く、本来はあんなことを言うような奴じゃないんだが…」

「婚約者のこと、まだ忘れられないんだろうな。無理も無いけど」

アベルの同期だという騎士シモンによれば、アベルには婚約者が居たのだという。相思相愛の仲だったが、婚約者はとある貴族がティークの妾《めかけ》に産ませた娘だったため、純血のノウムの嫁を望む家族からは結婚を猛反対されていた。だがアベルは実家と縁を切ってでも、婚約者と添い遂げようとしていたのだ。

今から半年ほど前、結婚式まであと数日に迫った頃のこと。婚約者は母親の故郷に結婚を報告しに行った帰り、賊に襲われてしまった。奇跡的に逃げ出せた従者によれば、賊は積荷に加え、婚約者やその侍女など、若い女性ばかりを連れ去っていったのだという。

目的はただ一つ。慰み者にした後、売り飛ばすことしか考えられない。

アベルはすぐにでも出撃し、賊を捕らえるべきだと主張した。魔術を操り、機動力にも優れる騎士団なら、婚約者たちが売り飛ばされる前に助け出せると。

むろんザカリアスもそのつもりだったが、予想外の事態が起きた。第一騎士団長が反対したのだ。半分しかノウムの血を引いていない以上、婚約者は貴族ではない。貴族ではない者のために、騎士団を出撃させるのは筋違いだと。

「王宮騎士団は第一から第五まで存在し、各騎士団の地位は名目上平等ということになっている。だが第一、第二の団長が高位貴族の出身であり、基本的に王都から出ないのに対し、第三から第五の団長は下位貴族の出身であり、陛下が戦を仕掛けるたび出陣を強いられる。そういった事情から、目に見えない上下関係が生じてしまったのだ」

「…第一と第二こそが真の騎士団。第三から第五はどさ回りっていう、ゆがんだ序列がね」

騎士団の構造に詳しくないニカのために副団長が解説し、シモンが補足してくれる。

ニカは首を傾げた。

「ザカ…、…団長がそんなことを考えるとは思えんが」

「もちろんだよ。うちの団長はヴォラス諸侯連合国との戦線に駆り出されてる騎士たちが一日も早く帰還出来るよう、全員が難しければ負傷者だけでも帰れるよう、各方面に働きかけ続けてる」

「だが第一騎士団長は、そんな団長を面白く思わない…いや、はっきり言って憎んでおられるのだ。第三、第四、第五の負傷者が戻ったら、第一と第二から補充要員を出さなければならないからな」

騎士が輝ける場所は何と言っても戦場である。だが膠着したヴォラス諸侯連合国との戦では、補充要員として出陣しても武勲を立てられる可能性は低い。

ならば王都に常駐して有力貴族と縁を結んだり、王や王太子に取り入る方が出世には断然有利だと、第一騎士団長は考えているのだそうだ。だからザカリアスの献策にはことごとく反対してきた。

「アベルの婚約者がさらわれた時も、団長の部下の婚約者だから反射的に反対したんだろうね。これが自分の部下だったら、迷わず出撃を許可したと思うよ」

「…ストゥルーみたいな奴だな」

「ストゥルー？」

きょとんとするシモンに、ニカは説明してやった。ストゥルーは栗鼠《りす》の仲間で、何故か特定の木の実を毛嫌いしており、見かけると縄張りの外へ運び出してしまう。だがその行動によって木の実は新たな場所で芽吹き、再び遭遇したストゥルーは自分が元凶なのも忘れ、また別の場所に運んでは芽吹かせ…をくり返しているのだと。

ぐふっ、とシモンは噴き出した。

「つ、つまり頭空っぽ野郎ってことか。否定出来ない…。まあ、頭空っぽでも一応は名門侯爵家の次男坊だからさ。それなりに発言力はあるんだよね。団員たちも家柄だけは一流だし」

ザカリアスと第一騎士団長の言い争いは平行線をたどり、最終的に騎士団を取り纏める近衛《このえ》将軍に判断が任された。それまででもかなりの時間を浪費したのに、ザカリアスの実家と第一騎士団長の実家、どちらの機嫌も損ねたくなかった近衛将軍は『騎士団は出撃させない。代わりに警備隊を救助に向かわせる』という日和見《ひよりみ》の決断を下したのだ。

最悪の決断と言っても良かった。街中の警備すらまともにこなせない警備隊に、賊の迅速な捕縛など出来るわけがないからだ。案の定警備隊はアベルの婚約者が襲撃された一帯をうろつくばかりで、時間だけが無駄に過ぎていった。

我慢しきれなくなったアベルは婚約者を捜すため王都を飛び出し、シモンやアベルに同情する騎士たちも続いた。

「将軍の決定に逆らうんだから、明確な軍律違反だ。公になれば騎士の資格を剥奪《はくだつ》されてもおかしくなかったんだけどね。うちの団長が架空《かくう》の出張任務を捏造《ねつぞう》してくれたおかげで、どうにか首は免《まぬが》れたんだ」

アベルは騎士としては珍しく、土の魔力の適性を持っているという。賊に踏み荒らされていた大地の痕跡《こんせき》を読み解き、賊の隠れ家を探し出すことに成功した。久しぶりに大きな稼ぎを得た賊は飲めや歌えのどんちゃん騒ぎの真っ最中で…アベルの婚約者は、酔った賊たちに代わる代わる犯されていたそうだ。

賊はアベルとシモンたちによって一掃された。

だがアベルの婚約者は嫁入り前の身を穢《けが》されたこと、その現場をアベルに目撃されてしまったことを恥じ、自ら命を絶ってしまった。

「それからだよ。あいつが変わってしまったのは」

「……」

「事件直後に俺たちが動けていれば…せめて警備隊に魔力があれば、彼女があんなことになる前に救い出せたかもしれないと後悔し続けているんだ。ニカには理不尽な話だと思うけど…」

婚約者を助けられなかった警備隊に対する怒りが、ティークそのものへの怒りにすり替わってしまったということか。婚約者が悲劇の死を遂げたのは、その身に流れるティークの血のせいだという憤りもあるのかもしれない。

「…そういうことなら仕方が無いとは思う。ティラの件については許せそうにないが」

ニカが言うと、シモンは申し訳無さそうに頭を下げた。

「それは当然だよ。誰が相手でも、絶対に許される発言じゃない」

「あいつには態度を改めるよう、きつく言い聞かせておく。ここは私に免じて堪《こら》えて欲しい」

副団長にまで頭を下げられてしまえば、ニカも頷かざるを得なかった。ティラに対する暴言は許しがたいが、ニカがザカリアスの従卒を務めるのはそう長い間ではないし、揉《も》め事を起こしてザカリアスに迷惑をかけたくない。

幸い、その後はこれといった事件も無く、詰め所の設備を案内されて一日が終わった。

「お帰りなさい、ニカ」

ザカリアスの邸に帰ると、簡素な普段着でさえ麗しいシルヴェストが微笑みを浮かべて出迎えてくれる。一緒に帰宅した邸の主人は、紫色の瞳に映っていないようだ。

「……」

「…どうしました？　何かありましたか？」

シルヴェストが白い手を心配そうに伸ばしてくる。頬に触れられる前に我に返り、ニカは首を振った。

「すまん。祖父さん以外の奴に『お帰り』と言ってもらったのは初めてだったんで、驚いた」

「…ティラ嬢も、貴方を出迎えたことは無いのですか？」

「あいつは俺が居ない時に山小屋へ入ったりしなかったからな」

「そうですか。では私が、お祖父様以外で貴方に『お帰り』と言った最初の人間というわけですね」

何故そこでシルヴェストが嬉しそうな顔になるのか、ニカにはわからなかった。ザカリアスが『明日は少し時間をずらして帰らないか？』と悔しそうに提案するのかも。

「初めての王宮は疲れたでしょう。食事の前にお茶はいかがですか？　評判の店の焼き菓子が手に入ったのですよ」

「ああ…」

魅力的な誘いに頷こうとした時、ニカの目はすうっとシルヴェストの指に吸い寄せられた。ザカリアスもシルヴェストも気付いていないが、シルヴェストの指輪の宝石がまた血のように紅く染まっている。今朝は薄紅色だったはずなのに。

ぞく、とまた嫌な寒気が背筋を這《は》い上がった。

「…悪いが、食事の前にやっておきたいことがあるんだ。また後でな」

「ニカ……？」

傷付いたようなシルヴェストの表情に胸の痛みを覚えながら、ニカはザカリアスが止めるのも聞かずに部屋に駆け込んだ。ぱたん、と扉が閉まったとたん、全身が凍り付いてしまいそうな寒気は嘘のように消え去る。

「くそ…、本当に何なんだ、これは…」

くしゃりと前髪ごと額を押さえるが、答えてくれる者は居なかった。

翌日、第二騎士団の詰め所に到着するなりアベルと遭遇してしまった。王宮へ報告に上がるザカリアスとはすでに別れていたのだが、嫌そうに唇を歪《ゆが》めるくらいで何も言ってこなかった。副団長によほど厳しく絞られたようだ。

「……？　今のは……」

アベルとすれ違った瞬間、覚えのある匂いを嗅《か》いだ気がしてニカは記憶をたどる。

…そうだ、ゼオから教わった血止めの薬草の匂いだ。シルヴェストと出逢《であ》った林にも生えていたが、王都のような都会には自生しないはずである。騎士に怪我《けが》は付き物だから、騎士団で栽培しているのだろうか。

「薬草の栽培？　してないよ。治療薬のたぐいは騎士団付きの医師が管理することになってるから」

装備品の一覧を作っている最中、通りがかったシモンに聞いてみたら否定されてしまった。

シモンは連れの騎士を先に行かせ、ひそめた声で心配そうに尋ねてくる。

「アベルはどう？　絡まれたりしてない？」

「ああ、おかげで何も」

「なら良《い》いけど…。あいつ、最近休憩時間に詰め所を抜け出して、王都の外に出てるみたいなんだ」

今、王都の外にはトラウィスカ各地から集まった闇商人たちがうろついているのだという。

扱うのは麻薬や奴隷や無許可の娼婦《しょうふ》など、表向きは法で禁じられているものばかりだ。しかし各地から流れ込んでくる民があまりに多く、王都の商店だけでは彼らにまで食料や生活必需品が行き渡らないため、黙認されているのが現状だった。

「闇商人を一掃しちゃったら、流民が暴動を起こしかねないからね。今のところ第二《うち》にも取り締まりの命令は下されてない」

「第一騎士団はどうなんだ？」

「完全無視だね。あいつらは元々、王都の警備なんて放り出しちゃってるから」

シモンが皮肉な笑みを浮かべて言うには、第一騎士団所属の騎士たちは王宮に入り浸って高位貴族と親交を深めたり、有力な婿《むこ》入り先を探したりするのに熱心で、酷《ひど》い者になると籍だけ置いて一度も出仕しなかったりするらしい。ただの『貴族子弟』より、『近衛騎士《このえ》』の方が肩書として有利だからだ。

「…で、第一が放り出した王都の警備は第二が一手に引き受けてるわけだ。だからアベルが闇商人たちを監視して回るのはおかしなことじゃない。奴《やつ》らの『商売』が目に余るようなら、さすがの将軍も取り締まり命令を下すだろうからな。けど…」

「休憩時間に抜け出しているのが気になる、か？」

「…鋭いな。さすが団長に見込まれただけのことはある」

任務の一環なのだから、堂々と勤務時間帯に向かえばいい。ザカリアスだって許可するだろう。わざわざ休憩時間に抜け出すせいで、シモンに怪しまれているのだ。

「まだ噂《うわさ》の段階なんだけど…どうも闇商人と警備隊の一部が結託し、街中の流民を奴隷として横流ししてるみたいなんだ。たぶん警備隊の奴らの背後には騎士も絡んでいる。アベルはその闇商人を突き止めるために動いてるんじゃないかと思う。騎士団に迷惑がかからないよう、休憩時間にたった一人で…」

「…本人には確かめたのか？」

「もちろん、何度も尋ねたよ。でもあいつは『ただの息抜きだ』って譲らなくてさ。業を煮やして尾行したこともあるけど、撒《ま》かれて終わり」

シモンは風の適性を有しているが、土の適性持ちのアベルは大地に呼びかけて己の痕跡を消すのが非常に上手《うま》く、気付けば姿を見失ってしまうのだという。

「だからもし休憩時間にあいつが外へ出て行くところを見かけたら、俺か副団長に教えて欲しいんだ。酷い態度を取られたニカにお願いするのは、悪いと思うけど…」

「わかった。必ず伝える」

ニカが請け合うと、シモンはほっとしたように微笑《ほほえ》み、持ち場へ去っていった。ニカも一覧を完成させたり、王宮から戻ったザカリアスの世話をしているうちに時間はどんどん過ぎていってしまう。

従卒を始めてから数日後。午前の任務を終えた直後に、ニカはアベルの姿を見た。皆が食堂に向かう中、たった一人で詰め所の外へ歩いていく。

とっさに周囲を見回したが、シモンと副団長の姿は無かった。ザカリアスは月に一度の昼《ちゅう》餐会《さんかい》とやらで渋々王宮に召し出された後だ。迷う間にも、アベルの姿はどんどん遠ざかっていく。

……仕方無い！

ニカは備品の弓と祖父の剣を装備し、アベルを追った。

自分に有利な狩場まで獲物を追尾することには慣れているが、相手は人間で、しかも魔力持ちの騎士だ。勘付かれればシモンのように撒かれるか、怒鳴り付けられておしまいだろう。細心の注意を払って追いかけるニカに気付いているのか、いないのか。アベルは背後を振り返ること無く足を速め、王宮を出ると、第一層と第二層を通り抜け、あっという間に第三層へ到着する。

「…、…何だ？」

曇天にもかかわらず、時折アベルの背中が陽炎《かげろう》のようにぼやける。まぶたをこするとはっきり見えるようになるのだが、しばらく経《た》てばまたぼやけだす。目が疲れているのだろうか。

何度もまぶたをこすりながら追ううちに、大正門を出たアベルは王都の外壁をぐるりと回り込んでいった。その先には粗末な天幕や掘っ立て小屋が外壁にこびりつくように立ち並び、ちょっとした街を作り上げている。大正門から直接王都に入った者や、王都に住まう民は決して目にすることの無い光景だ。

アベルは物陰に身を潜め、奥まったところにある天幕を見張り始めた。慣れた様子からして、何日もずっとこうして監視しているのだろう。

あの天幕に何があるのか。じっと待っていると、天幕の入り口代わりの毛布が内側からめくれ上がった。出て来たのは人相の悪い男たちだ。抱えていた大きな麻袋を、廃材で作られた荷車に乗せていく。

……ずいぶん大きな袋だな。

幼い子ども一人くらいなら入ってしまいそうだ、と思った時、緩んでいた袋の口からはみ出たのは――手だ。小さなその手が握っているものを、ニカは猟師の視力で捉《とら》えた。木彫りの小鳥…あれは確か、乗合馬車で出逢った女の子にニカがこしらえてやったものだ。

「おい、出てるぞ」

「おっと、すまねえ」

男たちは女の子の手を押し込むと、袋の口をきつく縛り直した。他にも同じくらいの大きさの麻袋を三つも積んでから、荷車を押して歩き出す。

「あいつら……」

たぶんあの男たちが、シモンの言っていた警備隊と結託する闇商人なのだろう。アベルは地道な監視から彼らの犯行に気付き、現場を押さえようとしていたのだ。そして今日、とうとうその機会に恵まれた。

だがアベルはまだ飛び出そうとしない。おそらく今出て行っても、自分の子だとか、親のところへ連れて行くところだとか言い抜けられてしまうからだろう。売買の瞬間を押さえ、確実に捕らえようとしているのか。

「っ……？」

そうこうするうちに、アベルの姿がまたぼやけた。今度はまぶたをこすっても見えるようにならず、完全に消え去ってしまう。

……魔術を使ったのか？

シモンでも撒かれてしまったのだから、ニカがこれ以上追跡するのは不可能だろう。だが闇商人たちは街の出口で待ち構えていた幌馬車に麻袋を積み込み、街道へと走り出した。アベルが彼らを追わないわけがない。

ニカの足なら馬車と併走するのも不可能ではないが、隠れる場所の無い街道では闇商人たちに気付かれる可能性が高い。そうなればアベルの苦労は水の泡、女の子たちの身にも危険が及んでしまう。

「くそ、どうすれば…」

きつく剣の柄《つか》を握り締めた瞬間、ニカは思い出した。アベルから漂った、血止めの薬草の匂いを。

闇商人たちに言い逃れの余地を与えぬよう、アベルは売買の現場も押さえておいたのかもしれない。あんなにきつく縛った袋の中では、子どもたちは長くは生きられないだろう。せっかくの商品を死なせるはずはないのだから、きっと売買の場所はここから遠くはない。

ニカは旅人たちで賑《にぎ》わう大正門まで取って返し、全力で走った。

数々の手掛かりが示す場所——シルヴェストと出逢ったあの林に向かって。

不用心にも、闇商人たちの乗っていた馬車は林のすぐ傍《そば》に停《と》められていた。取り締まる騎士団が居ないからこその不用心さだ。人影は無い。そっと荷台の幌をめくってみるが、中は空っぽだった。

……奥に運び込んだのか。

姿の見えないアベルも、きっと闇商人たちを追ったのだろう。

足音を殺し、木立の奥へ進んでいくと、人の話し声が聞こえてきた。ニカはさっと木の陰に身を潜め、奥を窺《うかが》う。そこにたむろする男たちよりも、密集した木立がそこだけまばらなのが気になった。木にいくつも刻まれた等幅の爪痕《つめあと》、あれは…。

「…ご苦労だったな。今回は女が三人か。良くやった」

「へへ、ガキでもやっぱり女の方が売れますからね。うっかり爺《じじい》や婆《ばばあ》をさらっちまった日にゃあ、殺して埋めなきゃならないんで大変ですし」

下衆《げす》な笑みを浮かべる闇商人に頷《うなず》いているのは、ザカリアスと同年代くらいの赤毛の男だ。初めて見る顔だが、小綺麗《こぎれい》な身なりや尊大な物腰からして貧しい庶民ではあるまい。闇商人に協力しているという警備隊員だろう。

その背後に控える屈強な五人の男たちは、雇われの傭兵《ようへい》か。警備隊員にしては目付きにも身のこなしにも隙《すき》が無い。

「悪いが、中身を確認させてもらうぞ。長い付き合いでもこればかりは欠かせないからな」

「へい、どうぞどうぞ。そのためにわざわざここまで運んで来たんですから」

警備隊員が地面に置かれた四つの袋を次々と開けていく。一人はニカが木彫りをあげた女の子、もう三人のうち二人は女の子よりいくぶん年上の少女で、一人は少年だった。薬か何かで眠らされているようだが、いずれも顔立ちの整った子どもばかりで胸糞《むなくそ》が悪くなる。

「…女三、男一、確かに。では、これを」

「へへへ、いつもおありがとうございます」

警備隊員が差し出したずっしりと重たそうな袋を、闇商人は押し戴《いただ》いた。その瞬間、鋭い警告が響き渡る。

「――動くな！」

向こう側の木立から飛び出してきたアベルは魔術を解いたのか、姿が見えるようになっていた。愕然《がくぜん》とする赤毛の男に、抜刀した剣の先を突き付ける。

「警備隊員ホセ・サラス！　人身売買の瞬間、しかと見届けさせてもらった。もう言い逃れは出来ないぞ！」

「…くそ、アベル。尾《つ》けてやがったのか」

赤毛の男…ホセとアベルは面識があるようだ。警備隊員は魔術が発動出来なかった貴族の子弟も含まれているから、知り合いでもおかしくはない。その筋から、アベルはこの事件にたどり着いたのか。

蒼白《そうはく》だったホセは、アベルが一人きりだと気付くなりふてぶてしさを取り戻した。

「…何だ、騎士団の奴らは一緒じゃないのか」

「お前らごとき、俺一人でじゅうぶんだからな。……土よ」

アベルの魔力に反応し、ぼこぼこと隆起した大地が子どもたちを包み込む。これでは子どもたちを運び出すことはおろか、触れることすら出来ない。

「て…っ、てめぇ、何しやがる！」

青ざめた闇商人が腰の短剣を抜き放つが、アベルに突進しようとしたとたん、盛り上がった土に足を引っかけて転んだ。土はそのまま足枷《あしかせ》に変化し、闇商人を地面に縛り付ける。

もがく闇商人には一瞥《いちべつ》もくれず、アベルは握り締めていたいくつもの小石をホセたち目がけて投げ付けた。

ただの小石ではない。アベルの魔力を帯びたそれらは熟練の射手が放つ弓矢より速く、強く空を裂き、唸《うな》りを上げながら襲いかかる。

鎧《よろい》も着けていないホセたちなどひとたまりもない――はずだったが。

「な…っ、何…？」

困惑の声を上げたのはアベルだった。ホセが手をかざしたとたん光り輝く壁が出現し、小石を弾《はじ》き返したのだ。ホセの腕に嵌《は》められた腕輪がちかちかと光っている。

「やれやれ、騎士団の旦那から借りといて良かったぜ」

「っ…、それは魔術具…。やはりお前の後ろには第一騎士団が…」

「お前は知らなくていいんだよ。…ここで死ぬんだからなあ！」

壁の背後から、剣を抜いた傭兵たちがいっせいにアベル目がけて突進する。アベルは地面をぼこぼこと隆起させるが、引っかかったのは一人だけだ。残る四人は瞬く間に距離を詰めていく。

「伏せろ、アベル！」

ニカは木の陰から飛び出しざま叫んだ。アベルが驚愕しつつも従うのを見届け、番《つが》えていた矢を放つ。…二本同時に。

「ひっ…」

「…がぁっ…⁉」

宙で二方向に分かれた矢はそれぞれ、二人の傭兵の項《うなじ》と背中に命中した。何が起きたのかもわからぬまま、二人の傭兵は倒れる。

「あと二人」

無意識に浮かべた狩人の笑みにアベルが息を呑《の》んだのにも気付かぬまま、ニカは弓と祖父の剣を持ち替えた。

ようやくもう一人の敵を認知した傭兵たちが向き直るが、ニカを剣が届く距離まで近付かせた時点で終わっている。一人は振り下ろした一撃で、もう一人は返す刃で仕留めた。

「ま、まま、待ってくれ。これには訳があるんだ」

情けない声に振り返れば、ホセがアベルに震える手を突き出し、じりじりと後ずさっているところだった。魔術具とかいうあの腕輪の力は、無限に使えるものではないらしい。

「訳なら後でじっくり聞いてやる。…牢《ろう》の中でな」

「ひいいっ！」

アベルの拳《こぶし》をみぞおちに打ち込まれ、ホセは失神してくずおれた。アベルは魔力で土を枷に変化させ、ホセを拘束する。

「……ざまは無いと思ってるんだろ」

ザカリアスといいシルヴェストといい、魔術とはとことん便利なものだと感心しながら眺めていたら、アベルが悔しげに呟《つぶや》いた。

「は？ …何故《なぜ》だ？」

「今さらとぼけるなよ。お前、故郷で猟師だったんだろ。休憩時間に猟をしてたらこんなところに出くわして、四人も仕留めちまうんだから、確かに団長に見込まれるだけはあるよ。…俺なんて、間抜けにしか見えないだろうな」

「……？」

アベルの言うことがまるでわからなかった。休憩時間に猟？　ニカはアベルを尾けてきたのに、どうしてそんな解釈をされるのだろう。

「え、……違うのか？」

アベルもさすがに何かおかしいと気付いたらしく、刺々《とげとげ》しい空気が少しだけ和らいだ。ニカは手短に説明する。シモンから聞いた話と、ここにたどり着くまでの経緯を。

「……俺を、詰め所から尾行してたって⁉」

「そうだが…何かおかしいか？」

「お、おかしいなんてもんじゃないだろ。俺は気配を消す術に関しては、第二随一と言われてる。その能力で団長に拾われたようなものなんだ。シモンの奴でも俺を追えなかったのに」

その『気配を消す術』とやらを、シモンに怪しまれていると勘付いていたアベルは今日もしっかり使っていたという。

ああ、とニカは頷いた。

「もしかして、時々あんたの姿がぼやけてたのはそのせいか」

「……へっ？　お前…、魔力の流れが見えたのか？　しかも術にかからなかったのか？」

「魔力の流れはわからんが、術にかかっていたとは思う。こいつが子どもたちを運び出そうとした後は、あんたの姿が見えなくなっていたからな」

ニカが地面に縛り付けられたままの闇商人を顎でしゃくると、アベルの顔に驚愕が広がっていった。

「…あの時、万が一にも気配を悟られまいと、術を最大限にまで強めたんだ」

「そうか。だから見えなくなったんだな」

「だが、それまでだって気を抜いてたわけじゃない。現に誰も俺に気付かなかった。…お前以外は」

なるほど、だからアベルはニカが自分を尾けていたわけがないと、最初からこの林に居たに違いないと思い込んでいたのだ。納得するニカを、畏《おそ》れの混じった目が凝視する。

「お前は、……何者なんだ？」

「……？」

「魔力を見、騎士の術にも惑わされないなんて、ただのティークであるわけがない。お前は……」

ひゅっ、とアベルが息を呑んだ。

ニカが無言で剣を収め、代わりに弓を構えたせいで。番えた矢の矢尻は、アベルの喉笛に向けられている。

「俺はただの猟師だ」

――ひゅんっ！

放たれた矢は身じろいだアベルの喉笛ぎりぎりをかすめ、その背後から今にものっそりと現れようとしていたモノに命中した。眉間に矢を喰《く》らい、茂みからよろめき出てきたのは漆黒の毛並みの熊だ。

「グゴ、…オッ…」

熊は執念深くアベルに襲いかかろうとしたが、ニカが喉と頭に二本ずつ矢を打ち込んでやると倒れ、動かなくなった。食べ物が乏しい季節なのに、その体軀《たいく》は小柄ながらじゅうぶん肥えている。

「…どうして、熊がこんなところに…」

アベルが呆然《ぼうぜん》とするのももっともだった。王都からそう離れていないこの林は、熊の生息域としては相応《ふさわ》しくない。

だがニカには理由を察することが出来た。…きっとこの熊もまた、どこかの山での縄張り争いに負け、追い出されたのだ。乗合馬車を襲った猪《いのしし》のように。そしてたどり着いたここで、栄養のある餌《えさ》にありつけた。

——うっかり爺や婆をさらっちまった日にゃあ、殺して埋めなきゃならないんで大変ですし。

ニカが推察するうちに、アベルも闇商人の言葉を思い出したのだろう。

「…埋められた人間の骸《むくろ》を、喰ったのか」

「おそらくな。…本来、熊は自分から人間を襲ったりしないものだ」

なのにこの熊は人間の街と離れていないここを縄張りにした。木々に刻まれた等間隔の爪痕は、故郷の山でもよく見かけた熊のものだ。

「人間の味を覚えてしまったから、ここに棲《す》み付いた。…とうとう死体じゃ物足りなくなって、俺を襲おうとしたのか」

「…う、うぅっ…」

アベルに睨《にら》まれた闇商人が震え上がる。もしアベルが乱入しなかったら、熊に喰われていたのは自分たちだと悟ったのだろう。

「……、んっ……」

土の壁の奥から、覚えのある小さな呻《うめ》き声が聞こえた。アベルにも聞こえたようで、アベルは土の壁を慌てて取り除く。

「…おにい、ちゃん…？」

麻袋から出してやると、女の子はぼんやりとニカを見上げてきた。闇商人に与えられた薬が切れつつあるようだ。アベルに出してもらった他の子たちはまだ眠っているが、そのうち目覚めるだろう。

「わたし…、おかあさんとあるいてたら、こわいおじさんたちにつかまって…いたいこと、いっぱいされて、ねむくなって…。…おにいちゃんが、たすけてくれたの…？」

「いや、助けてくれたのはあの騎士様だ」

ニカは女の子にそっとアベルの方を向かせた。アベルはぎょっとしたように首を振る。

「…っ…、違う。俺は何も出来なかった。こいつらを倒したのはほとんどお前じゃないか」

「何を言っている？　この子たちが助かったのは、あんたのおかげだろう」

ニカは女の子を抱き上げ、アベルに歩み寄った。ニカと女の子、二人にじっと見詰められ、アベルはたじろいでいる。

「あんたがあいつらの監視を地道に続けて、こうして売買現場を取り押さえたからこそ、この子は助かったんだ」

「…っ…、ど、うして、そんなことが、わかるんだ…」

「あんたとすれ違った時、薬草の匂いがした。このあたりではここにしか生えない草だ」

その匂いが染み付くくらい何度も足を運び、ここしか無いと断定出来るほど調べ尽くしたからアベルは売買の瞬間に遭遇したのだ。全てはアベルの努力の賜物《たまもの》であり、ニカはただ居合わせただけに過ぎない。

「…きしさま、ありがとう」

ニカの腕の中から、女の子が手を伸ばした。呆《ほう》けたような顔のアベルが反射的に手を差し出すと、きゅっと握り締める。

「たすけてくれて、ありがとう」

「……あ、……ああ、……」

みるまに潤んだアベルの瞳からぽろぽろと涙がこぼれる。

突然泣き出した大人に女の子はびっくりしたようだったが、やがてもう一方の手で『いいこ、いいこ』とアベルの頭を撫《な》で始めた。

その後、アベルが打ち上げた信号弾により詰め所からシモンたちが駆け付け、ホセと闇商人たちは捕縛された。騎士と団長の従卒に売買現場を目撃された上、さらわれた子どもたちという証拠まで揃《そろ》っていてはさすがに言い逃れは出来ず、全員罪を認めたという。

警備隊が取り調べと称して連行した流民を、ホセの仲間の警備隊員がこっそり闇商人たちに引き取らせ、王都の外へ運ばせる。そこをホセがあの林で受け取り、子どもを望む金持ちや幼女趣味の変態に売り飛ばす。それが取り調べによって明らかになった彼らの手口だった。警備隊員は腐っても貴族なので、そうした人脈には事欠かないらしい。

だが常に幼い子どもを捕まえられるとは限らず、時には労働にも春を売るにも向かない老人が捕まることもあった。そうした老人たちは街に戻すことも出来ず、口封じのために殺して林の奥に埋めていたそうだ。

熊はそれを掘り返し、喰らっていたのだろう。林の奥からは、ばらばらになった何人分もの骨が発見された。ホセとその仲間、そして闇商人たちが極刑に処されるのは間違いあるまい。

「……、無茶をして……！」

詰め所に戻った後は、事件を知ったザカリアスに泣きそうな顔で抱き締められた。傍にはアベルも居る。てっきりまた文句を言われるかと思ったのだが、予想に反してアベルは左胸を拳で叩《たた》き、己の剣の鍔《ガード》をニカの剣のそれに軽くぶつけてきた。

おおおっ……。

シモンや団員たちがどよめく。ザカリアスも珍しく驚きを露《あら》わにしていた。後で知ったことだが、アベルの一連の行動は騎士が深い感謝と忠誠を捧《ささ》げる誓いの時のものだそうだ。

「――ニカ。すまなかった。婚約者のティラ嬢を侮辱《ぶじょく》したこと、心から詫《わ》びる」

「アベル…？」

「お前のおかげでやっと気付いたんだ。俺が憎んでいたのはティークでも、ティークの血でもない。…自分自身の憶病さだったんだと」

婚約者がさらわれた時、出撃を許されないことを嘆く暇があったら、自分一人だけでもさっさと飛び出していけば良かったのだ。そうすれば酷い目に遭わされる前に彼女を助けられたかもしれないと吐露するアベルに、シモンはやるせなさそうに首を振った。

「それは違う。たとえ賊の隠れ家を探し出せていたとしても、お前一人だけじゃ、多勢に無勢でやられちまった可能性が高い」

「そうだぞ、アベル。お前は騎士として正しい判断をしたんだ」

副団長も加わるが、アベルは苦い表情を崩さなかった。

「でも、彼女の婚約者としては間違っていました。彼女はきっと俺を恨んでいる。そう思うと苦しくて、彼女を見付け出せなかった警備隊に…ティークへの怒りにすり替えていた。…醜い八つ当たりをしていたんです。ニカに対しても」

でも、とアベルは泣きそうなのを堪《こら》えるように唇をゆがめた。懐を探り、取り出したのは木彫りの小鳥だ。『たすけてくれたおれいです』と、女の子がアベルに贈ったのである。

「あの女の子にお礼を言われた時…、ああ、今度は間に合ったんだって思って…魔力だ騎士だと偉ぶっていた自分が恥ずかしくなったんです。俺は魔力を持たないニカに助けられた。何かを為《な》すのに、本当は魔力なんて関係無いのに…」

喉を震わせるアベルと、はっとしたザカリアスの視線が重なったように見えた。だがそれは一瞬で、アベルはすぐにニカに眼差《まなざ》しを向ける。

「お前は俺を生まれ変わらせてくれた。…ありがとう。この恩は一生忘れない。お前のためならどんなことでもしてみせる」

「…なら、一つだけ頼んでもいいか」

「何なりと」

アベルが今までとは別人のように恭しく応じた瞬間、一同がごくりと息を呑む。何故皆こんなに緊張しているのかと疑問に思いつつも、ニカは願いを告げた。

「あの女の子の母親を見付けて、出来たら良い働き口を世話してやって欲しい」

「……」

「…………」

絶句したのはアベルだけではない。ザカリアスを含む全員がぽかんと口を開け、やがてどっと爆笑した。

「あは、はははっ！　願いってそれかよ！　ニカらしいっちゃあ、らしいけどさあ！」

げらげら笑うのはシモンだ。副団長も腹を抱え、苦しそうに笑っている。

厳格で知られる彼が笑うのは数年に一度あるか無いかの珍事だとニカが知るのは、少し後のことだ。騎士は誓いを捧げた者の命令なら、必ず従わなければならないということも。

「――承知した」

くしゃりとアベルは笑い、深々と腰を折った。

「お前の願い、必ず叶《かな》えよう」

――数日後になるが、アベルは見事女の子の母親を探し出し、城下の孤児院に預けられていた女の子と引き合わせた。

安酒場の女給としてこき使われながら娘を捜し続けていた母親は、諦《あきら》めかけていた娘との再会に歓喜し、ニカのおかげでもあると知ると腰を抜かすほど驚いたという。その後はアベルの推薦で穏やかな貴族の老夫婦の邸に雇われ、娘共々安らかな暮らしを手に入れたそうだ。女の子と一緒にさらわれていた他の子どもたちも、アベルによって親元へ帰され、困窮《こんきゅう》した親には条件のいい働き口が世話されたのだった。

事件以降、アベルとシモンという比較的歳《とし》の近い騎士の好意を得たことにより、第二騎士団はニカにとって居心地の良い場所になった。騎士は強い者に敬意を払う。アベルと共闘し、子どもたちを救い出したニカがただの『団長のお気に入り』ではないと悟った団員たちは、同情ではなく友情をもってニカを受け容《い》れたのである。

しかし、全てが上手くいったわけではない。

「うわあっ！」

細身の騎士がお使い帰りのニカとすれ違いざま倒れ込んだのは、事件から三日目のことだった。

第一騎士団の騎士だと、ニカは一目で察する。日々鍛錬を欠かさない第二騎士団には、こんなひょろひょろの騎士など存在しないからだ。

……本当に仕掛けてきた、か。

アベルとニカがホセたちを捕らえたことにより、人さらい事件の調査は第二騎士団が担当することになった。

ザカリアスはホセや仲間の警備隊員、闇商人たちを連日取り調べ、時には拷問まで用いたそうだが、彼らは頑《かたく》なに『事件の首謀者は自分たちである』と主張した。

ホセが使用していた魔術具の腕輪——魔法陣が仕込まれ、魔力を持たない者でも魔術を行使出来るようになる道具は非常に高価であり、危険性も高いことから聖教会に管理されている。警備隊員ごときが手に入れられる代物ではない。背後には必ず騎士が存在するとザカリアスは踏んでいたのだが、ホセたちは減刑をちらつかされても吐かなかったのだ。何らかの弱みか人質でも握られていると思われる。

　おそらく真の首謀者は明かされぬまま、ホセたちが処刑されて一件は終わりとなるだろう。ザカリアスは悔しそうに言っていた。真の首謀者は配下と巨額の収入源を奪った第二騎士団を逆恨みし、復讐《ふくしゅう》の機会を狙《ねら》っている。だがザカリアス自身を狙う度胸は無く、ザカリアスの弱みとなりうるニカを標的にするかもしれない、とも。

　だから細身の騎士があたりをうろうろし始めた時は、こいつかと思ったのだ。

「貴様、私の足を引っかけたな⁉」

「ティークが誇り高きノウムの騎士に怪我を負わせるなど、聖神イシュティワルド様もお許しにならない蛮行だぞ！」

「死んで詫びろ、野蛮人が！」

　細身の騎士が叫ぶと、わらわらと寄ってきた第一騎士団員たちが喚《わめ》きたてる。

　きっと想像もしないのだろう。魔力を持たぬ愚鈍なティークが自分たちの気配に気付いていたばかりか、何をやらかすかまで薄々察していたなんて。

「お待ちなさい、皆さん」

　綺麗に整えられた植え込みの陰から、白い聖衣を纏《まと》った聖職者が現れた。

　胸のロザリオにあしらわれた薔薇《ばら》は二輪。勤務中はなかなか教会へも行けない騎士たちのため、聖教会から配属された騎士団付きの司祭だ。

詰め所内で礼拝を執り行ったり、騎士たちの心の平安のために尽くすのが務めのはずなのだが、シルヴェストとはまるで違う。ティークに対する侮蔑を隠そうともしない。

「そのティークは仮にも王国貴族たるザカリアス卿の従卒。主人の許し無くその所有物を損壊させるのは、聖神イシュティワルド様も禁じておられます」

「ならば、司祭殿はどうせよと申されるのか？」

「簡単なこと。騎士なら騎士らしく、決闘にて制裁を下されればよろしいのです。立会人はこの私が務めましょう」

司祭が胸を張ると、細身の騎士はにやりと笑った。

「決闘は聖神イシュティワルド様に許された正当なる行為。それならザカリアス卿も否やも申されますまい」

「まこと、良き考え。さすがは司祭殿」

「ティーク風情にまで決闘を許すとは、聖神イシュティワルド様は何と慈悲深いのか」

第一騎士団員たちがはやし立てる。

…溜息《ためいき》が出そうだった。細身の騎士は自分で勝手に転んだのだ。仮にニカの仕業だったとしても、第一騎士団の団員が『ティーク風情』に足を引っかけられたくらいで転ぶなど、恥ずかしくないのだろうか。

……茶番だな。

細身の騎士は最初からニカを決闘に引きずり出すためにこんな真似《まね》をしたのだ。他の団員たち、たぶん司祭もぐるだろう。ただ暴力を振るったのではザカリアスに糾弾《きゅうだん》されてしまうから、決闘という形を取り繕い、ニカを打ちのめすつもりなのだ。ホセたちを奪われた意趣返しに。

細身の騎士は首謀者で確定として、どこまでが事件に絡んでいたのかはわからないが、単にザカリアスの従卒をいたぶってやりたいというだけの者も居るだろう。

「俺は何もしていない。そいつが勝手に転んだんだ」

ニカは一応主張してみたが、案の定、返ってきたのは嘲笑《ちょうしょう》だった。

「ティークが戯《ざ》れ言《ごと》をほざいているぞ」

「我ら騎士が証人だ。貴族たる我らの証言を疑う者など居らぬわ」

朋輩たちの加勢を得た細身の騎士が得意満面でニカに向き直った。

「ではティークよ、貴様に騎士との決闘という栄誉をくれてやろう。末代までの語り草にするがいい。…命があれば、だがな！　あーっはっはっはっはっはっ！」

胸を反らして哄笑《こうしょう》しながら、腰の剣にこれ見よがしに手をかける。柄に大粒のルビーが嵌め込まれ、銀細工の鞘《さや》に収められたそれはニカが祖父から譲り受けたものよりはるかに高価なのだろうが、実戦の役に立ちそうには見えない。

「…断ると言ったら？」

「その時は、貴様の主人であるザカリアス卿に責任を取って頂くことになるだろう」

つまり、どう転んでもザカリアスへの復讐になるわけだ。ならば降りかかる火の粉はこの手で払う方がニカの性に合っている。

「わかった。…決闘を受けよう」

「ふん、ようやく観念したか？　誉《ほ》めてやろう…と言いたいところだが」

細身の騎士の瞳が一瞬、紅《あか》く光った。じゅっと何かが焼ける音がして、ニカの腰のベルトに吊《つ》られていた剣が吊り紐《ひも》ごと落ちる。

「おっと。これは預かっておこう」

とっさに受け止めようとしたニカの手から、別の騎士が剣をかすめ取っていく。ニカと目が合うと、いやらしく笑った。

「決闘で武器を持ち込めるのは貴族と騎士だけだ。そもそもティークには分不相応なものだからな」

馬鹿か、と言いたくなる。ヴォラス諸侯連合国との戦で武器を持ち戦っているのは、騎士だけではないだろうに。

「素手で決闘しろと言うのか？」

「ティークにはそれが似合いであろう。我らがこの大陸を支配しに来た時、貴様らの祖先は徒手で戦ったというではないか」

「そうそう、獣のように」

どっと騎士たちの笑いが弾ける。

ニカは深く息を吸い、沸々と湧《わ》きかけた怒りごと呑み込んだ。『戦場で生き残るには、いかなる感情も抱かぬこと』。ゼオの教えを胸の奥で反芻《はんすう》するうちに、心は凪《な》いでいく。

「――それで。決闘はここでやるのか？」

「…、…こっちだ。付いて来い」

取り乱しもしないニカに細身の騎士は鼻白んだが、くるりときびすを返した。連れて行かれたのは、第一騎士団の詰め所だ。

各騎士団の詰め所には訓練場があり、第二騎士団では騎士たちが訓練に明け暮れている。しかし第一騎士団の訓練場に人影は無く、あちこちに雑草が生えていた。その中心で向かい合うニカと細身の騎士を、他の団員たちが取り囲む。

「我が足元にひざまずき、泣いて許しを乞うのなら、手加減してやらないでもないぞ？」

細身の騎士がせせら笑うが、ニカは相手にせず問い返した。

「決着の条件は？」

「……どちらかが戦闘不能に陥るか、降参するまでですよ」

答えたのは司祭だった。決闘は司祭以上の聖職者が審判者として立ち会わなければ成立しないのだという。つまりニカが降参しても、黙殺される可能性が高いのだろう。

「他に質問は？」

司祭の問いに、ニカは首を振った。それだけわかっていればじゅうぶんだ。司祭は訓練場の壁ぎりぎりまで下がり、高々と手を挙げる。

「聖神イシュティワルド様もご照覧あれ！　これより騎士クラウディオが聖なる決闘を始める！」

わあああああ、と団員たちが歓呼する。皆、ニカが惨《むご》たらしくいたぶられると信じて疑っていないのだ。

……まあ、そうだろうな。

剣の吊り紐は焼け焦げていた。細身の騎士——クラウディオが炎術で焼いたのだろう。騎士に最も望まれるという炎の適性持ちなのだ。

炎術を用いれば、武器も魔力も持たないティークなどひとたまりもない。一方的な虐殺の見世物が始まると、誰もが思うに決まっている。

ニカ以外は。

「ぶぼぉ…っ……!?」

自信満々のクラウディオが美々しい剣を抜く前に、ニカは爪先で地面を蹴《け》った。踏み固められていない土が抉《えぐ》れ、狙い通りクラウディオの顔面に当たる。視界を奪われてもがく騎士の背後に素早く回り込み、無防備な首に腕を巻き付ける。

「……ぐ、……ぶぅぅっ！」

クラウディオは抜け出そうと必死にもがくが、もがけばもがくほどニカの腕は首を締め上げていく。

傭兵だった頃のゼオは、旅の途中で襲ってきた樋熊《ひぐま》を同じ技で絞め殺したそうだ。祖父の域にはまだまだ到達していないニカでも、隙だらけの騎士を締め落とすくらいは出来る。

魔術は確かに脅威だ。シルヴェストの光術を目の当たりにしたから、よくわかっている。

だがどんなに強力な技でも、操るのは人間。発動する前に戦闘不能に陥らせてやれば、何の意味も無い。

「ティークめ、誇り高き騎士に何と言うことを！」

「卑怯《ひきょう》な！　やめろ、今すぐ離れるんだ！」

血相を変えた第一騎士団員たちが口々に叫んでも、はいそうですかと従うわけがない。

決着の条件は一方が戦闘不能に陥るか、降参することだ。どちらも成立していないのだから、決闘は続行に決まっている。

「…お…、お待ちなさい！」

呆然としていた司祭が聖衣の袖をひるがえし、手を突き出した。ちりっと項が熱くなり、ニカは反射的にクラウディオを解放して飛びすさる。

ざざあっ、と大量の水が降り注いだのはその直後だった。

空には雲一つ無い。司祭が魔術を使ったのだろう。

光の適性持ちでなければ聖職者にはなれないが、光術を発動させられるほどの適性持ちはわずかだとシルヴェストが言っていた。この司祭は光の適性と、水の適性を併《あわ》せ持っているのだ。

「…げほ…っ、げほげほっ……」

クラウディオが苦しそうに咳《せ》き込む。

こちらは避ける暇など無かったから全身びしょ濡《ぬ》れだが、文句は言えまい。司祭が邪魔をしなければ、今頃絞め落とされていたところなのだから。

「何のつもりだ？」

公平であるべき審判が邪魔をするのでは、決闘など成り立たない。ニカが睨むと、司祭はばつが悪そうに目を逸《そ》らした。

「し、神聖なる決闘に目つぶしなどという卑怯な手段を用いるなど、聖神イシュティワルド様がお許しにならぬ」

「…戦場で殺されかけた時、卑怯だからやめろと言ったらやめてもらえるのか？」

純粋な疑問だったのだが、クラウディオは煽《あお》られたと感じたようだ。濡れて滑る手でどうにか剣を抜き、切っ先をニカに突き付ける。

「騎士の誇りも知らぬ下賤《げせん》のティークめが！　この『紅炎《こうえん》の騎士』クラウディオが引導を渡し

てくれる！」

ぼうっ、と美しい彫刻が施された刀身が紅い炎を纏った。剣を中心に燃え盛る炎は大蛇がのたうつように伸び、ニカを取り囲む。

「っ……」

紅い炎に肌を焼かれ、ニカは呻いた。

息を吸い込めば、熱せられた炎が喉を焼く。炎の大蛇に巻かれてしまっては、どこにも逃げ場が無い。

「よし、いいぞ！」

「そのままやってしまえ！」

にわかに勢いづいた騎士団員たちが喜色満面で野次を飛ばす。卑しいティークがなすすべも無く焼かれる光景に酔いしれた顔は、醜悪としか言いようが無い。

……こんな奴らが、騎士なのか。

憤りとやりきれなさがどろりと胸の奥でとぐろを巻いた。

王の剣たる彼らがこんな有様でも騎士でいられるのは、頂点に立つ王が咎《とが》めないからだ。

親分が腐ってしまった群れの未来は明るくない。トラウィスカも、いずれ…。

——どく、ん。

ひときわ大きな鼓動に、誰かの声が重なった。

『食い破ってしまえばいい』

……何を？

『そんな張りぼての、子ども騙《だま》しの炎術。食い破って、ついでに喰い殺してやればいい』

……誰だ？　お前は……。

「誰、……」

熱さに喘《あえ》ぐ口から漏《も》れた呟きは、頭の奥から語りかけてくる声とそっくり同じだった。うっすらまぶたを上げれば、ぼやける視界にまばゆい光が差し込む。クラウディオが誇らしげに掲げた剣だ。輝いているのは纏わり付いた炎ではなく……、…刀身？

……そうか。ホセと同じだ。あれをどうにかしてしまえば……。

直感と同時に、目の奥がカッと熱くなった。肌をあぶられる熱さも、もう感じない。

「……な、……っ……」

勝利を確信していたクラウディオが、一歩、何かに押されたかのように後ずさる。ニカを囲む炎の勢いがわずかに弱まった。クラウディオが慌てて魔力を発動させようとした時だ。力強い足音が聞こえてきたのは。

「――何をやっている⁉」

訓練場に駆け込んでくるなり吼《ほ》えたのは、ザカリアスだった。相当急いで来たのだろう。緋《ひ》色《いろ》がかった金髪は乱れ、怒れる獅子《しし》のたてがみのようだ。

「ザ、ザカリアス卿…⁉　何故……」

さっと青ざめるクラウディオに構わず、ザカリアスは紅い瞳を輝かせた。

次の瞬間、虚空に出現した巨大な炎の獅子が、ニカを焼き殺そうとしている炎の大蛇に襲いかかる。

……熱……く、……ない？

ニカはとっさにかざしていた手を下ろした。炎の獅子が大蛇の喉笛に喰らい付き、燃える炎の牙《きば》を突き立てる。

「ヒ……ッ、ギィヤアアアアアアア！」

のたうち回った大蛇が消滅する瞬間、絶叫したのはクラウディオだった。手にした剣がごうごうと燃え盛っている。炎はたちまち持ち主に燃え移り、全身が燃え上がった。

「…し、しっかりしろ！」

たまらずごろごろと転がるクラウディオに、仲間たちが駆け寄った。

司祭と水の適性持ちらしい騎士たちが必死に水を降らせる。おかげで炎は消えたが、クラウディオは酷い有様だった。衣服は焼け落ち、さらされた肌は火傷《やけど》に覆われている。騎士として活躍するのは二度と叶わないだろう。

「何と惨いことを……！　このことは、聖教会にも報告させて頂きますぞ！」

司祭が恐怖に頬を引きつらせながら抗議する。しかしザカリアスは唇を皮肉っぽくゆがめただけだった。ニカをその腕の中にすっぽりと収めたまま。

……助かった、のか。

炎の大蛇に巻かれていた時とは違う心地よい温《ぬく》もりに包まれ、全身の強張《こわば》りが抜けていく。目の奥の熱も、いつの間にか消え失《う》せていた。

軽いめまいを感じてザカリアスのシャツの胸元を摑《つか》めば、抱き締める腕の力が強くなる。この腕の中に居る限り、誰もニカを傷付けられない。

「報告したければ、すればいいだろう。立場が悪くなるのはそちらだと思うがな」

「何と……？」

いぶかしむ司祭に、アベルが落ちていた剣を拾い上げ、差し出した。ザカリアスの肩越しに目が合うと、もう大丈夫だからと頷いてくれる。たぶん連れて行かれるニカを見かけ、ザカリアスを呼びに走ってくれたのだろう。

「その剣は魔術具だ。刀身の芯に魔力を何倍にも増幅させる魔法陣が仕込んである。…巧妙に隠蔽《いんぺい》されているので、誰も気付かなかったようだが」

「なっ……!?」

動揺したのは司祭だけではなかった。クラウディオを守るように取り囲んでいた団員たちからどよめきが上がる。

「騎士は一定以上の魔力を持つことが条件なんだ。魔術具によって一時的に上げることも出来るが、自力で攻撃魔術を発動させられるだけの魔力が無ければ騎士にはなれない」

　ザカリアスが耳元で説明してくれたおかげで、謎は解けた。

　クラウディオは第一騎士団の団員でありながら、魔術具の剣を使っていた。たぶんあの剣が無ければ、さっきのような炎術は発動させられないのだろう。つまりクラウディオには、騎士の資格が無いということだ。

「…そ、そのような偽りをおっしゃれば、アルリエタ家の名にも傷が付きますぞ。第一、それが魔術具であるという証拠がどこにあるのです？」

　司祭がクラウディオの剣を指差し、訴えた。剣に施されていた美しい彫刻は焼け焦げ、刀身は墨を塗《ぬ》ったようにどす黒く染まり、柄のルビーには無数の亀裂が入っている。

「考えるまでもない。その剣が燃え上がったことこそが証拠だ」

　発動した魔術が阻害されたり、破られた場合、それは何倍もの威力となって術者本人に返ってくるのだという。

　クラウディオは魔術具の力を借りてあの炎の大蛇をニカに放ったが、ザカリアスに破られたため、剣に術が返された。その巻き添えを食って、クラウディオ本人も燃えてしまったのだ。自業自得としか言いようが無い。

「そいつ自身の力で発動させた術なら、返しはそいつ本人に向かう。その場合、そいつは骨すら残らず焼き尽くされていただろう。今の程度で済んだのは、返しを喰らったのが剣だからだ」

ザカリアスの説明に、騎士団員たちは気まずそうに顔を見合わせるばかりで反論しようとはしない。皆、内心では納得しているのだろう。

しかし司祭だけは引き下がらない。

「…っ…、私は認めませんぞ……！　魔術具の製造管理を王家より任されているのは、我ら聖教会で…」

「——ならば、私が認めましょうか」

張り詰めた空気も、嫌な臭いさえも払拭《ふっしょく》する一陣の涼風にも似た声が響いた。どよめいた騎士団員たちが両脇に寄ってひざまずく。海が割れるように現れた道を悠然《ゆうぜん》と進むのは、純白の聖衣を纏ったシルヴェストだ。

「ばっ…、馬鹿な…、何故司教猊下《げいか》がここに……」

今にも倒れてしまいそうな司祭が、ニカと同じ疑問を口にする。シルヴェストはニカに痛ましげな眼差しを投げると、白い手を差し出した。

心得たアベルが焼け焦げた剣をシルヴェストに恭しく渡す。シルヴェストが持ったとたん、柄のルビーの亀裂から光が漏れた。

「このルビーが魔法陣の核のようですね。魔力の増幅に、隠蔽の効果まで織り込まれている。…この魔法陣の書式は、覚えがある」

「……ひぃっ……」

「私、シルヴェスト・カルデナスは、司教の名においてこの剣を魔術具と認めます。…異論はありませんね？」

「は、……はっ、はいぃぃぃ！」

がくりとくずおれる司祭には目もくれず、シルヴェストはニカに歩み寄った。

淡い金色の髪がさらりと流れ、果実とも花ともつかぬ甘い匂いが漂う。この匂いを嗅ぐのは久しぶりだ。ザカリアスの従卒になって以来、ニカはシルヴェストを避けてきたから。

……どうして、避けてたんだっけ？

「ニカ……」

白い手が伸びてくる。右手の中指に嵌められた指輪は薄紅色だ。…そうだ、ザカリアスの邸で顔を合わせるたび血のように真っ赤だったから怖くて…でも、今は違うから…。

「シルヴェスト…、…頼む…」

ザカリアスの腕からふらりと抜け出し、シルヴェストの手をきゅっと握ってあお向く。同じベッドで朝を迎えたあの日のように解毒してもらえば、ずっと続いているめまいが治まるような気がして…疼《うず》き続ける心の虚《うろ》が、満たされる気がして。

背後のザカリアスが嫉妬《しっと》の炎を燃え上がらせたことも、今の自分が口付けをねだるように見えていることも、シルヴェストがごくりと息を呑んだことも、ニカは気付かなかった。いつにも増して美しい紫色の双眸《そうぼう》に、すっかり見惚《みと》れていたから。

……もう、この男と離れていなくていい。

「……、……あぁ……」

待ちわびた唇が額に落とされた瞬間、体内に渦巻いていた何かがすうっと浄化されていく。

その心地よさにニカは蕩《とろ》け、意識を手放した。

「返せ」

倒れ込んだニカを抱き止めたとたん、ザカリアスが詰め寄ってきた。燃え盛る紅い瞳の迫力に、部下の騎士が引いてしまっている。名前はアベルだったか。

「ご冗談を。ニカは私を選んだのですよ」

シルヴェストは溢《あふ》れる優越感のまま微笑み、ニカを抱き上げた。軽いとは言えないが、腕にかかる重みがかつてないほどの歓喜をもたらす。

……選ばれた。私はこの子に選ばれた！

目の前でザカリアスが選ばれた時の衝撃は未《いま》だ思い出すだけで息苦しくなるほどだが、この歓喜はそれを補って余りある。ザカリアスの殺気を孕《はら》んだ視線すら気持ちいい。

シルヴェストはアベルに尋ねた。

「どこか、この子を休ませる場所はありますか？」

「…、……詰め所に医務室がございます。こちらへ」

アベルは怒りも露わな上司とシルヴェストを見比べて迷いつつも、第二騎士団の詰め所まで案内してくれた。上司よりニカを優先する態度には好感が持てる。

「――ニカ！　大丈夫か⁉」

「よくぞ無事で……！」

落ち着かない様子で待機していた団員たちが、わっと駆け寄ってくる。彼らはニカを抱いているのがシルヴェストだと気付くと恐れ入ったようにひざまずいたが、シルヴェストは鷹揚《おうよう》に微笑んだ。

「どうぞ楽にして下さい。今日はこの子の保護者として参りましたので」

「保護者…、ですか。司教様が、ニカの……？」

団員たちはひたすら戸惑っている。ティークを徹底的に差別する聖職者、それも司教がティークを庇護《ひご》することなど基本的に無いのだから当然だ。

「こちらの司教様は寛大なお方ゆえ、過分な配慮は無用だ。それより、医師は呼んであるか？」

「…はっ、はい！　医務室にて待機しております！」

殺気を引っ込めたザカリアスが進み出ると、落ち着きを取り戻した団員たちが医務室までぞろぞろと付いて来る。

シルヴェストは内心驚いた。ニカが人さらい事件の解決に貢献したのは聞いているが、これほど団員たちの心を摑んでいるなんて。

「おお…、これは…」

待っていた騎士団付きの医師は、ニカが診察用のベッドに横たえられるなり目を丸くした。

「炎術を受けたと聞いたので、場合によっては専門の施設へ送らなければならぬやもと覚悟していたのですが…予想よりずっと軽傷ですな。これなら私でも何とかなりそうです」

……軽傷？　これが？

医師によって手際良く服が緩められていくにつれ、シルヴェストの中で暗く重たい何かが膨《ふく》れ上がる。

さらけ出されたニカの素肌は、炎に焼かれたせいでところどころ赤く腫《は》れ上がっていた。確かに魔術に対する防御力を持たないティークが攻撃魔術を受けたにしては、この程度で済んで幸運だったと言うべきかもしれない。アベルたちも胸を撫で下ろしている。

けれどシルヴェストは、ニカの瑞々《みずみず》しくなめらかな褐色の肌に少しでも傷を付けられたと思うだけで…。

「……熱っ……！」

アベルが悲鳴を上げながら飛びのく。それでようやく己が魔力を垂れ流しにしていたと気付いたのか、ザカリアスはぐっと拳を握り込んだ。

「…すまなかった。治療を始めてくれ」

「は、はい」

呆気《あっけ》に取られていた医師がニカの火傷に手をかざす。水術には治癒《ちゆ》の術が豊富に揃っているため、医師はほとんどが水の適性持ちだ。この医師の魔力からも水術の気配を感じる。

……私以外の魔力が、ニカの中に……？

「お待ちなさい。…私が治療しましょう」

強い拒否感で心臓が止まりそうになり、シルヴェストは申し出た。

「司教様が？　しかし、失礼ながら司教様は水の適性をお持ちでないのでは…」

「ええ。ですが、大丈夫です」

まだ半信半疑の様子の医師を押しのけ、シルヴェストは痛々しい火傷に手をかざした。

光術にも治癒の術は存在するが、得意なのは病の治療や解毒であり、肉体の治癒はあまり得手ではない。けれど、シルヴェストの人並み外れた膨大《ぼうだい》な魔力を注ぎ込んでやれば…。

「…傷が…」

「治っていく……！」

見守る団員たちから歓声が上がる。かざした手からまばゆい光を放ち、淡い金髪をきらめかせるシルヴェストは、聖画から抜け出してきた聖神イシュティワルドのように見えているに違いない。

ちらと視線を流せば、ザカリアスが射殺せんばかりにこちらを睨んでいる。

ふふ、とシルヴェストは唇を吊り上げた。

……羨《うらや》ましいでしょう？

破壊に特化した炎術ではニカを救えない。今、ニカを楽にしてあげられるのはシルヴェストだけだ。

爛《ただ》れていた肌が癒《い》えるにつれ、苦しそうだったニカの呼吸も安らかになっていく。新たに生まれ変わったそのなめらかな肌に触れ、存分に愛《め》でてやれたなら…。

「……お見事です」

治癒を終えると、医師が唸った。全ての火傷が癒えた肌は健康さを取り戻している。焼けた服を纏っていなければ、炎術に焼かれたとは誰も思わないだろう。

「ありがとうございます、司教様。ニカを助けて下さって」

「おかげでニカも、つらい思いをせずに済みます。司教様は聖神イシュティワルド様のごとき御心をお持ちなのですね」

アベルと団員たちが次々と感謝の言葉を述べる。心身共に柔軟な彼らは、さっきの第一騎士団員たちと同じ王宮騎士とはとても思えない。団長が違うとこうも違うのか。

シルヴェストは微笑んで首を振った。

「当然のことをしたまでですよ。…ところで皆さんは、ずいぶんニカと親しくして下さっているのですね」

今回、ニカが助かったのはそのおかげと言っていい。

ニカが第一騎士団員たちに連れて行かれるところを目撃したアベルは全力で走り、上司と同僚たちに危機を報《しら》せたのだ。ザカリアスを訪ねてきたシルヴェストもたまたま居合わせたため、ザカリアスと共に第一騎士団の訓練場に急行した。ここに居ない団員たちは、騒動の後処理のために動き回っているはずである。

「ええ、それはもう。ニカはいい奴ですからね」

アベルが照れたように頭を搔《か》く。確かこの若い騎士はニカと共に人さらい事件を解決に導き、ニカに騎士の誓いまで捧げたはずだ。

「不愛想に見えますけど、話しかければちゃんとしゃべりますし。それにとてもよく気が回るんですよ」

「そうそう。団長の身の回りだけじゃなく、騎士団全体をしっかり見てるんですよね」

「備品で足りないものはいつの間にか補充されてるし、詰め所もぴかぴかになりましたし。前任の従卒とはえらい違いですよ」

団員たちが和気藹々《あいあい》と笑いさざめく。

そこへ、体格のいい団員が口を開いた。

「弓だけじゃなく、剣の腕の方もなかなかですよね。俺、昨日訓練の相手をしてもらったんですが、あっさり一本取られて驚きました」

「お前もか！」

実は俺も、と別の団員が叫べば、次々と手が挙がる。

「どこかの一流どころに師事したってわけじゃなさそうなんだが、動きに予想がつかなくて、気付いたら背後に回り込まれてるんだよな」

「さっきの第一騎士団の奴だって、炎術を使わなきゃ負けてたから使ったんだろ？　まあズルだったわけだけど」

「団長、ちょっといいですか？」

医務室の扉が開き、背の高い騎士が現れた。シモンと名乗ってシルヴェストに一礼すると、見覚えのある剣をザカリアスに差し出す。ザカリアスも覚えていたようだ。

「それは、ニカの…」

「ああ、やはりそうでしたか。第一騎士団の奴らを捕らえてひとまず営倉にぶち込もうとしたら、こそこそと捨てに行こうとしていたので没収したのです」

シモンはアベルと共にニカを構うことが多かったため、その剣に見覚えがあった。そこで剣を没収するついでに、決闘と呼ぶのもおこがましい私闘について聞き出したのだという。

「詳細についてはまた改めて正式な尋問を行う必要があるでしょうが、戦闘の方はすごかったようですよ。何でもニカは始まるなり土で目つぶしをして、相手が怯《ひる》んだところに、背後から両腕で首を締め上げにかかったそうですからね。司祭が邪魔しなかったら、決まっていたんじゃないでしょうか」

「…首を絞めた⁉」

「それは本当か⁉」

騎士たちがざわめく。ザカリアスも、医師までもが驚愕に目を瞠《みは》った。

…当然だ。

魔力を持つ者と持たぬ者の間には埋めがたい実力差が存在する。ニカが訓練で騎士たちに勝てたのは、たぶん彼らが魔術を使わないよう自制していたからだ。

クラウディオはニカを最悪殺しても構わないと思っていた。司祭と第一騎士団の団長が味方に付き、全てを隠蔽してくれると。そんな騎士を相手に怯むどころか、自らかかっていって首を締め上げるなんて、普通のティークなら思い付いても実行出来ない。

「『魔殺しのゼオ』……」

ぽつりと呟いた副団長に、全員の視線が集中した。

「ニカが言っていたんです。祖父は元傭兵で、ゼオという名だと。自分に剣を教えてくれたのも祖父だと。ありふれた名前だからまさかとは思っていたんですが…」

「…いや…、魔力持ちの騎士を素手で絞め殺すなんて離れ業をやってのけたのは、俺の知る限り『魔殺し』だけだ」

「ということは、ニカは『魔殺し』の孫？　強いわけだな……」

団員たちは訳知り顔で頷き合うが、シルヴェストは何のことかわからない。疑問の眼差しを投げかけると、ザカリアスが説明してくれた。

「『魔殺し』というのは、三十年近く前に活躍していた傭兵の二つ名だ。大陸じゅうを転戦して数多《あまた》の武功を挙げ、数十人の騎士の包囲網を素手で突破したと伝わっている」

「騎士数十人を相手に？　…ニカの祖父ならティークのはずですが、そのようなことが可能なのですか？」

「普通は出来ない。だから相当盛った逸話なんだろうと思っていたが…この分では、真実だったのかもしれないな」

『魔殺し』の引退後の消息は不明だという。家族の待つ故郷に戻って猟師になり、両親を失った孫のニカと暮らしていたとすれば、つじつまは合う。

……私やザカリアスの魔力の影響を受けなかったのも、祖父の血のせいか？

貼り付けた笑みの陰で思考を巡らせていると、ぴくり、とニカのまぶたが揺れた。どんな宝玉よりもまぶしいきらめきを秘めた榛色《はしばみいろ》の瞳がゆっくりと現れる。

「……こ、……こは？」

「ニカ……！」

ぱっと身を乗り出したザカリアスがニカの右手を取った。

「大丈夫か？　気分はどうだ？　どこか痛いところは？　ちゃんと俺が見えているか？」

矢継ぎ早に問いかけるザカリアスに、ニカだけではなく団員たちも面食らっている。この男のここまで取り乱した姿を見るのは、シルヴェストも初めてだ。

「……ああ。さっきより気分がいいくらいだ」

ニカはゆるゆると左手を上げ、癒えた肌に気付くとシルヴェストの方を向いた。澄んだ瞳が己を映した瞬間、心臓が痛いくらいに高鳴る。

「あんたが、治してくれたんだな」

「…わかるのですか？」

「あんたの力を、感じたから。……ありがとう、シルヴェスト」

ふんわりと浮かべられたいつもより幼い笑みに、狂おしさとも切なさともつかぬ衝動が突き上げてくる。

もしもここに二人だけだったら、艶《なま》めかしい唇にむしゃぶりついていただろう。

無粋な服など全て剝《は》ぎ取り、シルヴェストの魔力で癒えたばかりの肌に舌を這《は》わせ、感じたことの無い快楽を引きずり出して…男の精液まみれになった褐色の肌は、どんなに淫《みだ》らだろうか…。

「ザカリアス——あんたも」

魅惑の笑みが反対側のザカリアスに向けられた。

…歓喜を露わにするその首ごともいでやりたい。

ザカリアスに対するかつてないほどの殺意が湧き上がる。そっくり同じものが、ザカリアスの身の内でも荒れ狂っているのだろうが。

「助けてくれて、…ありがとう。迷惑かけて、すまん」

「…お前は俺の従卒なんだから、守るのは当たり前だ。それに、謝らなければならないのは俺の方だぞ。お前は第一と第二の争いに巻き込まれたようなものだからな。本当に……、無事で良かった」

ニカの手を恭しく掲げ、手の甲に唇を押し当てるザカリアスは高潔な騎士のようでありながら、同性でもぞくりとするほどの色香を漂わせている。見守る医師や団員たちは口を挟むことも出来ない。

「決闘は…、どうなったんだ？」

「不成立――いや、最初から無かったことになるだろう。決闘を挑めるのは騎士だけだが、お前を殺そうとしたクラウディオは騎士の資格を剝奪《はくだつ》されるだろうから」

文武両道が求められる王宮騎士になるためには、実技試験で一定以上の威力の攻撃魔術を使ってみせなければならない。クラウディオは試験にもあの魔術具の剣を持ち込み、魔法陣の助けを借りて炎術を行使したのだろう。つまりは不正受験だ。

不正受験が露見すれば、その者は騎士の資格を剝奪されるのみならず、過去に遡《さかのぼ》って騎士ではなかったことにされる。騎士ではない者がティーク相手に決闘を挑み、魔術まで使ったのだ。第一騎士団長や実家がいくら庇《かば》っても、厳罰は免《まぬが》れない。

……騎士を偽った者に与えられる罰は確か、利き腕の切断でしたか。

貴族としての身分まで失うわけではないが、日常生活にすら不自由する有様では、待つのは暗い未来だけだろう。いや、そんな未来すらあるかどうか。ニカを傷付けた者を、ザカリアスがその程度の罰で許すとは考えられない。

……私とて、許すつもりは無い。

クラウディオとぐるになってニカを決闘に追い立てた、あの司祭。あれは何かとシルヴェストと対立する大司教の子飼いだが、妙に資金回りが良いことから、ひそかに魔術具の不正売買に加担しているのではないかと囁《ささや》かれていた。

魔術具の管理が王家より一任されていることを利用し、クラウディオのように不正利用されると承知の上で売買しているのではないかと。

尻尾《しっぽ》を出さぬよう、売買記録などの証拠は残していないだろう。だがシルヴェストならいくらでも追い詰めようはある。大司教とて、聖剣探索を任されたシルヴェストの反意を買ってまで庇いはしまい。

まずは最大の誇りである司祭の位を奪い、聖教会での居場所も奪い、底辺を這いずるまでに堕《お》としたら、そう…その目玉を抉り出して…。

「シルヴェスト……？」

榛色の瞳に見上げられると、全身を支配しつつあった狂暴な衝動がすうっと治まっていった。聖神の御使いのような、と褒《ほ》め称《たた》えられる微笑みが自然に浮かぶ。ニカはシルヴェストの綺麗なところだけ見ていればいい。

「すみません、ニカ。決闘の審判者を買って出た司祭は、あの偽騎士に魔術具の剣を横流ししたものと思われます。私の監督が行き渡らないばかりに貴方《あなた》をつらい目に遭わせてしまったと思うと、胸が痛くて…」

「…あんたのせいじゃ、ないだろう。あいつが、勝手にやったことだ」

「そう言って下さるのはありがたいですが、下の者を取り纏めるのは上に立つ者の義務ですから。…ねえ？　ザカリアス卿」

ニカを傷付けたのは、第一騎士団を放置してきたお前の怠慢のせいでもある。言外の謗《そし》りを聞き取れないザカリアスではない。

「ああ。第一騎士団には厳重抗議し、近衛将軍閣下と国王陛下にも厳しい処分をお願いするつもりだ。…アルリエタ家の者として」

「――団長⁉」

団員たちが目を剝《む》く。

驚いたのはシルヴェストも同じだった。今までザカリアスは可能な限り実家と距離を置き、その権勢に縋《すが》ることもしなかったのだ。

ここで実家の名を出すということは、軍閥の領袖《りょうしゅう》アルリエタ家の一員として名乗りを上げるも同然。異母兄マルコスも正妻も再びザカリアスの命を狙い始めるだろう。それはザカリアスが最も避けたかった事態のはずなのに。

「…そんなこと、しなくていい。俺は無事だったんだから」

ニカが珍しく焦った口調で止める。聡《さと》い子だから、ザカリアスが自分のせいで危うい立場に追いやられると察したのだろう。

「無事？　そんなわけがないだろう」

ザカリアスが握ったままのニカの手に指を絡めた。全身から発散される魔力は炎の色を帯び、まるで緋色の獅子だ。

「癒えたからといって、傷付かなかったことにはならない。…俺はね、ニカ。君が一瞬でも痛い思いをした、理不尽な目に遭わされた、その事実が許せないんだよ」

「ザカリアス…、だが…」

「もう決めたことだ。……さあ、そろそろ休みなさい。傷が治っても、身体《からだ》は疲れているはずだから」

ザカリアスの目配せを受け、心得た医師はすぐに煎《せん》じた薬を運んできた。

勧められるがまま飲んで少し経つと、ニカは安らかな寝息をたて始める。眠り薬も混ぜてあったのだろう。

「――眠れる緋獅子が目覚めましたか」

医師や団員たちが下がってから問いかけると、ザカリアスは唇を吊り上げた。今まで見たことの無い、貴族らしい高慢さと悪辣《あくらつ》さの入り混じった笑みだ。

「それはお前も同じだろう？」

薬棚が振動し、並べられていた薬瓶《びん》がぱん、ぱんっと音をたてて砕け散る。ぶつかり合うザカリアスとシルヴェストの魔力に耐えられなかったのだ。

強い薬の匂いが立ち込める中、ニカは眠り続けている。魔力に優れた騎士団員たちすらまともに立っていられないだろうに、目覚めもしないのは『魔殺し』の孫であることを差し引いても明らかに異常だ。

――そんなことはどうでもいい。ニカがニカでありさえすれば構わない。そう、聖剣の行方すら。

焼けた服から無防備にさらされた素肌に、二人分の濡れた眼差しが絡み付く。

「…選ぶのは、ニカですよ」

「ああ。……当然だ」

笑い合うシルヴェストとザカリアスは、とてもよく似た顔をしていた。

ニカがザカリアスの従卒に復帰したのは、決闘から三日後のことだった。翌日には問題無く動けるようになっていたのだが、ザカリアスもシルヴェストも首を縦に振ってくれなかったのだ。

『攻撃魔術を受けると体力も奪われるんだ。しばらく休まなければ駄目だよ』

『欲しいものがあったら言って下さいね。何でも差し上げますから』

三日間、ザカリアスは何度も王宮を抜け出してはニカが無理をしていないかどうか確認に現れたし、シルヴェストにいたってはニカのベッドの横に机を持ち込み、仕事をしていた。普段の仲の悪さはどこへ、と突っ込みたくなる二人の連携のせいで、ニカは歩き回るどころか、ベッドから出ることすら叶わなかったのである。

こんなにも長い間、家の中でじっとしているのは生まれて初めてだったかもしれない。だが身体がなまってしまうことを除けば、意外にも居心地は良かった。

『喉が渇いたのですね。…ああ、こんなに汗もかいて』

ふと喉の渇きを覚えて起きると、シルヴェストは必ず気付き、水を飲ませてくれたり汗を拭《ふ》いてくれたりとかいがいしく世話を焼いてくれた。ゼオにだってここまで細やかに看病してもらったことは無い。

書き物をするシルヴェストの横顔をうとうとしながら眺めていると、心がほんわかと温まるような、甘酸っぱいような不思議な気持ちになった。それまでの忌避感が嘘《うそ》のようだ。具合の悪い時、誰かが傍に居てくれるだけで安心出来るのだと初めて知った。

今までニカの傍に居てくれたのは、ゼオ以外にはティラだけだった。村人たちとの間にそびえていた高い壁を、唯一、登ってきてくれたのがティラなのだ。だからあの娘となら温かい家庭を築き、人並みの幸せを手に入れられると…このどうしようもない虚を埋められると、そう思っていたのだが…。

『しっかり休んでいるだろうな？　気分が悪くなくても、薬はちゃんと飲むんだぞ』

王宮を抜け出してきたザカリアスは、必ず土産を携えていた。アベルたちからの差し入れや手紙、オクタビアからの手紙まであったから驚きだ。アベルたちはティークのニカを気遣ってか、平易な言葉遣いで日々のちょっとした出来事や噂話などを面白く記してくれ、無聊《ぶりょう》をおおいに慰めてくれた。

オクタビアからの手紙には、未だティラが見付かっていないことに対する詫びと、ザカリアスが花街までたびたび捜索状況を確かめに来ていることが美しい文字で記されていた。

第二騎士団長の忙しさは、従卒を務めたわずかな間だけでも思い知っている。なのにわざわざニカのために時間を割いてくれたのだと思うと、ティラと一緒に過ごしている時のように心が温かくなった。

ティラの行方は杳として知れぬままだが、以前より心に余裕があるのは、間違い無くザカリアスとシルヴェストのおかげだろう。ニカを挟んで見えない火花を散らしてばかりの二人だけれど、傍に居てくれると、ずっとむしばまれていた飢えが癒えていくような気がする。

「おお、ニカ。似合うじゃないか。花も実も兼ね備えた歴戦の騎士のようだ」

「ええ…、本当に。聖神イシュティワルド様の御使いと見紛うばかりですよ」

ようやく外出のお許しが出た日の朝、身支度を整えたニカが食堂に現れると、ザカリアスとシルヴェストが歓声を上げた。

もともとニカには甘い二人だけれど、弱った姿を見せてしまったせいか、決闘の日以来いっそう甘くなっている。ニカは内心苦笑した。ザカリアスとシルヴェストの方こそ花も実も兼ね備えた騎士であり、神の御使いだろうに。

「…少し、派手すぎないか？」

どうにも落ち着かず、その場でくるりと回ってみる。今日のニカは村から持ち込んだ服ではなく、ザカリアスとシルヴェストに贈られた衣装を身に着けていた。

紅糸のモールのついた品のいい上着と着心地のいいシャツはザカリアスの、ぴったりして動きやすく、裾に金糸の刺繍《ししゅう》が施されたズボンと上物の革の靴はシルヴェストの贈り物だ。着る物には構い付けないニカでも、どれもティークの庶民には過ぎた高価な品であることくらいはわかる。

「何を言うんだ。今までが地味すぎたんだよ」

「そうですよ。貴方にはこのくらいの装いが相応しい」

二人が熱っぽく言い募る。こういう時の二人の息はぴったりだ。

クラウディオに焼かれてしまった服はもう使い物にならないので、どのみち今は贈られた服を着るしかない。そのうち第三層に行き、手ごろな着替えを見繕わなければ。

三人での朝食を済ませると、馬車で王宮へ向かう。ザカリアスと、シルヴェストも一緒だ。何でもあの司祭が聖教会から追放され、騎士団付きの聖職者が不在になってしまったため、後任にシルヴェストが名乗り出たのだという。

『聖皇猊下《せいおう》は王族の盾たる騎士団の重要性を理解しておいでです。すぐに私の着任を認めて下さいましたよ』

シルヴェストはそう言っていたが、たぶんあの司祭のしでかした罪に対する尻拭《しりぬぐ》いでもあるのだろう。司祭が騎士の不正に手を貸していたなんて、不祥事もいいところだ。司教のシルヴェストに後任を任せ、騎士団からの追及を少しでもかわそうとしているのかもしれない。

……俺が他人の思惑を考えるようになるなんてな。

祖父と暮らしていた頃はありえなかったことだ。山で生きていくには、いかに獣を仕留め、厳しい冬を乗り越えるかを考えるだけで良かったから。

「ニカ！　よく戻ったな！」

詰め所に着くや、団員たちが笑顔で迎えてくれた。あまりの歓迎ぶりに面食らっていると、アベルがばんばんと背中を叩いてくる。

「ニカ、お前あの『魔殺しのゼオ』の孫だったんだな！　どうして最初に教えてくれなかったんだ⁉」

「は？『魔殺し』……？」

初めて聞く言葉に目を白黒させていると、シモンたちがこぞって教えてくれた。どうやら祖父ゼオは魔術を使う騎士を数え切れないほど倒し、魔術を使う者の天敵、すなわち『魔殺し』の二つ名を獲得していたらしい。

……嘘だろ？　初めて聞いたぞ、そんなこと。

人違いではないかと思ったが、活躍していた時期や得意な得物、逸話などを聞く限り、祖父のゼオとしか思えない。

まさか自分の祖父が王都の騎士団にすら知られた伝説の傭兵だったとは。

せめて王都に行くことが決まった時にでも教えておいてくれれば良かったのだが、あの祖父のことだ。自分にそんな大層な二つ名が献上されていたことなど知らなかった、あるいは忘れていたとしてもおかしくはない。

「聖皇猊下の命により、本日から騎士団付きとなりました。不束者《ふつつかもの》ですが、皆さん、よろしくお願いいたします」

シルヴェストが頭を下げるや、『魔殺し』について根掘り葉掘り聞き出そうとしていた団員たちはいっせいに静まり返った。大教会の礼拝くらいでしか顔を拝めない存在が出て来たらそうなるよな、とニカは納得したのだが、ことはそう単純ではないらしい。

「お前なあ…、あのお方のご機嫌一つで、平騎士なんぞ社会的にも物理的にも首が飛ぶぞ」

どうしてそこまで緊張するのかアベルに聞いてみると、そんな答えが返ってきた。今までの騎士団付きがあの司祭だったのだから、仕方が無いのかもしれないが。

「シルヴェストは優しいから、そんなことしないぞ」

「……優し、い？」

「あの、司教様が……？」

団員たちは首をひねっていたが、初対面から無礼な言動しかしてこなかったニカに、シルヴェストは一度も怒ったことが無い。貴族として礼儀作法をわきまえた団員たちなら、シルヴェストの機嫌を損ねる恐れは無いはずだ。

ニカの予想は当たり、十日も過ぎる頃には、団員たちはすっかりシルヴェストの存在に馴染《なじ》んでいた。きっとシルヴェストの優しさがわかったのだろうと思っていたら、珍しくザカリアスもシルヴェストも居ない昼休みの詰め所の食堂でアベルから予想外のことを聞かされる。

「…いや…、何と言うか、司教様も俺たちと同じ悩みを抱えていらっしゃるんだと思うと親近感が湧くというか…」

「同じ悩み？」

「あっ、いや、お前は知らなくていいんだよ、うん。なあ？」

同意を求められ、他の団員たちがうんうんと訳知り顔で頷く。

ニカは知らなかった。シルヴェストもティラを捜索しており、いずれ確実に判明する彼女の裏切りをどうやってニカに伝えるか悩んでいると知った団員たちが、自分の知らないところでシルヴェストと親交を深めていたことを。

「…ニカ！　ニカは居るか⁉」

昼休みが終わる頃、ザカリアスが食堂に駆け込んできた。珍しくシルヴェストも一緒だ。同じ邸に住み、同じ職場で働いているのに、この二人が一緒に行動しているところを見ることはめったに無い。

「どうしたんだ、ザカリアス」

ニカが立ち上がると、二人はいっせいに一礼する団員たちには目もくれずに走り寄ってきた。どちらの顔にも緊張が張り付いている。良い報せとは思えない。

「……花街の河岸に、若いティークの女性の遺体が上がったとオクタビアから報せがあった。顔かたちが君から聞いていたティラ嬢によく似ているそうだ」

「——っ……！」

食堂にざわめきが走る。めまいに襲われるニカを、予想していたようにザカリアスとシルヴェストが両側から支えてくれた。

「…ザカリアス…、すまない。俺は…」

「ああ、すぐに確認に行こう。俺も同行する」

「もちろん私もご一緒しますよ」

シルヴェストまでが申し出てくれ、ニカは困惑した。団長と騎士団付きの聖職者まで一度に不在になったら、団員たちに多大な迷惑がかかってしまう。

「構わん、ニカ。団長と司教様のご厚意に甘えておけ」

「俺たちなら心配は要らない。非常事態には慣れているからな」

だがアベルとシモンがそう言ってくれたので、甘えることにした。場所さえ教えてもらえればたどり着く自信はあったが、正直なところ、ザカリアスたちに付いて来てもらえるのはありがたい。

……ティラ……！

オクタビアが花街じゅうに呼びかけ、シルヴェストとザカリアスがそれぞれの人脈を活用しても、未だにティラの行方は摑めていない。

花街以外のどこかで生きているからだと信じていたが、すでに死んでいたからでは…ニカの知らないところで危機に襲われ、抵抗も出来ずに命を奪われてしまったのでは…。

「――しっかりしろ、ニカ」

「気を強く持ちなさい、ニカ」

最悪の想像に頭を占領され、厩舎《きゅうしゃ》に向かう途中の回廊でよろけそうになると、ザカリアスとシルヴェストが両側からニカの肩を掴んだ。

「まだ遺体がティラ嬢だと決まったわけじゃない。希望はある」

「彼女が無事であるよう、ずっと祈りを捧げてきました。聖神イシュティワルド様はきっとお聞き届け下さるはずです」

紅と紫の双眸に両側から見詰められると、胸に巣食っていた不安がすうっと消えていく。ぽっかり空いた虚に熱い何かが注がれ、満たされていくような…。

……大丈夫だ。二人が居てくれれば、何も怖れることは無い。

二対の瞳の奥に揺らめく炎には気付かぬまま、ニカは息を吐いた。

「……そう、だな。俺が信じなきゃ、駄目だよな」

どうか遺体がティラではありませんように。

柄にも無く祈りを捧げて歩き出そうとした時、刺々しい声がかけられた。

「――ザカリアスに、カルデナス司教。私との面会を早々に切り上げてどこへ行ったのかと思えば、こんなところに居たのか」

何人もの供を引き連れて回廊の奥から現れたのは、ザカリアスより赤みの強い金髪を一つに束ね、金刺繍の豪華な衣装を纏った青年だった。人目を惹《ひ》く華やかさはかなり劣るが、鼻筋の違った顔立ちはサカリアスにどことなく似ている。

「兄上こそ、こんなところまで何用ですか？　もうお話しすることは無いと、私も司教猊下も申し上げたはずですが」

さりげなくニカを背に庇ったザカリアスの言葉で、青年の正体が判明した。ザカリアスを激しく嫌悪し、母の正妻と共に命さえ狙っているという異母兄、マルコスだ。

「それはそちらの言い分だろう。私の話はまだ終わっていない。……うん？　それは？」

目敏《めざと》くニカに気付いたマルコスが眼差しを向けてくる。ニカが仕方無く進み出ると、マルコスの瞳が大きく見開かれた。

「フェルナンド殿下？」

「……？」

「ああ、…いや、まさかな」

フェルナンドとは確かエミディオ王の息子、王太子の名前ではなかったか。武門の家に生まれながら攻撃魔術を発動出来ず、騎士にもなれなかったマルコスが仕えている主人でもあったはずだ。

「それは何だ、ザカリアス。初めて見る顔だが」

首を振ったマルコスが高慢に尋ねると、ザカリアスは不愉快そうに眉を寄せた。

「私の新しい従卒です。今回の件には何の関係もありません」

「従卒だと？　では例の決闘騒ぎの元凶ではないか。報告が間違っているのかと思ったら、本当にティークとはな。やはり卑しい血筋は卑しい者を好むのか」

失笑するマルコスに追従し、供の者たちも笑う。ザカリアスはきっと物心ついた頃から、こんな空気に晒《さら》されてきたのだ。

「おい、あんた…」

「失礼ながら、マルコス卿」

ニカが湧き上がる怒りのまま咎めるより早く、シルヴェストが割り込んだ。花よりも美しい笑みが含む棘《とげ》に、まだ笑っていた供の者たちがぐっと押し黙る。

「決闘についての処分は国王陛下の御名のもと、すでに決定されました。聖皇猊下も認めておいでです。これ以上異議を唱えられるようでしたら陛下と猊下、お二人に報告しなければならなくなりますが、フェルナンド殿下のためにはならないのではありませんか？」

「っ…、殿下は何もご存知無い。私の一存だ」

「でしたら尚更でしょう。殿下の信頼篤い側近が王の裁定に口を挟んだと知れば、陛下のお怒りは殿下に向かいます。殿下もマルコス卿に失望されるでしょうね」

「ぐっ……」

マルコスは必死に口をぱくぱくさせるが、適切な言葉は見付からなかったようだ。

まあ、とザカリアスが嘆息する。

「もうよろしいですか、兄上。急ぎの用事がありますので、失礼します」

「……っ、待て！」

　シルヴェストとニカを促して行こうとするザカリアスに、マルコスが叫んだ。止めようとする供の者を振り払い、不遜《ふそん》に笑う。

「卑しい妾腹《しょうふく》ごときが、いい気になっていられるのは今のうちだからな」

「…どういうことですか？」

「すぐに思い知るさ。その時になって許しを乞うても無駄だからな！」

　嫌な笑い声を響かせながら、マルコスは供の者たちと去っていく。

　自信満々の後ろ姿が回廊の奥に消えると、ザカリアスは小さく頭を下げた。

「すまん。嫌な思いをさせてしまったな」

「謝られるようなことじゃない。悪いのはあんたの兄さんの方だろう」

　一度追い払われたのにわざわざ追いかけてきて、異母弟を虚仮《こけ》にするなんて。思い出すだけで苛立《いらだ》ちが湧いてくる。

「…ザカリアス？　どうした、顔が赤いが」

「いや、…君が他人のことで怒るのは珍しいなと思って」

「俺だって大切な存在を貶《けな》されれば怒る。……おい、ザカリアス？」

　うう、とザカリアスは呻き、ますます赤くなった顔を背けてしまう。

「大丈夫だ。ちょっと威力の高すぎる攻撃を喰らっただけだから」

「攻撃？」

「ザカリアスは心配ありませんよ、ニカ。すぐに治りますから」

シルヴェストが呆《あき》れ顔で言った通り、ぶるりと首を振ると、ザカリアスはいつもの冷静さを取り戻していた。ニカは安堵《あんど》し、さっきからの疑問をぶつけてみる。いったいマルコスは何のために現れたのか。話を聞いた限り、先日の決闘の件でザカリアスとシルヴェストに抗議をしていたようだが。

ザカリアスは辟易《へきえき》した様子で肩を竦《すく》めた。

「義兄上《あにうえ》は偽騎士…クラウディオに関する詮議をやり直すよう、俺とシルヴェストに申し入れに来たんだ。どうやらクラウディオの親族に泣き付かれたようでな」

クラウディオについてはニカが休んでいる間に詮議が行われ、身分剥奪の上利き腕を切断、騎士団からの追放という処分が下されたと聞いている。アルリエタ家の名を出しての抗議に、さすがの王も後宮から出て迅速な決断をせざるを得なかったようだ。

しかしクラウディオの処分を聞いたホセたちは態度を一転させ、クラウディオこそ人さらいの真の首謀者だったと供述を始めたという。事実と認められれば、貴族でも騎士でもなくなったクラウディオはホセたちと共に公開処刑に処されるかもしれない。

「王の裁定に嚙《か》み付くなんて普通はありえないんだが、俺なら譲歩させられると思ったんだろうな。ついでにクラウディオの親族に恩を着せて、王太子陣営に組み入れようとでも企《たくら》んだんだろう。身分剝奪さえ撤回されれば、公開処刑は免れるからな。…全く、こんな時に…」

「だがザカリアス…、いいのか?」

マルコスの捨て台詞《ぜりふ》が、ニカにはどうにも引っかかる。まるで木立の奥にひそむ樋熊の気配を察した時のように、背筋がぴりぴりするのだ。

「いいに決まっているさ。あの人より君の方がずっと大事だ」

ザカリアスがニカの右手を取れば、シルヴェストが当然のように左手を取った。

どくん、と高鳴った心臓から熱い血潮が流れ、全身を巡っていく。ほんの少し前までは存在すら知らなかった二人の熱が、どうしてこんなにも肌に馴染むのか。まるで生まれる前からこの熱を求めていたかのような。

……違う。俺はティラを……だがこんな気持ち、ティラには一度も……。

「さあ、急ぎましょう。今度こそ、邪魔が入らないうちに」

シルヴェストに促され、ニカは胸に芽生えた不可解な感情を吹っ切るように頷いた。


緊急事態のため、河岸には馬で向かう。ニカは黒馬のスキアにザカリアスと同乗し、シルヴェストは騎士団所有の白馬にまたがった。聖職者は従軍することも多いため、馬術を必ず習得するのだそうだ。

危なげ無く手綱を操るシルヴェストは、昔ティラが大好きだった絵本に登場する『白馬の王子様』そのままで、胸がちくりと痛んだ。

……ティラ、無事でいてくれ……。

誰もが騎士と司教の馬に道を譲ってくれたおかげで、三人はほどなくして連絡のあった花街の河岸にたどり着いた。

王都のはるか北方の山を水源とし、王都を貫く運河には舟以外にも様々なものが浮かぶ。舟から落ちた物資、投棄されたごみ、…動物や人間の死体。治安の乱れ始めた昨今では事件に巻き込まれて殺された者や、自ら身を投げた者の骸《むくろ》が最下流である第三層にたびたび流れ着くため、花街の自警団が定期的に河岸を巡回しているのだという。

その骸も今日の巡回中に浮かんでいるところを発見され、引き上げられたのだと、黒服の自警団員が教えてくれた。オクタビアに頼まれ、ニカたちを待っていてくれたのだ。

「争った痕跡《こんせき》は無いので、身投げだと思われます。身を投げたのはおそらく、ここ二、三日のことではないかと…」

「そうか、よく見付けてくれた。オクタビアにも礼を伝えておいてくれ」

自警団員とザカリアスの会話を遠くに聞きながら、ニカはむしろのかけられた遺体を見下ろしていた。さっきから何度もむしろをどかそうとしては動けなくなるのをくり返している。

もしも、この下に横たわっているのがティラだったら…。

「…私が見ましょうか？」

「いや、……大丈夫だ」

寄り添ってくれるシルヴェストに首を振る。似顔絵はあるが、実際のティラの顔を見たことがあるのはニカだけなのだから、ニカが確認しなければ意味が無い。

『ニカ……』

むしろをどかす瞬間、懐かしいティラの声が確かに聞こえた。

暗い隙間《すきま》から細い手が伸びてくる。その指には銀の指輪が嵌《は》まっていた。ニカが贈った、結婚の約束の証《あかし》の指輪と似ている。

『……ニカ……、あたし、あたしね……』

泣きながら何かを訴える、見たことも無いはずの表情を追い払い、ニカは横たわる小柄な骸をじっと観察した。

…少し癖のある黒髪の女性だ。生前はさぞ美しく、異性を惹《ひ》き付けたと思われる。

はあ、と吐く息と共に緊張が抜けていった。

「……ティラじゃない」

顔立ちや髪型、体型などはよく似ているが、ニカの知るティラとは違う。念のため確認させてもらった左ひじには、ティラにはあるはずの傷跡が無かった。小さい頃に尖《とが》った枝に引っかけ、残ってしまった大きな傷跡を、ティラは成長してからも気にしていたものだ。

「そうですか。……それは、良かったですね」

シルヴェストが肩を叩《たた》いてくれるが、素直に喜べなかった。

骸がティラでなかったことは確かに嬉《うれ》しい。けれどまだ若い娘が一人、死を選ばなければならないほど追い詰められ、自ら命を絶ったことは事実なのだ。

家族が居るのなら、きっと今頃必死に娘を捜しているだろう。…ニカと同じように。

「…なあ、シルヴェスト。この娘のために祈ってやってくれないか？」

聖教会の教えでは、人は死後、聖神イシュティワルドの懐に抱かれ、永遠の眠りにつくという。だから迷わず神のもとにたどり着けるよう、遺族は聖職者に頼み、祈りを捧《ささ》げてもらうのだ。ニカの村では皆そうしていた。

王都ではどうなのかはわからないが、シルヴェストに祈ってもらえばこの娘もきっと安らかに眠れる気がする。

慌てたのは、骸の監視をしていた自警団員だ。

「し、司教様に!?　いくら何でもそれは…」

「もちろんです、ニカ。貴方《あなた》のお願いならば喜んで」

「司教様……!?」

シルヴェストが何の躊躇《ためら》いも無く微笑《ほほえ》むと、自警団員は腰を抜かしてしまった。河岸を遠巻きに眺める野次馬たちもざわめく。

いつも一緒に居るので忘れがちだが、この国において司教は雲の上の存在なのだ。ましてや光術を扱える上、この美貌である。素性も知れぬティークのために祈りを捧げるなど、本来はありえないのだろう。

でもシルヴェストは迷わず引き受けてくれた。…ニカのために。

「……ありがとう。あんたは優しいな」

「優しいのは貴方ですよ、ニカ。私は……」

「――ニカ」

自警団員との話を終えたザカリアスが戻ってきた。趣の異なる美形が増え、野次馬から今度は感嘆の溜息《ためいき》が漏《も》れる。

「こうして巡り合ったのも何かの縁だ。そのお嬢さんのために、俺も祈らせてくれるか?」

「ああ、もちろん」

「ではシルヴェスト、……頼めるか?」

ニカの肩を抱くザカリアスと、微笑むシルヴェストの間に紅と金の火花が散った――ように見えた。一瞬のことだったので、ニカの錯覚だったかもしれないが。

「ええ。…この娘が迷わず聖神イシュティワルド様のもとへ旅立てるよう、ニカのために祈りましょう」

白い聖衣が汚れるのも構わず、シルヴェストは骸の傍らにひざまずいた。かざした掌《てのひら》から金色の光が溢《あふ》れ、哀れな娘を包んでゆく。

……ああ、温かい……。

祈りの言葉は古く難解な言葉で紡がれ、無学なニカにはわからなかったけれど、シルヴェストが娘の死後の幸福を心から祈ってくれていることだけは伝わってきた。ここまで溢れてくる光を浴びていると、全身がほんのり温かくなる。

祈りの合間の吐息すら、シルヴェストの唇から紡がれれば天上の調べに聞こえる。それはたぶんニカだけではない。

「おお……、聖神イシュティワルド様……」

「ありがたい……、何とありがたい……」

いつの間にか倍増した野次馬も、感情とは無縁そうな黒服の自警団員たちまでもが泣き崩れながらシルヴェストを伏し拝んでいた。

きっとザカリアスも、と隣を窺《うかが》い、ニカは硬直する。祈りの形に手を組んだザカリアスが、射殺せんばかりにシルヴェストの背中を睨《にら》み付けていたから。

……ザカリアス、何故《なぜ》？

どうした、とニカの視線に気付いたザカリアスが首を傾《かし》げる。…いつものザカリアスだ。何でもないとあいまいに笑えば、優しく肩を叩いてくれる。錯覚だったのか？　いや、だが確かに…。

もやもやするうちに祈りは終わり、金色の光も消えた。冷たい地面に横たわる娘の顔は、心なしかさっきまでよりも安らかに見える。

「ありがとうございました、司教様。この娘もきっと感謝していることでしょう」

自警団員が深々と腰を折る。このあたりに流れ着いた骸は、彼らが然《しか》るべく処分することになっているのだそうだ。

本来なら警備隊の領分なのだが、彼らは身元不明の骸の処分を『高貴な血が汚れる』と嫌がるらしい。何のための存在なのか、ますますわからなくなってくる。

「…この後、この娘はどうなるんだ？」

ニカの問いに、自警団員は表情を曇らせた。

「共同墓地に葬られることになるだろう。一応、引き取り手を探してはみるつもりだが、自ら命を絶つ者は身寄りの無いことが多いから…」

「ならば、俺が引き受けよう」

申し出たのはザカリアスだった。驚くニカに笑いかけ、自警団員に向き直る。

「騎士団でそのお嬢さんの身元を探し、誰も見付からないようなら然るべき教会の墓地に埋葬させてもらう。構わないか？」

「そ…、それはありがたいお申し出ですが、騎士様…よろしいのですか？」

「むろんだ。何もせずに去っては、報《しら》せてくれたオクタビアにも申し訳が立たないからな」

ザカリアスはそう言うが、本当はニカのためだろう。ティラによく似た姿と境遇の娘が死んでまでぞんざいに扱われれば、ニカが悲しむと思い遣《や》ってくれたのだ。

……祖父《じい》さん。俺は幸運に恵まれたようだ。

ティラはまだ見付からないし、痛ましい事件にも遭遇してしまったが、ザカリアスとシルヴェストのように優しい男たちと出逢《であ》えて本当に良かった。いつか山小屋に帰ったら、二人から受けた恩について祖父にじっくり話してやりたい。

娘の骸をひとまず自警団に預け、ニカたちは来た道を引き返す。

行きは景色を眺める余裕も無かったが、久しぶりの第三層は以前よりも活気を増したようだった。

しかし良い雰囲気ではない。往来する人々の表情には余裕が無く、人が増えたにもかかわらず露店に並ぶ品は減ったようだ。熟しきって腐乱する直前の果実のような、混沌《こんとん》とした不穏な匂いが充満している。

「…これは、良くないな」

スキアをゆっくり進ませながら、ザカリアスが呟《つぶや》いた。紅い瞳は路地に向けられている。

昼間なのに薄暗く狭い空間には、かつてニカが捕らえたような幼い少女たちの姿は無く、代わりに自ら歩けないくらい痩《や》せ衰えた老人たちがぼろぼろの毛布に包《くる》まっていた。人々は一瞥《いちべつ》するものの顔を背け、そそくさと通り過ぎていってしまう。

「おそらく家族が養いきれなくなり、捨てられてしまったのでしょう。…家族としても苦渋の決断だったと思います」

シルヴェストが言うには、地方からの民の流入にいよいよ歯止めがかからなくなり、王都の民ですら収入にありつくのが難しくなりつつあるのだそうだ。

地方の民は薄給でも喜んで働くから、雇う側としてはそちらを選ぶ。すると元々働いていた王都の民が職を失い、家族を養えなくなり、老いた者から路地に捨てられる。地方の民と王都の民との間には修復不可能な断絶と憎しみが生まれる。悪循環が加速しているのだ。

幼い少女たちは居場所を失い、追い出されてしまった。何の伝手《つて》も技術も持たない彼女たちが行き着く先は花街か、それとも…。

「…どうして王は、何もしないんだよ」

河岸に横たえられた骸が脳裏に浮かぶ。熱く苦いものが喉奥からせり上がってくる。

「群れの皆が何の心配も無く暮らせるようにするのが、親分の役割だろう。地方から民が押し寄せてくるのはわかっていたんだから、もっと前にいくらでも手を打てたはずだ。…いや、そもそも王が無駄な戦なんてやめていれば、こんなことにはならなかったのに」

「ニカ……」

「貴方は……」

ニカが珍しく大量にしゃべったせいか、ザカリアスとシルヴェストが目を瞠《みは》る。よく考えれば二人ともニカよりはるかに高い教養を持ち、政《まつりごと》についても造詣《ぞうけい》が深いのだ。田舎者が生意気だと呆《あき》れられたかもしれない。

「…君のような心が欠片《かけら》でも王にあればな。いや、本当に責められるべきは俺たち貴族かもしれない」

だが、向けられたのはまぶしそうな表情だった。シルヴェストも頷《うなず》く。

「貴方はとうてい納得出来ないでしょうが、現況はこれでも落ち着いているのです。何としてでも戦を続けたいエミディオ王と、王を止めようとする王太子フェルナンド殿下がそれぞれの陣営を巻き込んで対立し、両者の均衡が保たれているおかげで新たな派兵が行われていませんからね」

「…なら、王太子が勝てば戦は終わるのか？」

「そうとも限りません。フェルナンド殿下は民のためを思って王に反対しているわけではなく、エミディオ王を失脚させ、一日も早くご自分が王位に就きたいだけですから。殿下が王になれば、掌を返したように侵略戦争を始めるかもしれませんね」

ザカリアスが反論しないのを見ると、シルヴェストの推測は正しいのだろう。

エミディオ王と王太子フェルナンド。どちらが勝ったとしてもトラウィスカの未来は明るくない。そして新たな派兵が決まれば、第一と第二の騎士団までもが戦場に駆り出されるかもしれないのだ。

「俺は異母兄が王太子の側近だから、王太子派と思われているようだな。…甚《はなは》だ不本意だが」

ザカリアスの口調に棘《とげ》が混じった。

「騎士である以上、戦うことに異存は無い。…他国の侵略から国を、弱き者を守るためであればな。だが他国を侵す凶器として使われるのは業腹だ。まともな王族が王位に就いてくれればと、何度願ったことか…」

「…他に王族は居ないのか？」

「血の薄い傍系なら何人か居るが、王位に就けるのは聖神イシュティワルド様の祝福の証…白金色の髪を持つ者だけだ」

現在の王家で白金色の髪を持つのは、エミディオ王と王太子フェルナンドだけ。エミディオ王が戦でどれだけ国庫に負担をかけようと、フェルナンドが父王を止められなかろうとその地位を追われないのは、他に王位を受け継げる者が居ないからなのだ。

「トラウィスカは聖神イシュティワルド様のご加護によって成り立つ国。その根幹を失うとあっては、いかに横暴であっても、貴族も王族を廃するわけにはいかないのです」

「それによって真っ先に割を食うのが、民であっても…な」

シルヴェストとザカリアスがやり切れなさを滲《にじ》ませる。優しく才能にも恵まれた二人のことだ。忠誠を誓うに相応《ふさわ》しい王が立てばその下で活躍し、民のために働くのだろう。

……聖神イシュティワルドは何を考えているんだ？

理由も無く戦ばかり続ける王に祝福を与えるなんて。王になるべき存在は、他にいくらでも居るだろうに。

――『フェルナンド殿下？』

ふいに、マルコスの面影が頭に浮かぶ。マルコスはどうして、ニカを見てフェルナンドの名を口走ったのだろう。生粋のノウムであり王族であるフェルナンドと、田舎者のティークでは何の接点も無いだろうに。

三人とも浮かない表情のまま、しばらく黙って馬を進める。

「っ…、待て」

ザカリアスがスキアの手綱を引いたのは、第二層を通り過ぎ、第一層に差しかかった時だった。ニカもとっさに身構える。

第三層に纏《まと》わり付く腐敗寸前の臭いは、ここまでは流れてこない。だが代わりに得体の知れない違和感が空気を張り詰めさせていた。

何かがおかしい。何が――答えはすぐに見付かった。行きは上品な身なりをした人々が溶け込んでいた町並みに、一人の姿も無い。まるで街だけがニカたちごと、別の世界に迷い込んでしまったかのように。

……いや、違う。俺たちだけじゃない。

ニカの鋭敏な感覚は、不自然極まりない空間にうごめく別の気配を感じ取っていた。そこから放たれる、醜悪な害意の臭いも。

「そこに居るのはわかっています。——姿を見せなさい」

シルヴェストが右手に金色の光を纏わせながら命じた。すると空気が振動し、誰も居なかった空間から武装した男たちが現れる。

強敵だ、とニカは一瞬で看破した。

ザカリアスには及ばないものの鍛えられた肉体といい、隙の無い身のこなしといい、男たちはいずれも歴戦の空気を漂わせている。第二騎士団の団員たちにも匹敵するだろう。髪や肌の色からしてノウムだろうから、攻撃魔術も使ってくるに違いない。

…それがざっと数えて十人。最も手練《てだ》れと思われる中央の頬傷のある男は、無表情ながら殺気を隠そうともしない。

「…貴様…、ダリオか」

「お久しゅうございます、ザカリアス様。それにシルヴェスト様」

低く問うザカリアスに、答えたのは頬傷の男だった。ザカリアスを、そしてシルヴェストまで知っているようだ。

「この男は父上の正妻が身辺警護役として実家から伴ってきた男だ。俺が生まれた時からアルリエタ家に仕えていた」

ザカリアスの言葉で全ての疑問は氷解した。

ザカリアスを敵視する正妻が、手練れの私兵を武装した配下と共に差し向けた。それが意味するところは、一つしか無い。

『卑しい妾腹《しょうふく》ごときが、いい気になっていられるのは今のうちだからな』

……あれは、こういうことだったのか。

マルコスは母がザカリアスを襲撃させるつもりだと知っていたのだ。あるいはザカリアスが部下も連れずに第三層へ赴くと知り、好機が巡ってきたと母親に報せたのかもしれない。

ザカリアスはダリオを鋭く見据《みす》えた。

「俺はアルリエタ家の家督ごときに興味は無い。…そう言っても無駄なんだな?」

「ごとき、と。そうおっしゃる貴方様だからこそ、奥方様は目障りで仕方が無いのですよ」

ダリオが両腕を交差させ、左右に差していた短刀《ダガー》を抜いた。二刀流だ。

ぶわりと殺気が弾《はじ》けるのを合図に、配下の男たちも剣を抜く。

「くっ……」

「ニカ!」

ザカリアスの制止を振り切り、ニカはスキアから飛び降りた。

徒歩の相手と戦うなら馬上の方が断然有利だが、二人も乗っていてはスキアのお荷物になってしまう。一人で馬に乗れないニカが戦うなら、この方がいい。

「…ニカ、君はまさか…」

「戦うさ。当たり前だろう」

ザカリアスに背を向けたまま、祖父から譲り受けた剣を抜く。

きっとザカリアスはニカを実家の争いに巻き込みたくはなかっただろう。だが二人を見捨てて逃げる選択肢など、ニカには無かった。二人を失ってしまったら——想像するだけで胸が張り裂けそうになる。

「気を付けなさい、ニカ」

シルヴェストの手から放たれた光の玉がニカを包んだ。

じんわりと身体《からだ》が内側から温かくなる。光術は防御や結界に長《た》けているというから、防御の術でもかけてくれたに違いない。

「あの者たちは闇術の遣い手です。闇術は空間をねじ曲げ、隠蔽《いんぺい》や不意討ちを得意とします」

街から人が消えたのも、ダリオたちが突然現れたのもそのせいなのだろう。闇術によってねじ曲げられた空間に、ニカたちの方が踏み込んでしまったのだ。

「……わかった！」

先陣切って駆け出したニカに、刺客《しかく》の男たちはうろたえたようだった。

魔術も使えないティークが真っ先に突っ込んでくるのは、完全な予想外だったのだろう。混乱から立ち直る隙は、もちろん与えない。

「ぐぁ……っ！」

腹を切り裂かれた刺客の一人が、鮮血をまき散らしながら倒れた。装飾の無い無骨な剣は軽く振っただけで血潮を落とし、鋼の輝きを取り戻す。

そのまま近くの刺客に一撃叩き込もうとして、ニカは反射的に飛びすさった。数秒前までニカの居たあたりに、何本もの矢が突き刺さる。射たのは…。

……あの男か！

ニカと目が合ったダリオが不遜《ふそん》に唇を吊《つ》り上げた。長い両腕は使い込まれた短刀で塞《ふさ》がっている。

だが間違い無い。あの矢はダリオが射たのだと、ニカの勘が告げている。

「――ニカに手を出すな！」

突進するスキアの馬上で、ザカリアスが剣を抜いた。瞬く間に炎を帯びた刀身はすれ違いざま、ダリオの首を正確に捉えた――はずだったのに。

「…な…っ…!?」

首を斬り飛ばされたのは、ダリオとは別の刺客だった。

ダリオはどこへ？

逸《そ》らされた意識の外から、音も無く殺気が襲いかかってくる。

ギィンッ！

高い音が首元で弾けた。きらきらと輝きながら散っていくのは、シルヴェストが紡いだ光術の壁だ。

「右です、ニカ！」

シルヴェストの警告に従い、身体が勝手に動いた。右から連続でくり出される短刀の刺突を、かざした祖父の剣が跳ね返す。

「…ティークの分際で、なかなかやるじゃないか」

低く唸《うな》り、後方に跳んだのはダリオだった。…いつの間に回り込まれていたのか。

動きを読めない相手は初めてだった。シルヴェストが守ってくれなかったら、この首は確実にかき切られていたはずだ。

『――落ち着け』

恐怖に染まりかけた心に、誰かが語りかけてくる。

覚えのある声――決闘の日、頭の奥で聞こえたのと同じ声だ。自分であって、自分ではない、声。

『何もおかしいことじゃない。シルヴェストが言っただろう？　こいつらは闇術を使う』

……そう、だ。

得心がいくと同時にざわめきも治まった。

闇術は空間に作用する。ダリオは自分と部下の位置を入れ替えたのだ。身代わりとなった部下が首を落とされている隙に忍び寄り、ニカを狙《ねら》った。

矢も同じ要領だ。どこかに格納された矢を、闇術で瞬間的に移動させたに過ぎない。種さえわかれば単純な手品だ。

「刺客ふぜいが、小賢《こざか》しい」

頭の奥の声の主が嘲笑《あざわら》ったのだと思った。自分の口からこぼれたのだと気付いたのは、ザカリアスとシルヴェストがこちらを振り返り、呆《ほう》けたように凝視したせいだ。

宝玉よりも美しい紅と紫の双眸《そうぼう》に自分が映っている。

……どちらも、俺のものだ。

ニカは愉悦のまま唇を吊り上げ、ダリオに斬りかかった。相手はノウムの刺客だ。賊やあの偽騎士よりはるかに手強《てごわ》いはずだが、負ける気はしない。

「ニカ！　……くそっ」

ザカリアスの紅い瞳が炎の輝きを帯びる。

ごうっ、と巻き上がった風はザカリアスの魔力を吸ってたちどころに炎の竜巻と化し、前後から襲いかかろうとしていた刺客たちを巻き込んだ。悲鳴を上げる暇すら与えられず、二人が灰となって散っていく。

わずかな間に四人もの仲間を失い、刺客たちは明らかに冷静さを失いつつあった。

それでもザカリアスが馬首を巡らせた隙を逃さず、虚空に出現させた無数の矢や短刀を三人がかりで騎士服の背中目がけて放ったのはさすがと言えるだろう。

「させませんよ」

だがザカリアスを小間切れの肉塊にするはずだった凶器は、シルヴェストが瞬時に編み上げた光の壁によって弾き返された。因果応報とばかりに、放った者たちに向かって。

全身に凶器を突き立てられた刺客たちは、最期の瞬間、何が起きたのかすら理解出来なかったかもしれない。

「あと三人」

「グッ……」

ニカが背後から飛来した矢を振り返りもせず剣で弾き、地面からせり上がってきた細剣《レイピア》を避けながら囁《ささや》いてやれば、ダリオの冷徹そうな顔に焦燥が滲んだ。

幼い頃から面識があるのなら、ダリオとてザカリアスの強さを熟知しているはずだ。正攻法ではとうてい敵《かな》わないと判断したから、搦《から》め手を選んだ。

予測不能な攻撃をくり出す刺客が十人も揃《そろ》えば、たとえ光術の遣い手であるシルヴェストが共に居てもねじ伏せられる。ティークの従卒などものの数にも入らないと——そう踏んだのだろう。

けれど今、ダリオは歯牙にもかけなかったティークに作戦を台無しにされかけている。ニカにぴったり張り付かれ、行動を封じられたことによって。

「…貴様…、本当にティークなのか？」

ダリオが疑惑を募らせるのも無理は無い。この男とて何もしていないわけではないのだ。両手の短刀を交互にくり出しながら闇術を操り、絶妙な間合いから凶器を放ってくる。ただのティークならとっくに殺されるか、魔力の圧に耐え切れず倒れている。

「……さあ？」

だが、ニカに聞かれてもわからない。

何故こんなに身体が熱く、軽いのか。ダリオの動きが、水の中をもがくようにゆっくりと見えるのか。凶器の出現する方向を察知出来るのか。

わかるのは、ただ――終わりが近いということだ。

「ぐ…、あぁっ……」

ニカが突くと見せかけて剣を引いたのと同時に、刺客が倒れた。全身を爛《ただ》れさせ、背中から光の槍《やり》で串刺しにされている。

他に立っている刺客は居ない。…ダリオ以外、誰も。

「…くっ…、こうなったら…！」

ダリオが両手の短刀をくるりと閃《ひらめ》かせた。

一か八かで攻勢に出るのか、闇術を解いて逃走するのか。…どちらも外れだった。ダリオは短刀を己の胸に突き立てたのだ。

ドクンッ……。

不気味な鐘声のように、ダリオの最期の鼓動が響き渡った。

命を失ったはずの肉体の中で、さっきまでとは比べ物にならないほどの熱量が膨《ふく》れ上がっていく。持たざる者であるニカにもすぐにわかった。…魔力だ。純血のノウムであっても、普通は抱えきれないほどの。

ザカリアスの顔色が変わった。

「こいつ…、自爆魔術を⁉」

「二人とも、こちらへ！　結界を張ります！」

シルヴェストが感嘆すべき速さで魔力を練り上げるが——駄目だ。

ニカは直感した。どうあっても防げない。命を触媒として発動する自爆魔術は、絶対に。

……防げないのなら、どうすればいい？

「斬ればいい」

答えは、するりと唇からこぼれ出た。

…熱い。目の奥が熱い。炎が燃え盛っているように。けれどもっと熱いのは心臓だ。脈打つたび血潮が全身を巡り、ぐらぐらと沸騰する。

「ニカ……⁉　何を……」

「戻りなさい！　…早く、私のもとへ！」

悲鳴を上げる二人に構わず、ニカは祖父の剣を構えた。ダリオの骸には無数の紅い亀裂が走り、煙と熱気をぶすぶすと漏らしている。

……祖父さん。

応えるように、無骨な肉厚の刀身が金色の光を放つ。シルヴェストの操るそれとは違う、安心ではなく高揚をもたらす光だ。

今なら何でも出来る。熱い血潮と共に、無尽蔵の自信が湧《わ》いてくる。

ザンッ……。

振り下ろした金色の刃は、今しも爆発しようとしていたダリオの骸をやすやすと切り裂いた。溢れ出た熱気と煙は刃の纏う光に浄化され、溶け去ってしまう。残された骸は焼け焦げ、肩から真っ二つに裂かれて酷《ひど》い有様だが、あの危険な魔力はもう感じない。

——脅威は去ったのだ。

「…、う……」

安堵《あんど》した瞬間、強烈な疲労感と共にかつてないほどの熱が襲ってきた。ぐるぐると世界が回って、立っていられなくなる。

「——ニカ！」

ザカリアスとシルヴェストが異口同音に叫び、駆け寄ってくる。

……二人とも、どうしたんだ。そんな、化け物でも見たような顔で……。

意識が真っ白に焼かれる寸前、ニカは白金色の何かが視界できらきらと輝くのを見た。

ニカがどさりと倒れても、ザカリアスは動けなかった。

シルヴェストもだ。父の戦死以来、取り澄ました笑みしか浮かべなくなった幼馴染《おさななじ》みの驚愕《きょうがく》の表情を拝むのは、何年ぶりだろう。

……きっと、俺も同じ顔をしているんだろうな。

他人事《ひとごと》のように考えてしまうのは、きっと現実逃避だ。

…ありえない。決してありえないことだ。自爆魔術が禁じられたのは己の命を犠牲に発動するという残酷さと、一度発動してしまったが最後、いかなる防御術をもってしても防げず、広範囲を殲滅《せんめつ》する威力ゆえである。

ザカリアスも、シルヴェストさえ最期を覚悟したその術を、ニカは斬ってみせた。黄金色に輝く剣で。

王国一の騎士と謳《うた》われるザカリアスすら奇跡としか思えない事実も、ささいなことだ。

目の前の生きた奇跡――茶色がかったはずの髪を白金色に染め、無防備に横たわるニカに比べたら。

「馬鹿な…、ありえない……」

シルヴェストが呻《うめ》いた。

そう、貴族ならば誰でも知っている。聖神イシュティワルドの祝福の証であり、王国随一の魔力の印でもある白金色の髪を持つのは直系王族のみ。

染め粉のたぐいでは絶対に真似《まね》出来ない。そして今、この色を持つ王族はエミディオ王と王太子フェルナンドだけのはずなのだ。

——けれどもし、魔術を斬るなどという奇跡のような御業をやってのけられるとしたら。それは王族以外には考えられない。

「……ぁ、……っ……」

「——!」

ニカが苦しそうに胸をかきむしった瞬間、ザカリアスとシルヴェストは揃って息を呑《の》み、力無く横たわる身体に駆け寄った。両側からその手に触れ、思わず目を合わせる。

「……魔力だ」

「そんな…、何故今になって……」

シルヴェストは信じられないと眉を顰《ひそ》めるが、手に流れ込んでくる感覚は間違い無い。…魔力だ。今までニカには欠片も感じなかったはずの。それも、シルヴェストすらはるかに凌駕《りょうが》するすさまじい量の魔力が、ニカの中で渦巻いている。

魔力は生まれつきのものだ。訓練である程度増強することは出来ても、魔力を持たずに生まれた者が後天的に魔力持ちになることは無い。だからこそ貴族は血族婚をくり返し、可能な限り純血を保ってきたのである。

……つまりニカは最初から魔力を持っていた？

浮かんだ考えを、馬鹿な、と即座に打ち消す。

これほどの魔力、どうあっても隠すことなど出来ない。ザカリアスとシルヴェストなら必ず気付いたはずだ。しかもこの白金色の髪…。

「は…、…ぁぁ、…っ…」

次から次へと押し寄せてくる疑問は、熱を帯びた喘《あえ》ぎにかき消された。思うさま吸ってみたいとひそかに願い続けてきた唇から、獣のように浅い吐息がひっきりなしにこぼれている。

「…くるし、…い…」

榛色《はしばみいろ》の瞳が蜜のように蕩《とろ》け、潤む。見詰めているだけで呑み込まれてしまいそうだ。

ごくりと喉を鳴らしたのは自分なのか、シルヴェストなのか。

「助けて…、……ザカリアス、……シルヴェスト……」

全身をびくんびくんと震わせながら、ニカは熱い吐息を紡ぐ。

むせ返るほどの色香に我を失いそうになり、ザカリアスは気付いた。ニカの手から伝わる魔力の波動が一定ではなく、強弱をくり返しながらどんどん激しくなっていることに。

「これは……」

同じ可能性に思い至ったのだろう。顔を上げたシルヴェストに、ザカリアスは頷く。

「ああ。……おそらく処女症状だ」

貴族も最初から魔力を自在に操れるわけではない。親や親族といった先達が体内の魔力の操り方を指導し、時間をかけて体内に循環させ、馴染ませていくうちに、魔術を行使出来るようになっていくのだ。

魔力は人間の肉体にとって、強すぎる酒精のようなもの。初めて魔力を循環させる時には、誰もが発熱や火照《ほて》りといった症状を経験する。それが処女症状だ。

ほとんどの貴族はごく幼い頃に済ませるので、酷くてもせいぜい二、三日寝込む程度だ。けれどニカが実は魔力を持っていたとして、十八歳の今、自爆魔術を斬るほどの魔力を突然全身に循環させたのだとしたら。

その身体は魔力の枯渇と処女症状、両方にむしばまれているはずだ。魔力が枯渇すれば地獄のような飢餓と渇きに苦しめられ、処女症状ではただでさえ少ない魔力が牙となって体内を暴れ回る。想像を絶する苦痛に、ニカは悶絶《もんぜつ》しているのだ。

治めてやるには、失ったよりも多くの魔力を注いでやるしかない。さらに外から干渉し、体内の魔力を暴走しないよう導いてやる必要がある。

その、最も手っ取り早い手段は。

「退《ど》け」

「退きなさい」

ニカを抱き上げようとした手と低い恫喝《どうかつ》、両方が重なった。

ずっと抱えていた罪悪感も幼馴染みとしての慕わしさも、全てが焼き尽くされていく。燃え上がる嫉妬《しっと》の炎によって。

残るのは炭よりも黒くどろどろした執着と、殺意のみ。

…誰であろうと容赦はしない。ニカをザカリアスから奪おうとするのなら、決して——。

「……キャアアアアアッ！」

絹を裂くような悲鳴が響かなければ、ザカリアスはシルヴェストに炎の嵐を喰《く》らわせていただろう。シルヴェストは光の槍を雨のごとく降らせるつもりだったようだから、あたり一帯は廃墟《はいきょ》と化していたかもしれない。

「ひ…、人が、…人が死んでっ…」

通りの反対側で震えているのは、服装からしてどこかの貴族邸からお使いにでも出てきたメイドだろう。ダリオが死んだことによって闇術でねじ曲げられていた空間が元に戻り、ザカリアスたちの姿が街の人々に晒《さら》されてしまったのだ。

メイドの悲鳴を聞き付けた人々が集まってくる。いずれ騎士団も駆け付けるだろう。ザカリアスが身分を明かし、事情を説明すれば問題無いはずだが…。

「…あ、…うう、…んっ…」

ニカの唇から漏れる喘ぎは、さっきよりも熱っぽさを増している。悠長に説明している暇など無い。

……早く……、早くニカを連れ帰って、その中に……。

同じ欲望を湛《たた》えた紫色の瞳がザカリアスを映す。どちらからともなく頷き合い、二人は互いの馬に飛び乗った。もちろんザカリアスはニカを抱え、シルヴェストは鞍《くら》にまたがると同時に光術を発動する。

「え、……ええ？」

「……何が……？」

あちこちに転がっていたはずの骸がこつ然と消えてしまい、メイドや駆け付けた人々が目を白黒させる。

実際は消えたのではなく、シルヴェストが陽炎《かげろう》の幻影で覆って隠しただけなのだが、看破出来るのはシルヴェスト以上の魔力を持つ者だけだ。つまり術を解除しない限り、発見される恐れは無い。

混乱する人々を置き去りに馬を走らせ、二人はザカリアスの邸に駆け込んだ。

ザカリアスは誰が来ても通さないよう執事に命じ、シルヴェストと共に主寝室に入った。大人三人はゆったりと休める大きさのベッドにニカを横たえる。

「……あ、……」

――ごくり。

限界が近いのだろう。見上げてくる飢えと媚《こ》びを含んだ眼差《まなざ》しに、ザカリアスとシルヴェストは喉を鳴らした。

いつも泰然として、オクタビアの誘いにすらなびかず、幼馴染みの娘に純情を捧げていたニカが、処女症状にむしばまれているとはいえ、こんなふうに男を誘うなんて――。

「…今、楽にしてやるからな」

「可愛《かわい》いニカ。…何も怖がらなくていいのですよ」

示し合わせるでもなく、ザカリアスはニカの上着とシャツを、シルヴェストはズボンと靴と下着を脱がせてやった。

程無くして晒された生まれたままの姿は若木のように瑞々《みずみず》しくしなやかで、健康的な褐色の肌に欲望を煽《あお》られる。

賊を撃退し、ティークを毛嫌いしていたアベルに騎士の誓いを捧げさせ、あのダリオさえ手玉に取ってみせた『魔殺し』の孫。服の下には、こんなに魅惑的な肢体を隠していたなんて。

初めて女を抱いた時よりもはるかに興奮した。きっとシルヴェストもそうだろう。二人の視線は、ニカの股間《こかん》で今にも弾けんばかりに勃起《ぼっき》した性器に吸い寄せられる。

「可哀想《かわいそう》に……」

シルヴェストが上気した頬に浮かべた笑みは、敬虔《けいけん》な信徒でなくても心を打たれて動けなくなるほど慈愛に満ちていた。

けれどその白い手は何のためらいも無く、絹の手巾でニカの肉茎の根元を縛り付ける。過剰な魔力が血流に乗って荒れ狂い、悶《もだ》えている今のニカにとっては拷問《ごうもん》にも等しいだろうに。

「ひ…っ、あ……！」

びくんびくん、とニカは腰を震わせる。金色の光の溶けた瞳から涙がこぼれた。

ザカリアスが思わず責めるように見詰めると、シルヴェストは悪びれもせず言い放つ。

「ニカのためですよ。今吐き出させてしまったら、ただでさえ枯渇しかかっている魔力をいっそう減少させ、さらに苦しませることになってしまいます」

「だが…」

「私か貴方が、一刻も早くニカに精を注いであげればいいだけです。……そうでしょう？」

壮絶な色気のしたたる眼差しに、心臓が高鳴った。…そうだ。処女症状と魔力の枯渇を同時に癒《い》やす最も手っ取り早い手段は、濃い魔力の溶け込んだ体液を直接注ぎ込んでやること。すなわち性交である。

どくり…、とまた心臓が高鳴った。

「…あ…、あっ…、うぅ、……」

助けてと眼差しで縋る、この青年に。…結婚を約束した娘とすら交わったことの無いだろう初心《うぶ》な身体に。

ザカリアスの精を、注ぎ込むのだ。…治療という名目のもと、存分に犯して、絡み合ってまぐわって…。

白い精液にまみれた褐色の肌。なすすべも無く揺さぶられる長い脚。ふやけるほど精液を注がれた蕾《つぼみ》に、容赦無く腰を打ち付ける自分。

「ん、……っ！」

頭を駆け巡る卑猥《ひわい》な妄想より、ニカの喉から漏れた喘ぎはずっと淫《みだ》らだった。

ぐったりするニカを抱き寄せ、長い金髪で覆うようにして口付ける男。それがシルヴェストだと悟った瞬間、ザカリアスは聖衣に包まれた腕を摑《つか》んだ。一切の加減もしなかったから、相当に痛かったはずだ。

だがシルヴェストは小揺るぎもせず、ただ紫色の瞳を肩越しに流した。…嘲りを込めて。

――子どもじみた罪悪感を捨てられないのなら、そこで指を咥《くわ》えて見ていなさい。

横っ面を殴られたような気分だった。

シルヴェストが協力者だったのは、ニカを無事連れ帰るまでのこと。今の自分たちは幼馴染みでも、騎士団長と司教でもなく――焦がれてやまない獲物を奪い合う、獣同士なのに。

「……ニカ……」

自分でも気持ち悪くなるくらい甘い声音で呼びかけても、ニカは応えない。おそらくは初めて味わうだろう深く濃厚な口付けに夢中になっている。時折びくびくと跳ねる指先と爪先が、口付けの激しさを物語る。

胸の奥に炎が灯《とも》る音を、ザカリアスは初めて聞いた。

…シルヴェストにだけは負けたくない。ニカがこの肌身に刻む男は、自分だけでなくてはならない。怒濤《どとう》のごとく押し寄せる衝動のまま、ザカリアスはこちらに向けられたニカの染み一つ無い背中に唇を這《は》わせる。

「……っ！」

ちゅっと強く吸い上げてやれば、くぐもった悲鳴がニカの喉から漏れた。

わずかに眉を寄せたシルヴェストが『こちらに集中しろ』とばかりに口付けを深める。濡《ぬ》れた唇と唇がぬめぬめと重なってうごめき、飲みきれない唾液がニカの口の端をいやらしく彩った。まるきり性交だ。

「…う、……ん……」

ニカが引き締まった腰をくねらせる。張りのある褐色の肌は、心なしかいっそう艶《つや》を増したようだった。唾液にも魔力は含まれているから、枯渇した魔力が少し満たされて苦しみが和らいだのだろう。

ザカリアスには、男を誘う媚態《びたい》にしか見えなかったけれど。

「……っふ　……」

小さな翼にも似た肩甲骨に沿ってなめらかな肌を吸い上げ、紅《あか》い痕を刻んでやるたびに漏れる甘い悲鳴がたまらなく劣情をそそる。

ザカリアスは指を唾液でたっぷりと濡らし、ニカの尻のあわいに忍ばせた。指先で触れた尻たぶは健康的に引き締まっていながらほど良い弾力があり、ザカリアスを惑わせる。

「……っ、――！」

縁をなぞり、慎ましく閉ざされた蕾にそっと指を沈ませたとたん、ニカはびくりと背中を震わせた。身体の内側を探られる。男なら一生味わわないはずの未知の感覚に対する怯《おび》えが、敏感な粘膜から伝わってくる。

……ああ、可哀想に。

ザカリアスはついさっき、ニカの肉茎を容赦無く縛《いまし》めた時のシルヴェストと同じ笑みを浮かべていることにも気付かなかった。

……結婚を約束した娘と契る前に、こんな男を銜《くわ》え込まされてしまうなんて。

可哀想だ。本当に可哀想だった。

だからザカリアスは指をさらに奥へ進めながら、背中に口付けを降らせていった。やわい肌に時折歯を立て、女との行為ではまず残らないような噛《か》み痕を刻んだ。ニカが正気に返っても、まざまざと思い出せるように。

初めての性交で、男二人にかわるがわる犯されたことを。

「……う…っく、…う、……んぅっ……」

誰の手垢《てあか》も付いていないまっさらな肉体は初めての異物を従順に受け容《い》れ、柔襞《やわひだ》でちゅぷちゅぷとしゃぶる。

上下の口を同時に犯される感覚にニカは身悶え、首を振った。白金色に染まった髪が白いシーツでぱさぱさと揺れる。

直系王族の印。聖神イシュティワルドの祝福の証。

上級貴族を父に持つザカリアスは幼い頃、エミディオ王も王太子フェルナンドも間近で見たことがあるが、彼らが誇らしげに伸ばした髪には何の感慨も抱けなかった。むしろこんなもののために無能な王と王太子をのさばらせておかなければならないのかと、辟易《へきえき》したほどだ。きっとシルヴェストもそうだろう。

だが、ニカを彩るそれは王にも王太子にも備わらない輝きと神聖さを放ち、ザカリアスを駆り立てる。

…この青年に自分の全てを捧げたい。飢えた肉体を満たすだけでは足りない。我が身が滅ぶまでずっと傍《そば》に侍《はべ》り、求められたい。…結婚を約束した女？　そんなもの…。

「っう、んっ！」

長い指先がわずかに膨らんだ媚肉のしこりをなぞり上げると、ニカの唇から呑み込みきれない嬌声が唾液と共に溢れた。

長い間シルヴェストの暴虐に晒されていた唇はぽってりと腫《は》れ、いやらしい艶を纏わり付かせている。凜々《りり》しい顔立ちとの落差に心臓が跳ね上がるが、シルヴェストの手柄だと思うと身の内の炎が一気に燃え上がる。

「ニカ。……ほら、こっちですよ」

シルヴェストが力無く投げ出されていたニカの手を取り、己の白い頰に導く。

ニカはもう一方の手もおずおずと添えると、腫れた唇を自らシルヴェストのそれに重ねた。まるで思い合う恋人が口付けを交わすように。

茶番だ。ニカは魔力を豊富に含む唾液が欲しかったに過ぎない。けれどザカリアスにはわかってしまった。

……お前もか、シルヴェスト。

連帯感とも反感ともつかぬ奇妙な感覚がザカリアスを満たした。

ティラの存在をニカの中から追い出し、空いた穴を自分でふさいでやりたいと渇望しているのは自分だけではないのだ。

一人だけでは無理かもしれない。遠い故郷から王都まで危険を冒して出て来た挙句、あれだけの状況証拠が揃っていても信じ続けるほど、ティラに対するニカの思いは深く強い。

だが、二人なら…。

「う、うぅ、んっ」

根元まで呑み込ませていた指を引き抜くと、切なそうな呻きが漏れた。

だが喪失感を味わう余裕など、ニカには与えられない。与えられるのはさらなる刺激と快楽だ。痛々しいくらい尖った乳首をシルヴェストの指にいじくり回され、しなやかな片脚を担ぎ上げて尻のあわいに顔を埋めたザカリアスによって。

「――――……っ……！」

指で拡《ひろ》げられた蕾に舌を潜り込ませた瞬間、声にならない絶叫と共に、薄い肌の下を魔力がぴりぴりと行き渡るのを感じた。

枯渇しかけていてもこの量だ。完全に回復したならどれほどの量になるか…おそらくはエミディオ王すら上回るほどの…。

「んっ、んぅっ、…んっ、…ぁ、…あっ」

流れ込む魔力と強すぎる快楽を受け止めきれないのか、ニカが濡れた子犬のようにぶるぶる震えてシルヴェストの拘束を逃れる。

だが自由になれたのはつかの間で、すぐに聖人めいた笑みを浮かべたシルヴェストに捕らわれた。一糸纏わぬ上半身ごと。

「……んっ、……んぅぅ……っ」

再び唇が重なった頃合いを見計らって、ザカリアスはニカの尻たぶを割り開いた。さらけ出

された蕾に舌をずちゅずちゅと差し入れ、しとどに濡らしていく。

……何て光景だ。

上半身は聖人のような男に差し出し、唇を貪《むさぼ》られ。下半身は筋骨逞《たくま》しい騎士に暴かれ、秘めておくべき蕾を食い荒らされている。

婚約者を愛するために存在する性器を縛められ、先端から涙を流して…『魔殺し』を祖父に持ち、どんな相手にも怯まず立ち向かっていた強い青年が。

ぞぞ……、と背筋を駆け抜けたのは優越感か、それとも愉悦か。

「ふっ、…っう、……んーー…っ！」

上半身をシルヴェストに、下半身をザカリアスにがっちり抱えられたニカが全身を引き上げられた魚のようにわななかせる。

絶頂を極めたのかと思ったが、ニカの性器は手巾に縛められたままだ。肉茎は可哀想なくらい張り詰め、熟れた先端からは透明な汁がしたたっている。

「……いい子ですねえ、ニカ」

ようやく離れたシルヴェストが白金色の後ろ頭を撫《な》でる。紫の瞳が欲情に染まり、長い舌がニカのまなじりに溜《た》まった涙を貪欲《どんよく》に舐《な》め取ってさえいなければ、聖画のように慈愛に満ちた光景だ。

「し…、…る、…べす、…と？」

息も絶え絶えの様子すら愛おしいとばかりに、シルヴェストはニカの額に己のそれを優しくくっつける。

「初めてなのに、両方のお口を可愛がられるだけでいけるなんて。……これならきっと、もっと気持ち良くなれますよ」

「…ほん、……とうか？」

「もちろん。……ねえ？」

流し目に頷き、ザカリアスは起き上がった。

シルヴェストもニカを横たえ、どちらからともなく衣服を脱いでいく。ニカが熱に浮かされたような目で見てくれるのがたまらなく心地よい。騎士なのだから、人前で裸を晒したことなんて数え切れないほどあるのに。

やがて生まれたままの姿になると、ザカリアスとシルヴェストはニカを挟んで見詰め合った。

…品定めだ。

小さい頃は一緒に湯を使ったこともある。ほっそりと少女めいていた肢体はか弱さの代わりにしなやかな筋肉を身に着け、戦う神の御使いを想像させた。そして股間のそれは、神々しくすらある容姿とは裏腹な凶悪さで充溢《じゅういつ》し、臍《へそ》につくほど反り返っている。

……初めてのまぐわいで、こんなものを銜え込まされるとはな。

思わずニカが哀れになったのはザカリアスだけではないだろう。ザカリアスの股間に注がれるシルヴェストの紫の瞳も、そんなものをニカに突き刺すつもりかと詰《なじ》っている。だが哀れだからやめてやろうと言い出さないあたり、ザカリアスとシルヴェストは同類なのだ。ニカという純粋な光に己を注ぎ、それ以外の存在を追い出そうとしている。

「それ、…は…」

蕩けたニカの瞳に怯えが滲む。処女症状に侵されながらも、まだ少しばかり理性が残っているようだ。けれど同時に期待の光も宿るのは、これが自分を楽にしてくれると本能で理解しているからだろうか。

ザカリアスはニカの手を取り、シルヴェストに負けぬほど勃《た》ち上がった雄を握らせた。反対側でシルヴェストも同じことをする。

びくっ、と震えた手は、だが二人の雄を放さず、おずおずと握り締めた。

「…これが今から君の中に入って、ぐちゃぐちゃに犯すんだ」

恐れと熱の入り混じる瞳を見ているとたまらなくなって、ザカリアスは耳元で囁いた。火照った耳朶《じだ》を甘嚙みし、舐め上げてやりながら。

「おか、…す？」

「貴方を私たちでいっぱいにする、ということですよ」

反対側でシルヴェストが蠱惑的《こわくてき》に囁くと、ニカはふわりと笑った。爛れた空気に似つかわしくないあどけなさすら感じる笑みは、欲望まみれの大人たちの心を一瞬で摑む。

「…なら、心配無い、な」

愛おしそうに二本の雄を握る青年は、魔性だ。

それ以外の何だというのか。

「早く、…いっぱいに、してくれ」

甘くねだられ、二人はほとんど本能だけで動き出す。

一秒でも早くニカとつながるために。愛しく罪深い身体に、最初の痕を注ぎ込むために。このさえずりが、処女症状に言わされているだけのうわ言に過ぎないとわかっていても。

……だから、どうだというんだ？

正気に返ればニカは驚き、傷付くだろう。男に抱かれたなんて事実は、忘れ去ってしまいたくなるに違いない。

……でも、忘れさせない。

忘れられないくらい濃く深く、刻み込んでやればいい。ザカリアスと同じ欲望を滾《たぎ》らせる、この美しい男と二人がかりで。

促されるがまま、ニカは従順に四つん這いになった。迷わず尻を抱え込むザカリアスを止めず、シルヴェストはニカの眼前に回る。

最初に唇を奪ったから、後ろの初めては譲ってやろう…という殊勝な心は欠片程度だ。いちいちシルヴェストの心を撃ち抜く言葉ばかり紡ぐこの唇を、一番に犯してやりたかった。その衝動は、もはや抑えきれないところまで高まっている。

「大丈夫だ、ニカ。…すぐ、何も考えられなくしてやるからな」

不安そうに振り返るニカに微笑みかけるザカリアスは、本当に『眠れる緋獅子《ひじし》』と揶揄《やゆ》されたあの男だろうか。

異母兄の嫉妬を避けるため数多《あまた》の女と関係を持っても、女に欲望など抱いたことは無いと思っていた。美貌で名高い貴婦人に秋波を送られても、軽やかな笑みでかわして逃げる。そんな男が紅い瞳を欲情に染め、ぎらぎら輝かせながら男の尻を犯そうとしているなんて。

……まあ、私も似たようなものか。

ふっと笑い、シルヴェストはニカの唇をなぞった。シルヴェストが執拗《しつよう》に苛《さいな》んだせいですっかり腫れて熱を孕《はら》んだそこは、ほんの少し前とは別人のようになまめかしく、濡れた艶を帯びている。

「……あっ、あぁぁ……っ！」

背後からザカリアスに貫かれた瞬間、ぱっくり開いた唇から健康的な白い歯と紅い舌が覗《のぞ》いた。シルヴェストのために熟れた二つ目の性器に、シルヴェストも迷わず腰を突き入れる。たちまち嬌声は喉奥に押し込まれた。どくどくと脈打つ、凶悪な雄によって。

「っ…う、…ん、んっ…」

熟しきった大きな先端を頬張りきれず、ニカは勘弁してと涙目で訴える。胸は甘く高鳴るが、駄目だ。教えてやらなければならない。そんな目をしたら、男の劣情をそそるだけだと。

シルヴェストは白金色に変化したニカの髪に指を埋める。撫でてくれるのか、許してもらえるのかと期待し、力の抜けた口内に、強引に雄をねじ入れた。

硬い歯に刀身を抉《えぐ》られる痛みすら心地よく、シルヴェストは笑う。

「……悪魔」

ぼそりとザカリアスが詰った。

「貴方に言われたくはありませんね」

雄を吐き出せないよう、摑んだ髪を引っ張りながら鼻を鳴らす。

そう、悪魔のような所業に及んでいるのはお互い様だ。慣らしたとはいえ初物の蕾に女でも受け容れるのに苦労する代物をぶち込み、一気に根元まで貫いた上、容赦無く揺さぶっているのだから。

ニカを襲った衝撃は、ひくつく喉や震える粘膜からシルヴェストにも伝わってくる。…きっと、ザカリアスにも。

「…ふ…っ、ん、んんっ…」

どうあっても解放してもらえないと悟ったのか、ニカは懸命に強張った頰を緩め、シルヴェストの刀身に舌を這わせ始めた。技巧とは無縁の拙《つたな》さに全身の血が煮えたぎる。

「う…っ、んぅ、ん、ん…ぅっ……」

背後からザカリアスが激しく腰を突き入れるせいで、唾液のぬめりを帯びた雄はシルヴェストが何をするでもなく、がくんがくんと揺れるニカの喉奥へ呑み込まれていった。反射的に歯を立ててしまいそうになっては口を緩め、太すぎる肉棒を必死に受け容れようとするニカが愛おしくてたまらない。

「ニカ……」

髪を引っ張る代わりに優しく撫でてやれば、ぬめる口蓋《こうがい》と舌がシルヴェストを熱く包み込んだ。シルヴェストの形に膨らんだ頰に情欲が煽られる。

どんなものでも美味《うま》そうに食べていたニカ。あの口に自分を頰張らせていると思うだけで、味わったことの無い欲望が腰から突き上げてくる。

「…ふ…ぅ、…んっ…、んっ、んんっ、ん……」

痛々しかった呻きは前後から突かれるたびに甘さを増す。先走りが粘膜から吸収されたことで、処女症状の疼《うず》きがわずかに癒やされているのか。それとも元々、ニカが男に犯され善がり狂える素質を備えていたのか。

当然、シルヴェストは後者だと判断した。…きっとザカリアスも。

「…こんな身体では、女など抱けませんね」

「う…っ、んっ、ううっ…」

ニカはふるふると首を振る。ティラを思い出したのだろうか。まなじりからこぼれ落ちる涙を指先で掬《すく》い、シルヴェストはこれ見よがしに舐めた。

「自分がまだ、普通の男だと思っているのですか?」

「ふ、……んぅぅっ!?」

再び首を振ろうとしたニカが、大きく背中をしならせた。ザカリアスが抜けるぎりぎりまで引いた腰を、一息に突き入れたのだ。

もちろん、それだけでは終わらない。

「…尻に嵌められるのが、気持ちいいんだろう?」

大剣を振るい、戦場を駆け回る騎士にかかれば、ついさっきまで無垢《むく》だった蕾をこじ開け、腰が壊れそうな勢いで何度も最奥を突くなどたやすいことだ。

シルヴェストも間合いを合わせて喉奥を抉ってやるから、ニカに逃げ場など無い。出来るのは鼻で必死に息を継ぎ、傍若無人な二本の雄を受け止めることだけである。

「普通の男は、これで気持ち良くなったりはしないのですよ」

ぐちゅ、ぐちゅうっ…、と熱い口内をかき混ぜる。

唾液と先走りの混じった液体まみれにされたそこはぬるぬると滑り、シルヴェストを喉奥まで受け容れる。ついさっきまで先端を頬張るのすら苦労していたのが嘘《うそ》のようだ。

「ふ…ぐぅっ、う、ううぅっ……」

喉奥と媚肉の最奥を同時に突きまくられては、ニカは首を振ることすら出来ない。

涙と唾液でぐちゃぐちゃになった顔は最高に愛らしいのに、拝めないとはザカリアスも気の毒だ。…ザカリアスはザカリアスで、ぴっちりと太い雄を嵌め込まれた蕾を拝めないシルヴェストを憐《あわ》れんでいるのだろうが。

全身の熱が沸騰し、股間に集まっていく。ザカリアスも限界が近いのだろう。荒さを増した腰使いには一切の余裕が無い。

シルヴェストは再び白金色の髪を掴み、軽く引き上げた。何、と見上げてくるニカに優しく微笑んでやる。

「残さず、受け止めて下さいね」

「……う、……？」

「俺もだ、ニカ。……一番奥に出してやるからな」

ザカリアスの腰とニカの尻がぶつかり合い、ぱん、ぱんと高い音を立てる。

燃え上がった妬心のまま、シルヴェストもニカの顔面と密着するほど腰を押し付けた。先端が喉奥の肉壁にぶつかるのを感じた直後、溜めに溜めていた熱を解き放つ。

「…っぶ、うう、……っ！」

喉奥に直接注がれる精液を、ニカはこくこくと喉を鳴らしながら飲み下していく。尻の最奥でザカリアスの精液をぶちまけられながら。

「ん…っ、んっ、ん……」

熱情と濃厚な魔力の溶け込んだ精液はこってりと粘り気があり、ゆっくりとニカの喉から胃の腑《ふ》へ伝い落ちていく。必死に嚥下《えんか》しようとするニカを撫で、シルヴェストはぐりぐりと先端で喉奥の肉壁を抉った。

ぬるぬると滑るたび腰が甘く疼き、先端から精液が溢れ出る。

魔力の強い者は精力も旺盛だという俗説など一笑に付してきたシルヴェストだが、真実だったのかもしれない。…もっとも今回は、この男よりもたくさんニカに注いでやりたいという対抗心もあるのだろうけれど。

ザカリアスはニカの尻をがっちり抱え込んだまま、小刻みに腰を揺らしている。この男もまだ昂《たかぶ》りを治められずにいるのだ。

上から下から濃い精液を注がれ、震えるニカの背中にはザカリアスの痕が刻み込まれている。新しい痕で塗り替えてやらなければ、と思うだけでまた精液がほとばしる。

結局、ようやく射精を終えた二人がニカから離れたのはほとんど同時だった。

「……うう、……」

どさりとベッドに倒れ伏したニカの唇は精液で汚れ、太い肉杭《くい》に拡げられてしまった尻孔からも呑みきれなかった精液がどろどろと太股に伝い落ちている。

褐色の肌を引き立てる精液の白さに、治まったはずの欲望が再び鎌首をもたげた。

…もっともっと、この肌を白く彩ってやらなくては。元の色がわからなくなるまで…ニカの中から、幼馴染みの娘の面影が消え失《う》せるまで…。

「…ぁ…、……?」

ぐい、とザカリアスが抱え起こせば、ニカは焦点の合わない瞳をさまよわせる。

シルヴェストは精液で汚れた内腿《うちもも》を吸い上げ、痕を刻んだ。


「今、入っているのはどちらかわかりますか？」

耳元で甘く尋ねられた。…シルヴェストの声だ、間違い無い。

けれど両脚を大きく開かせ、正面から腹の中をぐっちゅぐっちゅとかき混ぜている雄もシルヴェストのものか、ニカにはわからなかった。薄い絹のスカーフで目隠しをされているせいだ。

……どうして、だっけ？

靄《もや》のかかった頭をのろのろと回転させる。

…そうだ。確かシルヴェストの膝に乗せられ、真下から突き立てられた雄に媚肉のしこりを擦《こす》られまくり、たまらず肉茎の縛めを外そうとした時だ。

『俺たちが許すまで触れてはいけないと言ったのに。…悪い子だな、ニカ』

ニカの前に膝立ちになり、口に雄を突き入れていたザカリアスに見咎《みとが》められてしまって。口と尻に精液を注がれた後、お仕置きだと目隠しをされたのだ。

「は…、…っ、う、…あぁっ……」

勝手に甘い喘ぎを漏らしてしまう口が、妙に空虚で寂しかった。この爛れた行為が始まってからというもの、ニカの口は常にザカリアスかシルヴェストのものでふさがれていたから。

……美味かった、のに。

ザカリアスの精液はこってりとこくがあり、嚥下すると身体がかっと熱くなる。

シルヴェストの精液は甘く濃厚で、身も心もとろとろに蕩かされてしまいそうだった。肌の下を暴れ狂う何かが一番大人しくなるのは尻の最奥に出してもらう時だけれど、あの味を知ってしまったら常に頬張っていたくなる。

「答えなければいつまでもこのままだぞ、ニカ」

逆側でザカリアスがくすくすと笑った。

かすかな振動すら今のニカには毒だ。全身を巡る血潮が出口を求め、肉茎に流れ込む。だがそこは手巾にきつく縛められ、出すことは叶《かな》わない。

「あ…っ、ひ…いっ、あ、んっ…」

薄くしか付いていない肉を筋肉ごと集め、女の乳房のように無理やり揉《も》み込みながら尖った乳首をいじくり回しているのは…剣だこの硬さを感じるから、たぶんザカリアスだ、と思う。
もっと拡げてやろうとばかりに媚肉をこそぐ雄は長く、蛇のようにずるずると這いずっては
ニカの最奥に潜り込んでくる。
ザカリアスのものはもう少しだけ短く、代わりに太かったような覚えがあった。ということ
は、これは…。
「……シ、……ルヴェスト、……の？」
おずおずと答えると、驚きの気配が伝わってきた。目隠しが外される。ニカの両脚を担ぎ上
げているのは——シルヴェストだ。
「よくわかりましたね」
ご褒美《ほうび》です、と微笑み、シルヴェストはいっそう深く抉る。二人がかりでさんざん拡げられ、
大量の精液に濡らされたそこは受け容れるための性器と化し、未《いま》だ逞しさを失わない雄を最奥
まで従順に受け容れた。
「うぁっ……、あ、ああっ」
また襲ってくる快感に脳天を突き破られそうになり、たまらず首を振ると、湿った髪を大き
な掌に撫でられた。胡座《あぐら》をかいたザカリアスが、甘く溶けた紅い瞳を細めている。
「シルヴェストのものはそんなに具合がいいか？」
優しい口調から隠しようの無い嫉妬がしたたる。その股間にそそり勃つものに、ニカの目は

釘付けになった。

　もう数え切れないほどニカの腹や口に放ったのに、最初の頃よりいっそう充溢し、ニカの腹が空くのを待っている。シルヴェストが果てたらすかさず入れ替わり、ニカを犯すつもりなのだろう。

　…腹の中に注がれるのももちろん気持ちいい。奥底で暴れ狂おうとする何かがたちどころに鎮まり、ぽっかり空いていた穴が埋められるような充足感も味わえる。

　でも……。

「…欲し、い」

「…ニカ…?」

「ザカリアス、のも…、っ…」

　太いものを何度も咥えた口を開けようとした瞬間、歯噛みしたシルヴェストにまた最奥を抉られたせいで悲鳴になってしまったが、ちゃんと伝わったはずだ。ザカリアスのものをしゃぶり、喉奥に精液を注いで欲しいというニカの願いは。

「…ずいぶん気に入ったんだな」

　ザカリアスはくっと笑い、ニカの顔の近くまで移動してくれた。

　漂う雄の匂いに耐え切れず、ニカは自らザカリアスの股間に顔を埋める。下肢をシルヴェストに差し出したまま。

「んっ…、うう、うっ…」

「こら、慌てるな」

ザカリアスは笑いながら髪をかき混ぜてくれるけれど、欲しかったものがやっと与えられたのだ。がっつくなと言う方が無理である。てらてらと濡れて光る刀身を執拗《しつよう》に舐め上げ、おもむろに頬張れば、求めていたあの味が口いっぱいに広がる。

ばちぃっ…。

何かが爆《は》ぜる音がして、天蓋から垂れ下がる帳《とばり》が焼け落ちた。シルヴェストとザカリアスの魔力が衝突したのだ。ベッドの周りにはそうやって壊された家具が散らばっている。

「んっ、ふぅ…っ…」

やおら腰を持ち上げられ、ほとんど真上からシルヴェストの楔《くさび》が打ち込まれた。

無理な体勢はきついけれど、口も尻孔もきゅうっと締まり、二本の雄をいっそうはっきりと味わえる。

「あまりニカを責めるな。可哀想だろう」

ザカリアスが気持ち良さそうに息を吐き、ニカの後ろ頭を撫でてくれる。夢中で雄を頬張るニカにはシルヴェストの姿は見えないけれど、敏感なしこりばかりを狙う腹の中の雄からは苛《いら》立《だ》ちと嫉妬が伝わってきた。

「…初めてそこに注いだのは、私なのに」

「ああ。だからじゃないか？」

長い指がニカの髪をくしけずった。…何だろう。硬質な髪が、いつもより柔らかくさらさらしているような気がする。

まるで自分のものではないような…それはこの身体もだ。

二人がかりで孔という孔を犯され、ありとあらゆる体勢で精液を注がれ続けているのに、疲労などまるで感じない。むしろもっと欲しくてたまらなくなるのだから。

「初めてで前と後ろを一緒に可愛がられた挙句注がれたら、癖にもなるさ。…なあ？　ニカ」

ザカリアスが喉奥をぐぷんと突いてくれる。

嘔吐感《おうとかん》と紙一重の快楽に酔いしれながら、ニカは返事の代わりに頬をすぼめて雄を扱《しご》き、腹の中の雄も締め上げた。ザカリアスとシルヴェストが揃って恍惚《こうこつ》の息を漏らす。

「…っ…、いきますよ、ニカ…」

「俺ので、腹いっぱいにしてやるからな…」

どく、どくん、どくんっ。

喉奥と尻の最奥、そしてニカの鼓動が重なった瞬間、上下の口に大量の精液が流し込まれた。同時に縛められたままの肉茎がびくびくと震え、射精とは違う長い長い絶頂が訪れる。

祖父の好む煙草《タバコ》の煙のようにたなびくそれが治まる前に、口と尻から雄が抜かれ、湿ったシーツに横臥《おうが》させられた。背後に回り込んだのはザカリアス、前に向かい合って寝そべったのはシルヴェストだ。

……ああ、今度はザカリアスの番か。

ごく自然にそう思った。自分の二つの孔は、二人に順番で犯されるために――濃厚な精液を注いでもらうためにあるのだと。

「…可愛いニカは、お口も愛らしいですね…」

微笑みながら頬を撫でてくれるシルヴェストに、精液まみれになった唇をうっすらと開いてみせる。

笑みが深くなり、こんな時でさえ見惚《みと》れてしまうほど神々しい美貌が近付いた。唇が重なるのを見計らったように、背後から身体を重ねてきたザカリアスがニカの片脚を持ち上げ、雄の形を覚え込まされた蕾を貫く。

二本の雄に耕された媚肉は従順な畝と化し、たくさん種を蒔《ま》いてもらおうと肉棒を食《は》み締めた。

今度は後ろを犯されながら口内を舐め蕩かされ、胸を可愛がられるのだろうか。普段はあることすら忘れている乳首は二人にしゃぶられまくったせいで勃起し、ぷっくりと紅く腫れてしまった。ちゃんと元に戻るのか心配になるくらいに。

「……っ？」

けれどシルヴェストは唇を離すと、涙を流し続けるニカの肉茎に手を伸ばした。ぴたりと重ねられる熱いものは——シルヴェストの雄だ。

「あ、あぁっ……」

「……くっ……」

口を突いた嬌声に、ザカリアスの艶めかしい呻きが重なった。腹の中のものをきゅうっと締め上げてしまったらしい。滾る刀身が脈打ち、媚肉を圧迫する。

「…すごい締め付けだな。何をした？」

「そろそろ魔力も回復してきた頃でしょうし、一度は解放させてあげないと可哀想かと思いまして」

ひん、ひんっと泣くニカの頭上で、ニカを犯す男たちが会話している。

濡れた肉棒同士が重なり合い、奏でるぐちゅぐちゅといういやらしい水音で、何が起きているのかザカリアスも悟ったのだろう。

高く掲げさせたニカの太股に痕を刻み、ぬくっ、と媚肉を抉る。先端のくぼみにシルヴェストが指をめり込ませるのと、計ったように同じ間合いで。

「——……っ……！」

今までで一番強い快感が突き抜けた瞬間、根元を縛めていた手巾が外される。視界が真っ白に染まり——つかの間、ニカは意識を手放してしまったのだろう。

「…は…ぁっ、はっ、はぁ、あん、ああ……」

ふと気付いたら、優美な外見からは想像も出来ないシルヴェストの鍛えられた胸に縋り付いていた。

むわりと立ちのぼる、ザカリアスともシルヴェストとも違う匂い。そっとシルヴェストの腹に触れてみれば、指先にはどろどろとした精液が付着した。溜まりに溜まっていたものを、自分が出したのか。

「あ……」

ふいにザカリアスが背後からニカの手を取り、精液の付いた指をしゃぶった。どろりと腹の中の精液が流れていく感触で、ニカはザカリアスも射精したのだと理解する。

「…確かに、魔力は回復しつつあるようだな」

呟き、ザカリアスはニカの項《うなじ》に舌を這わせる。

……魔力？　回復？

何を言っているのだろう。ティークのニカに魔力など無いのに。

「ですが限界にはほど遠いようです。どれだけ器が大きいのか…それに…」

シルヴェストは精液に濡れた二本の雄を扱きながら、ニカの尻たぶをいやらしく撫でた。未だ衰えないザカリアスのものを銜えさせられた蕾が、きゅううっと疼く。

「処女症状が治まるには、まだまだ注いであげなければならないようですし……ね」

前と後ろで、男たちが笑う。

──ああ、また犯してもらえるのだ。

ニカの心臓は期待に高鳴った。


翌朝の目覚めは、これまでとはまるで違っていた。

「……何だ、これは」

起きた瞬間から眠気は消え失せ、目も冴《さ》えている。祖父と暮らしている頃もそうだったが、今日はやけに頭がすっきりとして、全身が軽かった。心臓が脈打つたび活力が漲《みなぎ》る。今なら起き抜けに樋熊《ひぐま》を仕留めてしまえそうなくらいに。

「……ニカ？　目覚めたのか」

「おはようございます。気分はいかがですか？」

両側から甘い声がかけられた。ニカはまず右側を見て──ぎくりと硬直する。窓から差し込む朝日を浴び、こちらを向いて横臥するシルヴェストが白く美しい裸身を惜し気も無く晒していたせいで。紫の瞳には、今までは無かったはずの甘ったるい光が宿っている。

……夢、か？

ぎくしゃくと左側を向いても、混乱は収まらなかった。そちらには同じく逞しい裸身のザカリアスが横臥し、ニカを甘く見詰めていたからだ。

細められた紅い瞳からは今にも蜜がしたたり落ちてしまいそうである。二人ともニカにはもったいないくらい親切だったが、こんな目で見られたことは無い。

こんな…、可愛くて愛おしくてたまらないものを慈しむような…。

しかも二人とも、妙に距離が近い。おそらく何も身に着けていない身体を両側から密着させている。下肢が動かないのは、二人が長い脚を絡めているせいだ。ぴたりと腿に押し付けられた股間のものは、どちらも熱い。

「……どうして……?」

己の置かれた状況が全く理解出来ない。何故こんなことになっているのか。

昨日は確か、ちゃんとベッドに入って…いない。そうだ、ティラらしき骸が上がったと報せが入り、駆け付ける途中でザカリアスの異母兄に遭遇した。それから河岸へ行ったが、骸はティラのものではなく、邸へ帰る間に襲われて、そして…。

「うっ……」

駄目だ、思い出そうとすると頭が痛む。

「…まだ、魔力がうまく馴染みきっていないようですね」

呻くニカの額に、シルヴェストが唇を押し当てた。流れ込んでくるのは——光の魔力だ。

完璧に制御されたそれは瞬く間に頭痛を取り去り、奥底に追いやられていた記憶までもよみがえらせてくれる。口と尻に雄をしゃぶり、中に精液を出されて喜びながら腰を振っていた己

の媚態を

「……っ！」

　かあああ、と熱くなった頬に両側から口付けられる。

「思い出したようだな。…これも、ちゃんと覚えてくれているか？」

　ザカリアスが太股に熱いものをぐりぐりと押し当てれば、シルヴェストが股間に導いた手で雄を握らせる。

「貴方はこれが好きで好きで…喉を思い切り突かれながらお尻に出されて射精したこと、思い出してくれましたか？」

　馬鹿なことばかり言うな、とは叫べなかった。

…だって、ちゃんと残っているから。四つん這いにされて初めてザカリアスに尻を、シルヴェストに口を犯された記憶も…ようやく性器の縛めを解いてもらってから、喉奥と尻に精液を出された快感で射精した記憶も。夢だと否定出来ないくらい、はっきりと。

「…何で、何であんなこと…！」

　ザカリアスとシルヴェストが無理やりことに及んだのではない。

　記憶の中で、自分はいつも嬉々《きき》として股を開き、雄をしゃぶっていた。中に出されるたびえもいわれぬ歓喜と充足感を貪った。

…自分が二人を誘ったのだ。ティラとすら、口付けを交わしたことしか無いのに。

「自分を責めないで下さい、ニカ。貴方は魔力枯渇と処女症状に苛まれていたのですから」

「魔力枯渇？　…処女、症状？」

初めて聞く言葉ばかりだ。それがどうしてこの状況につながるのか。

「落ち着いて聞いてくれ。…ニカ、君には魔力がある。俺たちをしのぐほどの」

ザカリアスが語った話は、信じられない内容だった。ダリオというあの刺客が命を犠牲にして発動させた自爆魔術を、ニカは剣で斬ったのだという。魔術を斬るなど、炎適性に特化したザカリアスでも不可能だ。

可能だとしたらそれは神の祝福を受け、常識をくつがえすほどの魔力を持つ一族。

「——王族？　俺が？」

冗談にもほどがある。ニカの祖父も、両親も田舎育ちのティークだ。王族の血など混ざりようが無い。

だがザカリアスも、シルヴェストも真剣だった。

「自爆魔術を斬った後、君の髪は白金色に変化したんだ」

「えっ…？」

ニカがとっさに髪を引き抜こうとすると、慌てたシルヴェストが枕元にあった手鏡をかざしてくれた。こうなることを予想していたらしい。

二人に支えられて身を起こし、鏡を覗いた。鏡の中に映る自分はやけに肌艶がいいことを除いにいつもと変わらない。髪も見慣れた茶色のままである。

「…どこが白金色なんだ？」

「処女症状が治まった後、戻ってしまったのですよ。…おそらく、ニカ。貴方は王族の誰かの落胤《らくいん》なのだと思います。膨大《ぼうだい》な魔力と白金色の髪を持って生まれたものの、何者かに封印されていた。その封印が命の危機に反応して一時的に解け、処女症状と魔力枯渇が治まったことで再び発動した。そう考えるのが、最も筋道が通っています」

王族の落胤。白金色の髪と魔力。封印。

昨日までは考えもしなかった言葉に頭がくらくらしそうだった。救いを求めてザカリアスを見るが、真摯《しんし》な表情で頷かれるだけだ。ニカが目覚める前、すでに二人の間で相談が行われていたらしい。

「白金色の髪を持たない王族からは、白金色の髪の王族は生まれない。つまりニカの父親候補はエミディオ王とフェルナンド殿下、二人に絞られる」

「フェルナンド殿下はまだ二十歳そこそこのはず。ニカの父親としては若すぎます」

「だとすればやはりエミディオ王か。王は若い頃、ことのほか狩猟を好んでいたと父から聞いた覚えがある。お気に入りの臣下だけを連れて、時折王都の外へも足を延ばしていたそうだ」

「騎馬ならニカの村まではじゅうぶん移動可能です。そこで偶然出逢った娘を見初め、手を付けた…ありえないことではありませんね」

「……待て。待ってくれ」

頭上で交わされる会話を聞いていると胸がかきむしられそうになってくる。

二人とも本気で言っているのだろうか。起き抜けの冗談にしてはきつすぎる。

「母さんは俺を産んですぐに死んじまったが、祖父さんからは何も聞いてない。もし本当に王とそういう関係になったのなら、祖父さんには打ち明けるはずだろう。父親なんだから」

だからニカが王の子なんてありえない。そう言って欲しいのに、ザカリアスもシルヴェストも憐れむような顔になる。

「王が君の母上に身分を明かさず強引に関係を迫ったとすれば、母上からすれば手籠《てご》めにされたのも同然だ。実の父はもちろん、夫にも明かせなかっただろう」

「ただ貴方の祖父君や父君は、母君の様子から異変を察知していたかもしれませんが…」

言われて思い出すのは、父の死にざまだ。父は妻が赤子を残して死んだばかりだったにもかかわらず戦争に赴き、死んでしまった。それが、生まれた赤子が自分の子ではないことに気付いたせいだったとしたら？

心当たりはもう一つある。村人たちがニカを遠巻きにし続けた理由だ。彼らがニカが父親の子でないことに…不貞の末の子であることに気付いていたとしたら？

「『魔殺し』どのに事情を伺う必要があるな。すぐに使者を遣わそう」

[illegible]ザカリアスは、ニカがエミディオ王の落胤であると信じてしまっているようだ。領

くシルヴェストも　きっと。

田舎育ちのティークが、暴虐の限りを尽くしても引きずり下ろせないほど尊い王族だった。そんな荒唐無稽な話を、地位も教養も併《あわ》せ持つ二人がどうして信じられるのか。

ニカの疑問は顔に出てしまっていたらしい。シルヴェストがそっと右手を持ち上げ、掌に口付けた。絹糸のような金髪が肩からこぼれ落ち、きらきらとまばゆく輝く。

「私とザカリアスは確かに見ました。白金色に染まった貴方の髪を。…貴族にとってあの色は特別です。好悪の感情は抜きにして、目にすれば威圧されずにはいられなくなる」

同じように左手を取り、掌に口付けるのはザカリアスだ。

「君の髪が白金の光を帯びた時、俺は王に拝謁《はいえつ》した時と同じ…いや、それ以上の威圧感を味わった。王にもフェルナンド殿下にも嫌悪を覚えるだけだったのに、君にはひざまずきたくてたまらなくなった…」

両側で燃える紫と紅の瞳には覚えがある。刻み込まれた狂熱の記憶の中、二人は常にこんな目でニカを見詰めていた。

「愛しています」

「愛している」

睦言《むつごと》めいた甘い告白が綺麗《きれい》に重なった。掌に這わされる、紅い舌の動きも。

「貴方こそ私の唯一の光。貴方のためならば、いかなる闇をも打ち払ってみせましょう」

「俺の目にはもう君しか映らない。我が愛も、我が忠誠も……全て捧げよう」

両側から注がれる渇望の眼差しに呑み込まれてしまいそうになる。…呑まれてしまったらきっと、胸にぽっかりと空いた虚《うろ》は満たされるのだろう。

けれど。

「…駄目、だ。俺には、ティラが居る」

祖父以外のほとんどがよそよそしかった村の中で、唯一ニカに笑いかけてくれた少女。…約束したのだ。大人になったら結婚し、温かい家庭を築こうと。

王都に出て来たのもティラを探し出すためだ。河岸に上がった骸はティラではなかったのだから、彼女は広い王都のどこかでまだきっと生きている。二人はニカの気持ちを知っているはずなのに。

「貴方の心がどこに在ろうと、私の愛は変わりません」

「彼女への思いを捨ててくれとは言わない。ただ、俺もその心に住まわせて欲しいだけだ」

二人の眼差しはいっそう強くなるばかりで、胸が苦しくなってくる。

ザカリアスもシルヴェストも、どうしてそこまでニカを求めてくれるのだろう。王の子かもしれないから？　…ニカが新たな王位継承者かもしれないから？

「言っておくが、君が何者でもこの思いは変わらない。王の子だろうと猟師の孫だろうと、出会えば俺のものにしたいと願わずにはいられなかっただろう」

「…もしろただのティークのままでいて下さった方が良かったです。誰にも見せず、触れさせず、この手の中に仕舞い込んでおけますから」

芽生えかけた卑屈な考えは、ザカリアスとシルヴェストによってすかさず粉砕された。

…そうだ、二人はニカがただの田舎者だった時から優しかった。一度もニカを恐れ、遠ざけたりはしなかった。二人がかりで息も出来ないくらいきつく抱かれ、熱い飛沫《しぶき》を中に浴びせられると、ティラにすら覚えたことの無い充足感に満たされた…。

紅い頰を隠すために俯《うつむ》いたニカは、己の頭上で二人が意味深な視線を交わしたことに気付かない。

「…貴方に封印を施したのが何者かは、祖父君から事情を聞き出すまではわかりません。白金色の髪の王族の魔力を封じるなど、聖皇《せいおう》にも不可能でしょうから、王以外には考えられませんが…」

「王は戯れに手を付けた娘のその後を気にかけるようなお方ではないんだ。万が一白金の髪の子が生まれたと知れば、封印などせず手元に引き取るだろう」

聞けば聞くほど、エミディオ王は君主としても人間としても腐っているようだ。まだ信じたわけではないが、そんな男が自分の父親かもしれないと思うだけで陰鬱な気分になる。

「不確かなことばかりで貴方も不安でしょう。…けれど一つ、証明出来ることがあります」

「…証明？」

「ええ。貴方が強い魔力を持っているという事実です」

シルヴェストはニカの掌を上向け、そっと己の手を重ねた。ザカリアスも左手を握り締める。しっとりとなめらかなシルヴェストの手と、大きくごつごつとしたザカリアスの手。どちらの感触もしっくり馴染んで心地よい。

「……あ……」

左右の掌から何かが流れ込んでくる。右からは澄んだ清冽《せいれつ》な力、左からは身の内をじわじわと温める炎にも似た力。…二人の魔力だ。

「私たちの魔力を、感じられますか？」

頷くと、二人の手は離れていった。だが流し込まれた魔力の余韻《よいん》は掌に残っている。

「その感覚に沿って、自分の魔力を掌に集めてみろ。処女症状は治まったから、もう魔力を操れるようになっているはずだ」

ザカリアスに促されるがまま、ニカはまぶたを閉ざす。胸のあたりに神経を集中させると、心臓から血液とは違う何かが流れ出ているのを感じた。自分の魔力だと、教えられるまでもなく理解する。

シルヴェストともザカリアスとも違う、冷たくも熱くも感じられるそれを掌に引き寄せる。

二人が息を吞む音で目を開くと、ニカの右手には光の玉が、左手には炎の玉が浮かんでいた。

「…司寺こ二屬性を使いこなしますか。さすが王族の魔力はけた違いですね」

「しかも光と炎、どちらの魔力も均衡しているな…」

　シルヴェストによれば、二つの属性に適性を持つ者は珍しくはないが、同時に二つの属性の術を発動出来る者は人並み外れた魔力の主だけだという。

　しかし二つの属性を有していてもどちらか一方の属性に偏るのが常で、双方を同じ威力で使いこなせる者は自分の知る限り居ないとザカリアスは説明してくれた。エミディオ王も炎と風の適性持ちだが、魔力は風術に偏り、炎術はあまり得意ではないそうだ。

　ぞくり、と背筋が震えた。…二人が感嘆を隠そうともしないわけだ。この国の最高峰に位置する王族すら不可能なことを、ニカは無意識にやってのけたのだから。

　……俺は、何者だ？　……何者になってしまったんだ？

　両親の息子で祖父ゼオの孫。ティラの幼馴染みの田舎者。自分を形作っていたものは、全て偽りだったというのか？　いったい何を信じれば…。

「……ニカ」

　シルヴェストがそっと右肩に、ザカリアスが左肩に触れた。両の掌に浮かんでいた光と炎の玉が消滅する。くらりとめまいに襲われ、倒れそうになると、二人の手が支えてくれた。

「貴方には私が居ます。何があろうと、私は貴方の傍を離れません」

「出逢った時から惹かれていた。…君こそ、俺の運命だ」

　甘く優しい囁きがひたひたと耳に染み込むにつれ、乱れた心が凪《な》いでいく。

共に規格外の魔力を持つ司教と最強の騎士。この二人なら、ニカがどんな力を秘めていようと絶対に離れていかない。ティラのように…。

「…あ、……っ、……」

覚えのある――治まったはずの熱がにわかに肌の下でざわめき始める。密着した二人の体温と匂いがやけに甘い。処女症状は治まったはずではなかったのか？

シルヴェストがニカの額に掌を当て、眉を顰めた。

「…魔力が乱れています。正しく循環させてあげる必要がありますね」

「なら俺が」

「貴方はやるべきことがあるでしょう。ニカの故郷へ使者を派遣しなければなりませんし、ダリオの件を騎士団に報告する必要もあります」

ザカリアスは口惜《くや》しそうに歯嚙みしていたが、やがて『くそっ、覚えておけよ』と悪態を吐《つ》きながらベッドを飛び降りた。散らばっていた服を適当に身に着け、ニカの頬にさっと口付ける。

「今日はシルヴェストに慰めてもらえ。…帰ったら、上にも下にもたくさん飲ませてやるから」

「……ぁ、……っ……」

離れぎわに項を撫でられるだけでぞわぞわと快感が這い上がってくる。

ふっと笑ったザカリアスが去ると、シルヴェストが当然のようにニカを押し倒し、覆いかぶさってきた。長い金髪が胸を滑る感触すら血を湧き立たせる。

「ま、…って、くれ。俺は、…っ…」

ティラが。

言いかけた唇を、シルヴェストのそれがふさいだ。閉じようとする脚をたやすく割り開かれ、さらけ出された蕾に熱い先端があてがわれる。

「――――っ！」

悲鳴を縮こまる舌ごとからめとり、シルヴェストは容赦無く肉の楔を突き立てていった。

…覚えている。充溢した雄に隘路《あいろ》を拡げられる感覚も、媚肉のしこりを抉られる快感も、最奥までみっちり熱いものに満たされる充足感も…全て。自ら脚を広げ、腰を振ってねだったことまでも。

でもあれは、処女症状を治めるためだったはずだ。今さらこんなことをする必要なんて。

「…大丈夫。これは治療ですから」

ほんの少しだけ唇を離し、シルヴェストが囁いた。吹き込まれる吐息すら甘く、ニカは腹の中のものを食い締めてしまう。吐息がいっそう甘くなる。

「ちりょ、…う…？」

「本来なら幼い頃に目覚めていたはずの魔力を、ようやく循環させたばかりなのです。肉体が魔力に馴染むまで、しばらくは魔力の扱いに長けた者が調整してやらなければなりません。……こうやって」

「ひ、……あああっ！」

両脚を担がれ、何度も突き入れられるたびに先端はどんどん奥へと嵌まり込んでいく。抜けなくなってしまいそうで怖いのに、ニカの肉茎は勃起し、歓喜の涙をこぼしていた。

……嘘、だろ。こんな……。

生まれつき淡白な性質で、自慰もめったにしてこなかった。昨夜二人に抱かれてさんざん射精したはずなのに、もう回復しているなんて。…尻に嵌められただけでいきそうになってしまうなんて。

「何もおかしくはありませんよ。その歳《とし》で魔力を目覚めさせたのなら、当然のことです」

「あん…っ、ああっ、は…、んっ…」

「だから、忘れないで下さいね。貴方を満たし、癒やせるのは私だけだということを」

「あ、……あぁぁ、……あ――っ！」

昨夜よりも奥まで入り込んだ先端が大量の精液を浴びせる。濡らされる感触で射精しながら、ニカはシルヴェストの首筋に縋り付いた。

優しく微笑む顔が、どこか寂しそうに見えたから。

ザカリアスがニカの故郷に遣わした使者は軍馬を飛ばし、翌々日には戻ってきた。しかしもたらされた情報は、にわかには信じがたいものだった。

「ゼオが居ない？　…確かなのか？」

「はい。山小屋の中や周辺も一通り確認しましたが、人の生活している気配はありませんでした。暖炉《だんろ》もここしばらく使用された形跡が無く、村長や村人たちも姿を見ていないと…」

使者は時間の許す限り山小屋で待機してみたものの、ゼオは戻らなかったという。猟師は数日以上山にこもり、獲物を追うこともあるそうだが、その可能性は無さそうだった。狩猟に使われるとおぼしき弓や罠《わな》、武器のたぐいは全て小屋に残されていたというのだから。

面目無さそうな使者をねぎらって休ませ、ザカリアスはニカの部屋に向かった。シルヴェストとソファに並んで座り、魔術の教本を読むニカは、惚《ほ》れた欲目を差し引いても貴族の子弟に劣らぬ気品がある。

「…そんな馬鹿な…」

講義を中断させ、使者の話を報告してやると、ニカは青ざめて首を振った。

「俺が居なければ、生活に必要なものは祖父《じい》さんが村まで買いに行ってたはずだ。誰も祖父さんを見ていないなんて、ありえない」

ザカリアスもそう思う。

肉は自分で狩れるとしても、人間はそれだけでは生きていけないのだ。塩や野菜や小麦、こまごまとした雑貨などを、どうしても人里で手に入れなくてはならない。

けれど村人たちはニカが山小屋を出て以来、一度もゼオを見かけていないという。

「…つまりゼオは、ニカが出立してすぐ姿を消した可能性もあるということですか」

あるいは、と言いかけ、シルヴェストは続きを呑《の》み込む。ザカリアスにはその先がわかっていた。おそらくニカもだろう。

自主的に姿を消したのでなければ、ゼオは山の中で獣に襲われ、人知れず骸《むくろ》となってしまったのではないか――と。

「――待て、ニカ」

たまらず立ち上がろうとしたニカを制し、ザカリアスはシルヴェストとは反対側の隣に座った。そっと手を握れば、ニカはじれったそうに首を振る。振り解《ほど》かれなかったことに胸が高鳴るザカリアスは、いよいよ恋の病にやられてしまったらしい。

「…離せ」

「離さない。…離したら、ゼオを捜しに行くつもりだろう？」

沈黙は肯定と同じだ。腕力では絶対敵《かな》わないとベッドで教え込まれているニカは、悔しそうに拳《こぶし》を震わせた。

「山は俺の庭みたいなものだ。俺なら祖父さんがどこに居るかわかる」

「君が言うならそうなんだろうが、堪《こら》えてくれ。今は危険なんだ」

「ザカリアスの言う通りですよ、ニカ。…貴方《あなた》の魔力は未《いま》だ不安定です。こんな時にまた刺客《しかく》に襲われたら、貴方が王の落胤《らくいん》だと露見してしまうかもしれません。そうなればトラウィスカは混沌《こんとん》に包み込まれるでしょう」

シルヴェストの言葉は脅しでも何でもなく、事実である。

ザカリアスはダリオの配下たちの骸を回収し、騎士団に届け出た。闇術を使って襲撃されたこと、首謀者が正妻と異母兄であったことも報告したが、ダリオの骸という証拠が無ければ二人は決して己の罪を認めないだろう。

配下たちはおそらく今回の襲撃に際し、金で集められた闇組織の人間だからだ。知らないと否定されればそれまでである。ダリオが自爆魔術を使ったのは、証拠隠滅のためでもあったに違いない。

しかし襲撃が失敗に終わった事実は、正妻とマルコスにも伝わるはずだ。ザカリアスの報復を恐れた彼らが大人しくなるか、やられる前にやれとばかりに再び刺客を送り込むか。二人の気性からして後者の可能性が高い。

その時またニカが巻き込まれ、何かの弾みで封印が解け、白金色の髪が――王族の証《あかし》が晒《さら》されてしまったら。

ニカを旗印に王と王太子を廃そうとする者、ニカを排除しようとする国王派と王太子派、三つの派閥が血みどろの争いを始めるだろう。そこへヴォラス諸侯連合国が攻め込んできたら最悪だ。派閥ごと王国が滅ぼされてしまうかもしれない。

一連の危険性については、すでにニカにも伝えてある。…伝えていないのは、別のことだ。

「なあ。…まだ、俺が本当に王の子だって決まったわけじゃないんだろ?」

ニカが不安も露《あら》わに尋ねる。自分が国じゅうを巻き込んだ戦乱の原因になるかもしれないなんて、思いたくないのだろう。

王と母親の関係について唯一知っているかもしれない祖父が見付からなければ、ただのティークのままでいられる。そう信じているのだ。

……可愛《かわい》いな、ニカ。君は本当に可愛い。

「いえ、ニカ。貴方は王の子、本来なら王宮で大切に育てられるべきお方ですよ。貴方を愛する男として…司教としても断言します」

「…シルヴェスト?」

何を、といぶかしむニカに、シルヴェストは右手の中指から外した指輪をかざしてみせた。嵌《は》め込まれた薄紅色の宝玉以外、飾り気の無い簡素な指輪だが、何故《なぜ》かニカは頰を強張《こわば》らせる。

「貴方に助けられた時、私は聖皇猊下《せいおうげいか》から密命を受けていました。大教会の宝物庫から盗み出された聖剣を取り戻せ、という密命を。…この指輪は、聖剣の魔力紋が登録された探知機です」

「聖剣……!?」

ザカリアスとニカは異口同音に叫んだ。ただしニカが純粋な疑問だけなのに対し、ザカリアスは驚きのあまり息が止まりそうになっているが。

聖剣と言えば王位継承の証。それが警戒厳重な宝物庫から盗み出されたことよりも、シルヴェストがこの場で明かしたことの方にザカリアスは驚愕《きょうがく》した。曲がりなりにも第二騎士団長、つまり国王側の立場のザカリアスに知られ、王に伝わったら、シルヴェストは破門どころでは済まされない。

それほどの秘密を自ら暴露したということは…。

……そうか。お前もか。

ニカ越しに目が合ったのは一瞬だが、ザカリアスは確信した。この男は間違い無く、自分と同じ道を進もうとしていると。

「この探知機は聖剣に近付くほど紅く染まっていきます。貴方と別れた後、私はずっと何の反応も示さなかった探知機が紫色に変化していることに気付きました。だから助けられた礼と称し、貴方を追いかけたのです」

内に秘めた感情をおくびにも出さず、シルヴェストは淡々と説明していく。トラウィスカと聖教会にとって、聖剣がどれほど重要な存在なのかも。

「貴方がどこかで聖剣と関わったからだと思っていました。でも、気付いたのです。探知機が反応したのは…ニカ。貴方自身ではないかと」

「俺、に……？」

ニカは困惑しているが、ザカリアスにはおおよそのところが理解出来ていた。

「聖剣は代々の王に受け継がれてきたものだ。エミディオ王も即位の際は手にしたはず。その血に探知機が反応したとすれば…つじつまは合うな」

「……」

てっきり『何かの間違いじゃないのか』と反論するかと思いきや、ニカは無言で指輪を見詰めている。石が薄紅色なのは、ニカがここに居るからなのだろう。聖剣そのものがあれば、真っ赤に染まるのだ。

「…俺は、その石が紅《あか》く染まっているところを見た」

「なっ……？」

珍しく素の驚きを露わにしたシルヴェストの手から、指輪が落ちそうになった。

「いつのことです？」

「初めてこの邸に泊まった翌朝から決闘の日まで、毎日」

ニカが言うにはザカリアスとシルヴェストがそれぞれ従卒と手伝いに誘った時、指輪が血のような赤に染まったのだそうだ。それからクラウディオの決闘騒ぎの起きた日まで、指輪は紅く染まっていた。ニカは何故かその色を恐ろしく感じ、ザカリアスの従卒を選び、シルヴェストを避けていたのだという。

「…シルヴェスト、お前は気付かなかったのか？」

ザカリアスが問うと、シルヴェストは柳眉を寄せた。

「お恥ずかしいですが、全く」

「紅くなったのは俺が見たほんの一瞬だったんだ。だから気付かなくても仕方ない…と思う」

ニカはそう言うが、何故指輪が紅く染まったのかはわからないままだ。あの頃はまだ封印も解けていなかったはずなのに。シルヴェストによれば、ニカの処女症状を二人で治めている間でさえ、指輪は薄紅色を保っていたそうだが…。

……探知機は、いったい何に反応したんだ？

いくら考えても納得のいく答えにたどり着けない。持ち主であるシルヴェストが思い当たらないのだから、考えるだけ無駄かもしれないが。

ゼオの行方、村人の誰もゼオを見ていないという不自然さ。探知機の反応。わからないことだらけで胸がもやもやする。

「――とにかく」

同じ感情を共有しているだろうシルヴェストが指輪を嵌め直し、ニカの手を握った。

ぽう、と薄紅色の石が淡く輝き、ニカはびくりと身を竦《すく》ませる。ダリオ相手に一歩も退《ひ》かず戦っていた時とはかけ離れた怯《おび》えの滲《にじ》む姿に、どうしようもなく胸をかきむしられる。

「ニカ、貴方は当面の間この邸から出ないで下さい。私はまだ貴方について聖皇猊下に報告していませんし、これからもするつもりはありませんが、私がここに留《とど》まっていることで、私と対立する大司教やその配下が疑いを抱くかもしれません」

「疑い…？」

「俺とシルヴェストは仲良しのお友達ってわけじゃない。なのに突然邸に滞在し始めたのと同じ時期に、君がここで暮らし始めた。シルヴェストに下された密命を知る者なら、聖剣と君を結び付けて考えるだろう。…それに大司教は王太子派だ。大司教を通じて王太子と聖皇が結び付いたら厄介なことになる」

　ザカリアスは補足する。さすがにニカが王の落胤だとまでは思われないだろうが、聖剣の行方を知っているか、盗難そのものに関与していると疑われ、シルヴェストから手柄を奪うために拉致《らち》されるかもしれない。そこに王太子が加担すれば、ザカリアスとシルヴェストでも助け出すのは難しいと。

「…何で、こんなことに」

　ニカが悔しそうに唇を噛《か》むのも無理は無い。ほんの少し前まで幼馴染《おさななじ》みを捜しに来ただけの田舎者に過ぎなかった身が今や王の落胤で、利害関係の渦に放り込まれてしまったのだから。

　肝心の幼馴染みは見付からず、代わりにこんな男たちに囲まれて…。

「……ニカ？」

項垂れてしまったニカの肩に触れると、いつもより熱かった。

掌《てのひら》に伝わる魔力はうねるように強くなったかと思えば一気に弱まり、消えかけては再び噴き出す。まだまだ循環が安定していないところに精神的な疲労と衝撃が続き、乱れやすくなっているらしい。

ニカの頭上で素早く視線を交わし、ザカリアスはニカを抱き上げた。


ザカリアスがベッドに運んだニカを横たえてから戻ると、シルヴェストが不可視の結界を張る。これでニカに会話を聞かれる心配は無い。

「ヴォラス戦線の状況は？」

何の前置きも無く問われても、ザカリアスは慌てない。これまで何度も報告し合ってきたことだからだ。…ニカの居ないところで。

「悪化しているな。とうとう騎士団からも脱走者が出始めた。王は督戦官を派遣し、軍紀を正そうと考えているようだが」

「どうせその督戦官も自分の取り巻きの一人なのでしょう。甘い汁で肥え太った貴族が派遣されたら、脱走者はますます増えるに決まっています。聖職者《わたし》でさえ簡単に想像がつくのに、騎士団は止めなかったのですか？」

「もちろん止めたさ、俺はな。だが第一騎士団長が王を支持し、督戦官どのの護衛隊を第一から出すとまで言い張ったせいで派遣が決まった」

昨日、渋々後宮から出て来た王の御前で開かれた軍議を思い出すと胸糞《むなくそ》が悪くなる。

第一、第二の騎士団長以下、軍の中核をなす重臣や諸侯が招集されていたにもかかわらず、王の提案に異議を唱えたのはザカリアスだけだった。皆が王の顔色を窺《うかが》い、ザカリアスを責め立てた。

「アルリエタ家のご当主…貴方のお父上も？」

「ああ、父上もだ。腹の中じゃ王をこき下ろしているんだろうが、だったらお前のところから援軍を出せと言われたらたまらないからな」

第一騎士団長は偽騎士の一件で落ちた評判を取り返そうと必死だし、数多《あまた》の私兵を抱える諸侯はザカリアスの父も含め、膠着《こうちゃく》した戦線に貴重な戦力を費やして疲弊したくないと考えている。

だから戦はいつまで経《た》っても終わらない。…エミディオ王自身が兵を退くか、戦を終わらせる意志のある者が王に取って代わらない限り。

次代の王――聖神イシュティワルドの祝福の証を持つ者。それは今まで王太子フェルナンドだけしか存在しなかった。父王に劣らぬ愚物。王位に就くことしか頭に無く、ただ父を引きずり下ろすためだけに停戦を訴えている。

けれどそこに、二人目が現れた。

ザカリアスとシルヴェスト以外の誰も知らないが、不器用ながらも思い遣《や》りに満ち、生まれつき上に立つ者の視点を持つ青年が。為政者としての知識も経験も、これから身に着けていけばいいだけだ。

愚かな王と王太子。二人さえ処分出来れば、ニカは王になれる。

いや、本人が嫌がろうと周囲が無理やりにでも玉座に座らせるだろう。白金色の髪を持つ者は、他に存在しないのだから。ザカリアスの父をはじめ、王を内心見捨てている貴族は喜んでニカを支持するはずだ。たとえニカにティークの血が流れていても。

問題は王と王太子を処分する手段だ。曲がりなりにも白金色の髪を持つ二人には、ザカリアスとて正面から戦ったら敵わない。どうすれば二人を排除し、ニカに王冠をかぶせることが出来るのか…。

「……いっそ、聖剣の盗難を漏洩《ろうえい》させますか」

シルヴェストがぼそりと呟《つぶや》いた。

「王家と聖教会が衝突している隙《すき》に、王と王太子、さらに聖皇の寝首を掻《か》くのです。それぞれの陣営の仕業に見せかけて」

「そして王宮が大混乱に陥ったのを見計らい、ニカ殿下のご登場か？　…名案とは思うが、実現は厳しいだろうな」

誰か一人だけならまだしも、それぞれ警備の厚い王宮と大教会に住まう重要人物だ。一度に三人とも暗殺するのは難易度が高すぎる。

「…どうしました？」

ふっと笑いを漏《も》らすと、シルヴェストがいぶかしそうにこちらを見る。シルヴェストの父親が戦死した時は、またこんなふうに並んで会話をするようになるなんて思いもしなかった。

「いや、仮にも国と聖教会の頂点に立つ相手なのに、始末することに何の罪悪感も抱かなくなっていると思ってな」

エミディオ王は仮にも主君だ。騎士にとって主君は絶対の存在であり、トラウィスカ貴族として聖神イシュティワルドは己の根幹をなす存在と言っていい。どちらも否定することは、ザカリアス自身を否定するも同然なのに。

「今さらでしょう。貴方も私も、とうに見限っていたのですよ。代わりが居ないから現状に甘んじていただけです」

「ニカは代わりか？」

「とんでもない」

紫色の瞳に炎が灯《とも》った。結界から漏れ出せば使用人たちが卒倒しかねないほどの魔力が、聖衣から滲み出る。

「あの子こそが王です。エミディオ王は出来の悪い代役に過ぎません」

「…ニカは玉座なんて望まないだろうがな」

「では貴方は、ニカの意志を尊重して鳥籠《とりかご》から出してあげるつもりですか？」

全てのしがらみから…ザカリアスとシルヴェストからも解放し、元通りの生活へ。

ティラは見付からなかったとしても、ニカのような青年なら添い遂げたいと願う女はいくらでも湧《わ》いて出るだろう。オクタビアが名乗りを上げる可能性もある。

そんなもの――。

「許せるわけがないだろう」

ぱんっ。

テーブルに飾られていた花瓶《かびん》が粉々に砕け散った。破片の断面はどろどろに溶け、活《い》けられていた薔薇《ばら》は水と共に一瞬で蒸発してしまうが、シルヴェストは微動だにしない。

「ニカは俺の傍《そば》で生きてもらう。そのためには、ニカが羽を伸ばせる鳥籠が必要だ」

「数多の血を犠牲につながれてきた玉座も、貴方にかかれば豪奢《ごうしゃ》な鳥籠ですか」

「お前もだろう？」

違うか？　と眇《すが》めた目で問えば、シルヴェストは紅い唇を笑みの形に吊《つ》り上げた。

……ニカの秘密を分かち合うのがこの男なのは、幸運だったんだろうな。

シルヴェストだからこそこうして互いの足りない部分を補い合い、ニカを隠すことが出来ている。もしこれが異母兄マルコスだったら、今頃ニカの存在は王国じゅうに知れ渡り、あらゆる危険と陰謀のるつぼに叩《たた》き込まれていたに違いない。

「…さて。私は大教会に顔を出してきます。聖皇猊下もそろそろ痺《しび》れを切らす頃でしょうからね」

結界を解き、シルヴェストは退出していった。

大教会には時折報告書を届けさせ、ザカリアスを利用して聖剣の行方を追っているよう偽っているそうだが、本人が顔を出さなければ聖皇も不安を募らせるだろう。大司教に対する牽制《けんせい》にもなる。

無言で見送り、ザカリアスはニカの眠るベッドを覆う帳《とばり》を開く。

「…っあ、…ん、っ……」

予想通り、ニカは広いベッドの隅で甘いさえずりを漏らしていた。媚態《びたい》を晒すまいとこちらに背を向け、丸くなっているのが愛《いと》おしい。

「いつも言っているだろう、ニカ。俺には何も隠さなくていい」

緩みそうになる頬を引き締め、心配そうな表情を作ってベッドに上がる。

かすかな甘い匂いが鼻をかすめた。ニカの手が緩めたズボンの中に入り、股間《こかん》でうごめいている。切なそうに揺れる尻が銜《くわ》えるものを待ちわびているのだと思うと、ザカリアスの雄は一気に張り詰めた。

「ザ…、カリア、ス……」

「君がすぐこんなふうになってしまうのは、強すぎる魔力が安定しきっていないせいだ。同じ状況に置かれれば誰でもこうなる。…だから、恥じる必要は無い」

誠実な台詞《せりふ》を吐きながら、ザカリアスはニカを背後から抱き込んだ。脚を絡め、熱い股間を尻にぐっと押し付けてやると、甘い匂いがいっそう強くなる。

「…乱れているな」

項《うなじ》から肩口に唇を這《は》わせ、囁《ささや》いた。魔力が、という意味で言ったが、ニカは自身の嬌態《きょうたい》のことだと取っただろう。

「…何…、で、…こんなっ…」

小刻みな震えが伝わってくる。

獣を狩り、祖父から戦いの才能までも受け継いで身を立ててきた青年にとって、意志に関係無く男を求めてしまう今の自分は屈辱でしかないのかもしれない。その尻拭《ぬぐ》いをザカリアスたちにさせてしまうことにも、忸怩《じくじ》たる思いを抱いているのだ。

だから、ザカリアスは吹き込む。

「何度でも言う。…君のせいじゃない」

甘い毒を。シルヴェストもそうしているように。

「俺たちだって、好きでやっていることだ。愛しい君の役に立てるのなら、これ以上の幸福は無い」

「で、…も、…俺は…っ」

疎ましい娘の名を紡ごうとした唇に、背後から指を突き入れた。

舌の筋をなぞってやれば、ニカは待ちわびたとばかりに指をしゃぶる。シルヴェストに仕込まれたのだと思うと苛立《いらだ》ちはするが、それはきっとお互い様というものだ。

「君が無駄に苦しむことは、あの子も望まないだろう」

もう一方の手で己の雄を取り出し、ニカのズボンを下着ごとずり下げる。

初めて抱いた時よりむっちりとした尻たぶの感触に興奮しながら、先走りに濡《ぬ》れた先端を蕾《つぼみ》に押し当てた。早く貫いてもらおうと自ら尻を左右に振る癖は、ザカリアスが付けてやったものだ。

ニカを通し、ザカリアスとシルヴェストは互いの存在をどうしようもなく感じさせられている。

「俺が彼女だったら、君を楽にしてくれるのならば誰にでも感謝するはずだ」

嘘《うそ》だ。自分の居ないところでニカに触れようとする者は、骨も残らず燃やし尽くしてやる。

「愛している、ニカ。…俺に君を抱かせてくれるか？」

おずおずと、だが確かに首が上下した瞬間、ザカリアスは愛しい肉体に雄を突き入れた。

力はほとんど要らない。連日連夜、ザカリアスとシルヴェストにかわるがわる慰められているそこは先端を潜り込ませただけでほど良く緩み、太い刀身までも美味《うま》そうにずるずると呑み

込んでいった。

「…、あん、っ……」

指を抜いてやったとたん、甘い声がこぼれる。とんとん、と最奥を突いてやるたび引き締まった腰が物欲しそうに揺れた。

「…もっと強く?」

耳朶《じだ》をねぶるついでに問うと、あぁ、と嬌声とも応えともつかぬ声が漏れた。

後者だと都合良く解釈し、つながったままニカを四つん這いにする。ニカがとっさにベッドに手を突くと、隠されていた肉茎がぶるりとさらけ出された。背後から掌に包み込んでやったそれは熱く、今にも弾《はじ》けてしまいそうだ。

「あっ! あっ、あ…ぁっ、あっ、あ…」

激しく腰を使うのに合わせ、肉茎を扱《しご》いてやる。極めてしまわないよう、注意を払って。

「いい子だ、ニカ。…すぐ奥に出してやるからな」

「や…っ、ああ、…んっ、あ、…っ…」

ずちゅうっと柔らかい媚肉を貫くたび、美味そうに絞り上げられるのがたまらない。

女を抱く時はいつだってこちらが主導権を握っていた。快楽を得ても、酔いしれることは無かった。

けれどニカと交われば、すぐに我を失いそうになる。犯しているのはザカリアスなのに、ニかという稀有な存在に内側から侵されているような…。

　限界の訪れを感じ、ザカリアスは蕾に根元までずっぽりと嵌め込む。ニカは腕を突っ張り、自ら捧《ささ》げるように尻を高く突き出した。

　そんなに奥まで注いで欲しいのか。びちょびちょに濡らして欲しいのか。

「あぁぁ…、……あ、……！」

　願い通り大量の精液をぶちまけ、媚肉に擦《す》り込みながら奥へ流し込んでやれば、ニカは歓喜に打ち震えながら絶頂を噛み締めた。

　噴き出した精液がザカリアスの手を濡らす。ザカリアスは迷わず引き寄せた手を舐《な》め、その濃厚さと絶頂の余韻《よいん》に震える媚肉の締め付けを堪能《たんのう》する。

「…まだ、欲しいか？」

　しなやかな背に覆いかぶさり、まだ魔力が安定していないのを承知で囁く。

　ああ、とまた嬌声とも応えともつかぬ声が漏れる前に、ザカリアスは雄を引き抜いた。胡座《あぐら》をかき、くたくたとくずおれる寸前のニカを向かい合わせで膝に乗せる。

「――……っ！」

　ザカリアスの形に拡《ひろ》がったままの蕾を真下から貫かれ、ニカは達したばかりの肉茎をびくんびくんと震わせた。

　声にならない悲鳴をほとばしらせる唇に劣情をそそられる。次はここでも飲ませてやらなければ。

「…はあ、…っ、…ザカリアス…」

榛色《はしばみいろ》の瞳を羞恥《しゅうち》に染め、ニカはザカリアスの肩に額を乗せる。背中を抱き寄せてやれば、所在無さげだった両手でそっと抱き返された。

たとえ魔力を安定させるためであっても、ニカに必要とされている。その事実に心は躍る。

……シルヴェストも、よくニカを置いて行けたものだ。

ニカの魔力が乱れ、一人で慰めようとしていたことには気付いていたはずである。聖皇への報告など今すぐでなくても構わないだろうに、敢《あ》えて出て行ったのは――ニカをザカリアスと分かち合いたくないからだ。

ザカリアスにはわかる。何故ならザカリアスもまた、同じ感情を抱いているから。だから処女症状を治めたあの日以降、ニカを二人で抱いたことは無い。

…いっそ殺してしまおうかと考えたこともある。シルヴェストもだろう。けれど実行には移せなかった。ニカを玉座に押し込めるのは、自分一人では不可能だからだ。

ならばこの野望が成就した時、ニカ自身に選ばせるのか？

ザカリアスか、シルヴェストか。ニカの傍に侍《はべ》るのは……どちらかを。

もしも選ばれるのが、シルヴェストだったなら。

「…くそっ…」

「て……あ　ああっ！」

背中がたわむほど強く突き上げられ、ニカがぎゅっと縋《すが》り付いてくる。

爪の食い込む痛みすら愛おしくて、ザカリアスは濡れた媚肉を抉《えぐ》り続けた。

「おい、ニカ！　すまないが備品庫から新しい木剣を持って来てくれ！」

「わかった」

折れた木剣を拾っている団員に頷《うなず》き、ニカは備品庫に走った。ついでに医務室に寄ってから戻る間も、あちこちから声をかけられる。

「おっ、ニカ。元気そうだな」

「もう昼は済ませたか？　まだなら一緒に食堂へ行こうぜ」

「こっちの訓練も付き合ってくれよ。お前相手だといつもと違う戦法を思い付くんだよな」

気さくな団員たちに手を振ったり、呼びとめられて立ち話をしたりするうちにけっこうな時間が経ってしまったが、木剣を折ってしまった団員は笑顔で替えを受け取ってくれた。医務室でもらってきた膏薬《こうやく》を渡すと、驚きと嬉《うれ》しさの入り混じった顔になる。

「気が利くな。手首を捻《ひね》っちまったんで、後で医務室に行こうと思ってたんだ。…あ、これお駄賃」

ひょい、と掌に飴玉《あめだま》を乗せられる。こめかみが引きつりそうになったが、ぐっと堪えてズボンの隠しに仕舞った。

どうせ返しても遠慮するなと笑われるだけなのはわかっている。隠しの中は上着も含め、団員たちからもらった『お駄賃』の菓子でいっぱいだった。

……俺は、小さな子どもか何かか？

本当の子どもだった頃だって、こんなに構われた記憶は無い。たまに熱を出して寝込んでもゼオは暖かくして寝ていろと言うだけだったし、見舞いに来てくれたのはティラだけだった。大勢に寄ってたかって気にかけられるのは初めての経験で、何だかむずむずする。

だが、団員たちに罪は無い。

ニカは今日、一月ぶりに従卒として復帰を果たしたばかりなのだ。しかもザカリアスはニカが郷愁にかられて体調を崩し、寝付いてしまったと説明していたそうだから、気のいい彼らが心配するのは当然なのである。

「…もう、一月も経ったのか」

訓練場の木陰に引っ込み、団員たちのざわめきを遠くに聞きながら青空を見上げると、何もかもが夢だったのではないかと錯覚しそうになる。

けれど意識を集中すれば、心臓から送り出されるもう一つの流れ――ティークは持たないはずの魔力を、確かに感じるのだ。

『ニナ……愛している。君にかしずき、その身を癒やし、全てを捧げる栄誉を俺にくれ』

『貴方がティラ嬢を思っていても構いません。その強く清らかな心の片隅にでも、私を置いて下されば…』


この一月の記憶をざっとたどると、羞恥で死にそうになる。

穴があったら埋まってしまいたい。けれどザカリアスとシルヴェストはニカがどんなに深く埋まっても掘り起こし、愛を囁くのだろう。あの、欲情を隠そうともしない甘い声音で…。

……どうしてあの二人は、そこまで俺を……。

ニカにはティラという存在が居ると知っているのに、それでも構わないと揃《そろ》って断言する二人が理解不能だった。もしティラを思う男が居て、二番目でいいからティラの傍に居させて欲しいと言い出しても、ニカなら絶対に受け容《い》れられない。

…いや、ザカリアスよりもシルヴェストよりも、わからないのはニカ自身だ。

この一月の間、ずっと邸に閉じ込められ、二人に抱かれてきた。口先ではティラの存在を振りかざしておきながら、身体《からだ》は二人を狂おしいまでに求めていたのだ。

治療のためだった。ニカは何も悪くない。

二人はそう言ってくれるけれど、違うのだ。…ニカは酔いしれていた。二人が与えてくれる未知の快楽に。上と下で雄をしゃぶりながら中に出され、極める絶頂に。あんなものが、治療であるわけがない。

あれはティラに対する明確な裏切りだった。本当に彼女を愛しているのなら、どんなにつらく苦しくても、ザカリアスとシルヴェストに頼ってはいけなかったのだ。

なのにニカは処女症状が治まってからも二人の手を拒まなかった。安定しない魔力が乱れるたび、二人に鎮めてもらってきたのだ。肌を重ね、腹の奥を貫いてもらうことで。

おかげで魔力はかなり馴染み、初歩的な魔術なら使えるようになった。

ニカが最初、光と炎の魔術を発動させたのは導き手がザカリアスとシルヴェストだったからで、他にも適性を有している可能性が高いと二人は言っていた。自爆魔術を斬るほどの魔力量なら、三属性以上を使いこなせてもおかしくはないからと。はっきりしたことは状況が落ち着き次第、それぞれの適性持ちに協力を仰ぎ、確認してからになるそうだが。

……状況が落ち着くって、どういうことなんだろうな。

自分の存在が王家に、いやトラウィスカという国にとって劇薬にも等しいことはニカにもわかっている。山育ちの自分が王の子だなんて未《いま》だに信じられないけれど、ザカリアスもシルヴェストもそんな嘘を吐《つ》くような人間ではないし、そもそも嘘を吐く理由も無い。

状況が落ち着くというのは、ニカが晴れて王子と認められるか、エミディオ王と王太子フェルナンドのいずれも失脚するか…どれかを指すのだろう。

だがそんな事態が果たして実現するのだろうか。したとして、どれだけの犠牲を払うことになるのだろうか。

「祖父さん……」

腰から吊るした剣にそっと触れる。ザカリアスはあれから何度も山小屋を見に行かせてくれたが、ゼオは戻っていなかった。

ゼオに会いたい。…会って、俺は本当に両親の子なのかと問い詰めたい。祖父は母の実父だ。娘が王に関係を迫られるようなことがあったのなら、気付かないわけがない。

『──お前が王様の子だぁ？　寝言は寝て言いやがれ、馬鹿が』

心底呆《あき》れ果てた顔でそう言ってもらえたら、不安も鬱屈も消えてなくなるのに。ティラも見付かって、三人で故郷の村に戻り、つつましくも仲良く暮らしていけたなら──何もかも無かったことになるのなら。

……でも、そこにあの二人は居ない。

今の自分が、ザカリアスとシルヴェスト無しでやっていけるのか。あの二人以外に、幼い頃から抱えてきた虚《うろ》を埋めてくれる者は存在するのか…。

「…ニカ！　ニカ、どこだ!?」

焦りの滲んだ声が聞こえてきて、ニカは二人の面影を振り払った。二人は今、それぞれ王宮と大教会に呼び出されている。今朝突然、邸にエミディオ王と聖皇の使者が訪れ、至急参上するよう告げたのだ。

この時期に二人揃っての召喚である。ザカリアスとシルヴェストのみならず、ニカも嫌な予感を覚えずにはいられなかった。マルコスか大司教がそれぞれ何かに勘付き、王と聖皇に吹き込んだ可能性が高いからだ。

二人の留守にニカが狙《ねら》われる危険もあるが、王と聖皇の命令を拒むわけにもいかない。そこで二人は復帰を装い、ニカを第二騎士団に預けることにしたのだ。ニカを可愛がってくれる騎士たちなら、たとえマルコスや大司教の刺客に襲撃されても守ってくれるはずだから。

二人は今頃、エミディオ王と聖皇に対面しているはずである。二人の身に何か起きたのか。いや、こちらに刺客が現れたのか。

「ニカ、良かった。ここに居たのか」

身構えながら声のする方へ急ぐと、アベルに鉢合わせした。副団長とアベルにだけはニカの事情を打ち明けてあるから、何かあったら頼るようザカリアスに言われていた。

「今すぐ一緒にここを出るぞ。裏口に隠し通路がある」

何があったと問う前に、アベルはニカの手を引いた。その横顔に漂う緊張に、ニカは質問を呑み込む。

「そのティークをどこへ連れて行くつもりかね」

耳にねっとりと絡み付くような声が聞こえたのは、無言でアベルに従おうとした時だった。

裏口に続く道をふさぐように大勢の屈強な兵士を引き連れ、場違いなくらい豪奢な衣装を纏《まと》った若い男が立ちはだかっている。

「……フェルナンド殿下……」

アベルが唸《うな》るまでもなく、ニカは男の正体を看破していた。肩まで伸ばされた男の髪は、白金色に輝いていたからだ。

それにフェルナンドの後ろには、マルコスが恭しく控えている。あの高慢なマルコスがへりくだるのは、主君であり王太子たるフェルナンドくらいだろう。

「王太子殿下はザカリアスの従卒を差し出せと命じられたはず。王家に仕える騎士の身でありながら、殿下の命令に逆らうのですか？」

だが、背後に現れた禿頭《はげあたま》の老人は誰だろう。

銀糸の刺繍《ししゅう》をふんだんに施された聖衣を着ているから、高位の聖職者なのは確かだ。胸にかけられたロザリオの薔薇は四輪。シルヴェストより高位で、こちらに害意を抱きそうな相手と言えば。

「…大司教か」

ニカが呟くと、おや、と老人はたるんだまぶたをしばたたいた。

「ティークのくせに頭は回るようですね。それともあの若造に誑《たら》し込まれましたか」

「どうして大司教がここに居る。俺を差し出せとは、どういうことだ」

柔らかい口調にひそむ棘《とげ》に眉を顰《ひそ》めながら問えば、大司教は尊大な笑みを浮かべた。

「知れたこと。大罪人から聖剣を取り戻しに参ったのですよ」

「…聖剣？」

ニカが聖剣の盗難に関与した。自分が深く関わったせいで大司教がそう考えてもおかしくはないと、シルヴェストは言っていた。だが肝心の聖剣の行方については、シルヴェストすらまだ把握出来ていないはずなのに。

「そう。…貴方が持つ、その聖剣ですよ」

大司教が指差したのは、祖父から譲られた剣だった。

……こいつ、頭がおかしいのか？

ゼオが傭兵《ようへい》時代から愛用していた剣が、聖剣でなどあるわけがない。だが眉を顰めているのはニカとアベルだけで、マルコスも、フェルナンドさえも自信満々に頷いている。

「お言葉ですが、大司教猊下。その剣はニカが祖父から譲り受けたものです。拵《こしら》えもごくありふれたもの、聖剣でなどあるわけがございません」

アベルがニカの疑問を代弁してくれる。

ふんと鼻を鳴らし、答えたのはフェルナンドだった。

「ならば何故貴様は我らがその者を引き渡すよう求めた時、こそこそと抜け出したのだ。今もその者を逃がそうとしていたのであろう」

「殿下の仰《おつしや》る通り。やましいことが無ければ大人しく我らに降り、申し開きをすれば良いだけのことです。私も神のしもべ、罪無き者に惨《むご》い仕打ちなどいたしません」

大司教のおかげで、何が起きたのかだいたいのところがわかってきた。

フェルナンドとマルコス、そして大司教が突然詰め所に現れ、ニカを引き渡すよう命じたのだ。たまたまニカはここに居たので見付からずに済み、抜け出したアベルがひそかに逃がそうとしてくれたのだろう。だがその動きは三人に勘付かれ、逆にニカのもとまで案内することになってしまった。

……他の団員たちは⁉

ニカを捕らえに現れた三人を、彼らは止めようとしたはずだ。フェルナンドは大勢の兵士を引き連れている上、本人も規格外の魔力の主である。

――ドォンッ！

無惨な骸の幻影が脳裏をかすめた時、訓練場の方から爆音が響いた。そして鋼と鋼のぶつかり合う高い音と、鬨《とき》の声。団員たちが戦っている。相手は、おそらく……。

「惨い仕打ちをしないと仰《おお》せなら、何故聖兵《せいへい》が我ら騎士団に刃を向けるのですか」

アベルが据《す》わった目で抗議する。

聖兵とは聖教会に所属し、高位の聖職者の身辺を警護する兵士のことだ。大司教に引き連れられてきた聖兵を団員たちにぶつけ、その間に三人はアベルを追って来たのだろう。

「私は畏れ多くも聖皇猊下の命によって参ったのです。私の邪魔をするのなら、聖皇猊下…ひいては聖神イシュティワルド様に歯向かうも同然。神の裁きを受けても致し方ないでしょう」

「…聖皇？」

聖皇は今、シルヴェストと対面しているはずだ。大司教がニカを捕まえるために現れたのが、聖皇の命令だというのなら——シルヴェストはおびき出された？

……俺たちは、大きな間違いを犯していたのか。

ニカの背筋を冷たい汗が伝い落ちた。

王と聖皇の目的は、ザカリアスとシルヴェストではなかったのだ。本当の目的は…。

「…俺の剣が聖剣だと勘違いした挙句、二人を俺から引き離して捕らえようとしたのか。王と聖皇が手を組んでまで…」

「勘違い？　王と聖皇だって？」

マルコスが小馬鹿にしたように鼻を鳴らした。以前と違い、今日は銀の軽鎧《けいよろい》に剣も帯びているが、ろくに鍛えていないのだろう。貧弱な身体はザカリアスに比べたらずいぶんと見劣りがする。

「その思慮の浅さ、やはりティークの血よな」

「マルコス卿、それは…」

焦った様子の大司教が止めようとするが、マルコスは耳を貸さない。

「戦に夢中の陛下が他所事《よそごと》など気にかけられるものか。全ては私が深謀遠慮を巡らせ、殿下に進言申し上げたがゆえのこと。…左様ですよね？　殿下」

「……そうだな」

フェルナンドは嫌そうに頷き、ニカをまじまじと見詰めた。

初めて会うはずなのに、奇妙な既視感を覚えたのはニカだけではないようだ。綺麗《きれい》に整えられた眉が嫌悪に歪《ゆが》められる。

「…私の面影があるな。それにイシュティワルド様の祝福の気配も感じる。お前が父上の落胤というのは真実のようだ。いったい誰が封印を施したものやら…」

「…っ…？　何故そのことを…」

ニカがエミディオ王の落胤かもしれないという事実を知るのは、ザカリアスとシルヴェストだけのはずだ。白金色に変化したというニカの髪を見たのも二人だけ。

他には誰も…いや、もう一人だけ居る。ダリオだ。だがあの男は直後に自爆してしまったはずなのに。

「ダリオの身体には、母上が記録魔術の媒体を仕込んであってな。最期の瞬間、奴《やつ》が見た光景が送られてきたのだ」

マルコスが胸から下げていたペンダントをかざすと、白い光の膜のようなものが出現した。

そこに映し出されたのは光り輝く剣を振るい、ダリオから噴き出す自爆魔術を切り裂く青年だ。自分だと気付くのが遅くなったのは、爆風になびく髪が見慣れた茶色ではなく、フェルナンドと同じ白金色だったせいである。

……ああ、俺は。

本当に王族だったのだと、ニカは認めざるを得なかった。

この映像こそマルコスの作り出した偽りだという可能性もあるが、そんなことをしてもマルコスには何の益も無い。自爆の瞬間に記録魔術が発動したのなら、身を守るのに必死だったザカリアスとシルヴェストが気付かないのも当然だ。

「この映像を、私は迷わず殿下に届けた。私は名門アルリエタ家の嫡子にして、王太子殿下の忠実なる一の臣下ゆえ当然の行動だが」

当然と言いつつ、マルコスはちらちらと餌《えさ》を欲しがる犬のようにフェルナンドを窺う。

ごほん、とフェルナンドは咳《せき》ばらいをした。

「…卿の献身には感謝している。おかげで父上の落胤を見付けたばかりか、聖皇猊下のお力も借りることが出来た」

「聖皇猊下は戦に明け暮れるエミディオ陛下より、平和を願うフェルナンド殿下こそがイシュティワルド様の御心に適《かな》うとお考えです。この上は速やかに聖剣を奪還され、愚王を排し、新たな王となられませ」

大司教はロザリオをまさぐり、恭しく一礼した。

確かこの老人は王太子派だとザカリアスが言っていた。マルコスに献上された映像を、フェルナンドは大司教にも見せたのだろう。さらに大司教から聖皇に伝わり、聖皇はニカが振るった剣こそが盗まれた聖剣だと判断した。

父王を排し、玉座に就きたいフェルナンド。聖剣盗難という前代未聞の不祥事を取り繕いたい聖皇。二人の利害は一致した。

聖皇は聖剣盗難を不問に付すことと引き換えに、フェルナンドの支持を約束したのだろう。聖剣さえあれば、たとえエミディオ王が反対しようと王位継承の儀式は執り行えるのだから。

…シルヴェストは切り捨てられたのだ。大教会に呼び出されたのはニカから引き離し、処分するためだったに違いない。他に真実を知る者が居てはならないから。

ザカリアスを呼び出した使者もきっと、王の名を借りたフェルナンドが遣わしたのだ。二人に守られていては、ニカから聖剣を奪えないから。

「……そんな……」

「可哀想《かわいそう》だが、お前にはここで死んでもらわなければならない。この状況で新たな祝福持ちの王子が現れ、聖剣まで手にしているとあっては、不届き者たちを付け上がらせかねないゆえな」

喉を震わせるニカに、フェルナンドは憐憫《れんびん》の眼差《まなざ》しを向け——よろりと後ずさる。

そう、ニカは怯えているのではない。…怒っているのだ。

「……そんなことのために、ザカリアスとシルヴェストを俺から引き離したのか」

「お、お前…」

「殿下！　お気を確かに！」

マルコスがフェルナンドを揺さぶるが、その手も恐怖に震えている。

当然だと思った。攻撃魔術も使えない、騎士にもなれないような半端者が自分に逆らおうだなんて、身の程知らずもいいところだ。

「この、……愚図どもが」

「…ニ、ニカ？」

アベルがぎょっとしたように目を見開く。普段の自分なら絶対に口にしない言葉だと、ニカもわかっていた。

けれどふつふつと滾《たぎ》る血が身の内を巡るたび理性は削《そ》ぎ落とされ、代わりに狂暴な衝動が湧き出てくる。…止められない。

「…お、おお！」

大司教が歓声を上げた。

分厚いまぶたの下でぎらぎら光る双眸《そうぼう》はニカの腰の剣に…鞘《さや》の隙間からかすかな光を漏れさせるそれを凝視している。

「やはりそれこそが聖剣…！　返せ、返しなさい！」

「…言ったはずだ。これは祖父さんの剣で、聖剣なんかじゃない」

ただの傭兵に過ぎない祖父が大教会の宝物庫から聖剣を盗み出すのはおろか、忍び込むことすら不可能だ。少し考えればわかるだろうに。

「いいえ、それは間違い無く聖剣です。…王族の魔力は代を…いや、時を経るごとに弱まっている。いくら白金色の髪を持つとはいえ、現代の王族が聖剣も無しで魔術を斬るなど不可能なのですから」

「…我らの魔力が弱まっている？　大司教、それはどういうことだ」

いぶかしそうな顔をするところを見ると、フェルナンドも初耳らしい。大司教は眉を寄せただけで答えず、突き出した手に魔力を纏わせた。

「そのようなことより、殿下。早く聖剣を回収しなければなりません。聖兵が時間を稼ぐのにも限度がございますゆえ」

「あ、……ああ、そうだったな」

落ち着きを取り戻したフェルナンドが兵士たちの後ろに回った。代わりに進み出たマルコスと兵士たちがいっせいに剣を抜く。

マルコスの剣の柄《つか》には大粒の宝石が埋め込まれていた。強い魔力を感じる。おそらくクラウディオが使っていたのと同じ、魔術具なのだろう。

「ザカリアス卿は絶対に助けに来ない。やってしまえ！」

「そやつは聖剣を盗み出した大罪人です。誅《ちゆう》した者には聖神イシュティワルド様が祝福を下さるでしょう！」

自信満々のフェルナンドに続き、大司教が叫ぶ。

さっきまで一応容疑者扱いだったのに、いつの間にかすっかり犯人にされてしまった。どうあっても彼らは欲しいらしい。聖剣でなどあるわけがない剣と、ニカの命が。

「お待ち下さい、殿下、大司教猊下！　このようなこと、許されるわけがない……！」

アベルが懸命に呼びかけるが、止《とど》まる者など居なかった。

魔力が集まっていた大司教の手から、まばゆく輝く光球が打ち出される。

「…ク、…ッ！」

本能的に太い木の枝へ跳び乗ったのは、光の適性持ちでなければ聖職者にはなれないとシルヴェストから聞いていたせいだ。

魔術を発動させられるほど強い適性持ちはほとんど居ないそうだが、この老人は仮にも大司教である。ひょっとしたら。

「ぐわぁっ⁉」

さすがの身体能力で光球を避けたはずのアベルが、何かに踏み潰《つぶ》されたかのように地面にくずおれた。逞《たくま》しい全身に網状の魔力が絡み付いている。

……思った通りだ。

光の魔術は攻撃の手段に乏しい代わり、防御や相手を無力化することに長《た》けている。ニカはシルヴェスト直々に手解《てほど》きを受けたが、騎士団には遣い手が存在しないため、アベルは逃げきれなかったのだ。

「ちょろちょろと…！」

「ええい、待て！　待たんか！」

立ち並ぶ木々の枝から枝へ飛び移るニカを、兵士たちが追いかけてくる。

動けなくなったアベルを襲う者は居ないので安心した。彼らの狙いはあくまでニカなのだ。

そう時間をかけず、アベルも拘束から抜け出すだろう。それまでアベルから引き離し、訓練場の団員たちと合流出来れば…。

「行かせるかっ！」

ニカの留まった木を目がけ、マルコスが振るった魔術具の剣から炎の波が生み出される。地上で兵士たちに紛れ、待ち構えるのは大司教だ。

ニカが炎を避けるために跳んだところを、さっきの術で捕らえようという魂胆か。

……舐めた真似《まね》を。

また熱い血の流れを感じ、ニカはぺろりと唇を舐め上げた。

団員たちと合流し、共に迎え撃とうなど生ぬるい。わからせてやらなければならない。この群れの中で最も強いのは、誰なのかを。そうすれば皆、すぐに大人しくなる。

そのために最も有効な手段は――群れの親玉を気取る奴を、ぶちのめしてやることだ。

とんっと枝を蹴《け》り、ニカは跳んだ。草むらに潜む野兎《のうさぎ》の動きまで見逃さないニカの目は、勝利を確信した大司教のいやらしい笑みをはっきりと捉《とら》える。その手から打ち出される魔力の網までも。

だが、大司教の目には見えなかったのだろう。ニカが跳び上がりざま、抜いた剣で周囲の枝を斬り払い、素早く打ち出したところは。

「…なっ、何⁉」

魔力の網は落ちてきた大量の枝をからめとり、地面に縫い付ける。愕然とする大司教にも兵士たちにも構わず着地し、ニカが狙うのは最後方のフェルナンドだ。

この男さえ仕留めれば。

「……終わりだ」

「…っ、風よ！」

ニカがフェルナンドの目前に躍り出た瞬間、ごう、と大気が唸った。

のしかかる魔力の重圧が、ダリオとは——いや、ニカの知る誰よりもけた違いだ。

本能の警告に従い、ニカは全身に魔力の壁を巡らせながら身を低くする。膨《ふく》れ上がったフェルナンドの魔力が無数の風刃《ふうじん》と化し、駆け抜けていったのはその直後だ。

「ぎゃあっ！」

「た…、助けて…っ！」

肉を絶つ鈍い音に、無数の悲鳴が交じった。

ひゅううう、と呪いの吐息のような余韻を残し、風がやむ。ニカは起き上がり、息を呑んだ。数多の兵士たちが全身を切り刻まれ、無惨な骸となって倒れている。

生き残ったのはとっさに伏せた半数ほどと、防御結界を張ったらしい大司教くらいだ。その大司教も結界に魔力を使い果たしたのか、左胸を押さえ、うずくまってしまっている。

「…い…っ、だい、…痛い、痛いぃっ……」

貴族の矜持《きょうじ》も捨てて泣きじゃくるマルコスの傍らには、魔術具の剣を握ったまま肘から切断された右手が落ちていた。風刃を魔術具の力で防ごうとしたが、防ぎきれなかったらしい。それでも腕一本で済んだのだから、命を失った兵士に比べればましな方だ。

「…あんた…、何てことを…」

利害の一致から手を組んだだけであっても、マルコスと大司教は味方のはずだ。兵士たちにいたってはフェルナンドの命令に従っていたに過ぎないのに、巻き添えにするなんて。

「わ、……私は悪くない！」

あろうことか、フェルナンドは傲然《ごうぜん》と言い放った。神の祝福の証である白金色の髪を振り乱して。

「私の臣下でありながら、私の魔術を避けられなかったそやつらが悪いのだ！」

「…、…あんたは…」

この男は本当に王太子なのだろうか。王太子ということは、次の王になるべく育てられてきたはずだ。

群れの親分である王の役割は、群れを下っ端にいたるまで守ること。野山を棲《す》み処《か》とする獣ですらやれることが、何故神の祝福を受けたという王族に出来ないのか。

「…その、目…」

フェルナンドはぎりぎりと歯を軋《きし》ませた。ばち、ばちん、と周囲で火花が散るのは体内の魔力を制御しきれていない証だ。

「その、私を心底蔑《さげす》む目…。父上にそっくりだ。やはりお前は、父上が何処《どこ》ぞの端女《はしため》に産ませた子なのだろうな」

「……」

「だが汚らわしいティークの血の混ざったお前より、私の方が王に相応《ふさわ》しい。父上とて、それだけは同意して下さるはずだ」

フェルナンドの視線はずっとニカの剣に注がれている。さっき大司教を狂喜させた光はいつの間にか失《う》せ、元の武骨な刃に戻っていたが、フェルナンドもまたこの剣こそ聖剣だと信じて疑っていないようだ。

シルヴェストによれば、聖剣は王位継承の儀式が執り行われる時のみ宝物庫から出されるという。立ち会うのは聖皇と王、そして次の王だけ。

フェルナンドはまだ実物の聖剣を見たことが無いはず。だから大司教にそそのかされるがまま、祖父の剣を聖剣だと信じ込んでいるのか？

「…もしあんたが聖剣を得て王になったら、戦をやめるのか？」

「――まさか」

鼻先で笑われた瞬間、ニカは確信した。

フェルナンドは聖剣が欲しいのではない。聖剣と認められるモノ…王位に就くための条件が揃うのなら、棒切れでも何でも構わないのだと。

「戦乱の続く世だからこそ、王家は絶対的な存在として君臨出来るのだ。…まあ、私なら父上よりも上手《うま》いやり方で諸国を呑み込んでみせるがな」

「そのためなら、何を犠牲にしても構わないと？」

あたりには血の臭いが立ち込めている。フェルナンドの命令に従って戦ったのに、フェルナンドの魔術に切り刻まれ死んでいった哀れな者たちの流した血だ。

「構わん。大事を成すのに犠牲は付き物だ」

「…フェ、フェルナンド様っ……」

切り捨てられたのだと悟ったマルコスが絶望の涙を流す。

気まずそうに顔を逸《そ》らし、フェルナンドは右手を振り上げた。再びのしかかる重圧。また魔術を放つつもりなのだ。

「…く…っ！」

再び魔力の壁を全身に張り巡らせようとして、ニカは迷った。

自分だけならたぶん身を守れる。だが、生き残りの兵士たちは？　彼らは命こそ無事だが手傷を負っている。次の魔術は避けられないだろう。きっと大司教も。

魔力量は多くても、ニカはまだ初歩的な炎術と光術しか使えない。自分以外の生き物に魔力を巡らせることも不可能だ。

……誰かが、来てくれれば……。

ここに居る全員を守れる誰か。――ニカを満たし、共に戦ってくれる誰か。そんな存在は、二人だけしか居ない。

「今度こそ終わりだ。……骨も残らず切り刻んでやる！」

大きく掲げられたフェルナンドの両手から、さっきよりもはるかに濃い密度の魔力が溶け込んだ風が巻き起こった。勢いよく放たれた風はたちまち巨大な双頭の龍に変化し、ばりばりと木々を噛み砕きながら押し寄せてくる。

貴族たちが王族を畏れ敬う気持ちが初めてわかった気がした。

兎が熊に逆らえないのと同じだ。どうあがいても敵わない圧倒的な強さの前にはひれ伏すしかない。

……ザカリアス、……シルヴェスト……！

――ギィエェェェェエエエエ！

胸に深く刻み込まれた名を呼ぶのと、龍が双《ふた》つのあぎとから絶叫をほとばしらせるのは同時だった。

すさまじい速さで疾走してきた炎の獅子《しし》が、龍の喉笛に噛み付く。

喚《わめ》き散らしながら死に物狂いでもがく龍を内包する木々の破片ごと喰《く》らい、獅子は炎の勢いを増しながら巨大化していった。逆に龍はどんどん縮んでゆき、両者の大きさが逆転した瞬間、獅子の牙はとうとう龍の首を噛みちぎる。

もはや咆哮《ほうこう》する気力も残されていない龍は、最期の悪あがきとばかりに高い音をたてて破裂した。

半球状に展開されたまばゆい光の壁が弾き返し、降り注ぐ無数の木々や建物の破片から守ってくれる。ニカのみならず、マルコスに兵士たち、大司教も。

勝利の雄叫《おたけ》びを上げた獅子と、光の壁が消えるまでの間。

ニカには永遠にも感じられたが、全ては一瞬の出来事だったのだろう。

「ニカ、……良かった！」

「よく無事で…、…耐えてくれましたね…」

全身が強張ってしまったせいで、両側から抱き寄せてくれる腕の主を振り向くことも出来なかった。

…けれど、わかる。あんな離れ業をやってのけるのは…口に出さないニカの望みを叶《かな》えてくれるのは、ザカリアスとシルヴェストだけだから。傍に居るだけで、ニカの心を熱く弾ませるのも。

「――何故、お前たちがここに居るのだ」

真っ青になったフェルナンドの疑問は、ニカの疑問でもあった。

同じ王宮内に居たザカリアスはともかく、第一層の東端に位置する大教会に赴いていたシルヴェストは、陥れられたことに気付いてもすぐには戻れないはずだ。聖皇もそうやすやすと逃がしはしないだろうに。

「簡単なことです。…最初から、大教会へなど行かなかったのですよ」

「何っ……⁉」

がばりと起き上がった大司教は、皮肉にもシルヴェストの結界のおかげで傷一つ無い。

「馬鹿な…、お前は確かに大教会に行ったはずだ。私は確かにこの目で見た。だから…」

「だから満を持して徒党を組み、ニカを襲ったというわけですか。……愚かな」

侮蔑も露わに吐き捨てるシルヴェストの口調は、傍で守られているニカさえぞっとするほど冷ややかだ。

……大教会には行かなかった？

ニカも確かにシルヴェストが聖皇の遣わした馬車に乗り込むところを見送った。どういうことだといぶかしんでいると、シルヴェストは白い手をかざす。

「こういうことですよ」

　ぱあぁ、とシルヴェストの手から生み出された光は瞬く間に人の姿を取った。鏡に映したように、シルヴェストそっくりな姿を。怖いくらい整った顔に微笑《ほほえ》みが浮かび、無機質な肌に血色が備わったら、双子の兄弟で通りそうだ。

「…げ、幻影術？　だがそれなら、私に見抜けぬはずが…」

「ささやかながら、俺も力を貸したんでね」

　唸る大司教の前で、ザカリアスがシルヴェストの幻影に魔力を送り込んだ。本物より白すぎる肌に炎の魔力が熱を通わせ、まるで生きているかのようだ。近くで見られても、これなら幻影とは思われないだろう。

「大教会に向かう途中で使者ごとこの幻影人形と入れ替わり、王宮に引き返したのです。そしてザカリアス卿が王宮に与えられている部屋に隠れていました」

「俺は王宮に到着したとたん王太子親衛隊に取り囲まれたんで、全員ぶちのめして地下牢《ちかろう》に放り込んできた。司教どのに親衛隊長の幻影人形を作ってもらい、俺を捕らえたと殿下に報告させてな。…後は司教どのと落ち合い、ここに駆け付けたというわけだ」

　フェルナンドが自信満々だった理由がわかった。最も厄介なザカリアスを牢に留めておけたのだ。シルヴェストは大教会に捕らわれ、誰もニカを助けに来られない。残る第二騎士団も自分の魔術と兵士で圧倒出来ると、そう確信していたのだろう。

全てはザカリアスとシルヴェストの謀《はかりごと》だったとも知らずに。

……それは、俺も同じだ。

二人は王太子と聖皇の策略に嵌められたのだと、まんまと思い込まされていた。二人がどうやって王太子と聖皇の策略を看破したのか、真実は何も知らされぬまま。

じっと見上げれば、つかの間、二人の趣の異なる整った顔にかすかな後悔と怖れが過《よ》ぎった。

……怖れているのか。自ら謀っておきながら、裏切り者とニカに罵《ののし》られることを。

王太子と聖皇の策略すらニカのために噛み砕いてみせた、この、二人が。

「……認めぬ」

ぎしり、と歯の軋む音がフェルナンドの唇から漏れた。放出された魔力を吸い、大気がまた少しずつ重くなっていく。

「認められるわけがない。…私が、……この私が罠に嵌められたなど……」

「認めて頂かなくても構いませんよ。…殿下には、ここで退場して頂きますから」

シルヴェストが頷いてみせると、ザカリアスは魔力弾を打ち上げた。

魔力で色を付けたそれは、騎士が離れた仲間に送る信号弾だ。青は『その場で待機』、黄色は『警戒せよ』、赤は『集結せよ』。ザカリアスが打ち上げたのは――赤。

ザッ、ザッ、ザッ。

軍靴の音も高らかに現れた第二騎士団員たちは、さっきまでの訓練用の軽鎧ではなく、実戦月の重鎚とめいめいの得意武器で武装していた。先頭を固める副団長に続くのは、アベルとシモンだ。

大司教がわなわなと唇を震わせた。

「そ、そんな…、せ、聖兵たちは何をやって……」

「聖兵？　ろくに戦場にも出ない頭でっかちな坊主なんて、第二の敵じゃない。さっさと倒して、後は団員同士で戦うふりをしていたのさ」

ザカリアスがせせら笑うのに合わせ、団員たちがいっせいに地面を踏み鳴らした。大地が揺れ、大司教は『ひいっ』と情けない悲鳴を上げる。

……ここでも騙《だま》されていたのか。

何も知らないのはニカの方だった。

団員たちはニカの出自を、そして王太子と聖皇の策略をザカリアスから教えられていたのだ。おそらくニカが邸に閉じ込められていた一月の間、訓練を重ねていたのだろう。ニカに騎士の誓いを捧げたアベルまでもが、ニカを騙し切ってみせた。

「総員に告ぐ！　…フェルナンド殿下は王太子の身でありながら聖教会と手を組み、同じく聖神イシュティワルド様の祝福を受けし王子、ニカ殿下を殺《あや》めんとした！」

――ニカが表舞台に引き出され。

「もはや王太子に神の祝福を受ける資格は無い。我らは王族の剣として、ニカ殿下をお守りするため王太子を討つ！」

よどみきった空気を打ち払うための大義名分を得る、この日のために――。

「おおおおおおおおおおっ！」

雷鳴のごとき鯨波《げいは》は、団員たちの渇望の証拠だ。

同じ騎士団の仲間たちが戦場に駆り出されたまま、負傷しても帰還を許されず、無意味な争いに身を捧げさせられる。停滞と混沌に支配されたトラウィスカの現状を最も憂い、変化を望んでいるのは間違い無く彼らだろう。

無数の見えない手にがんじがらめにされるような感覚に襲われる。じり、と後ずさろうとしたとたん、両側から絡み付いてくるのは確かな質量と熱を備えた現実の腕だ。

――『離さない』。

紅と紫の双眸が告げていた。

国を憂い救わんとする高潔な騎士と、新たな王子に寄り添う美貌の司教。

貧苦に喘《あえ》ぐ民なら感涙にむせびながら伏し拝むだろう二人が、ニカも全幅の信頼を置いていたはずの二人が、今はまるで知らない男に見える。

ぞくぞくと背筋を走る戦慄《せんりつ》。もがいてもあがいても逃げられない恐怖。だがそれは、決して嫌な感覚ではなく――。

「王太子を討て！」

「ニカ殿下をお守りせよ！」

闘志を漲《みなぎ》らせた団員たちが武器を構え、フェルナンドに殺到する。

「お、お、お前たち、何をしている⁉　迎撃しろ！　私を守るのだ！」

フェルナンドは必死に命じるが、生き残った兵士たちは誰一人として従おうとしない。皆地面にうずくまったまま、憎々しげにフェルナンドを睨《にら》むだけだ。

何の躊躇《ためら》いも無く自分を犠牲にした人間に、従う者など居ない。当たり前の道理だ。全ての味方にそっぽを向かれたフェルナンドが頼れるのは、もはや自分自身だけである。

「くそ……っ！」

フェルナンドの怒りと焦りが乗り移ったかのように、大気がざわめく。

だが唸りを上げながら生じたいくつもの竜巻はさっきの双頭龍よりも小さく、魔力の密度も低い。シルヴェストが結界を発動させるまでもなく、団員たちの攻撃魔術で次々と相殺されていく。

「くそ、くそくそくそぉっ！」

フェルナンドは自棄《やけ》になったように叫び、竜巻と風刃を交互にくり出すが、その威力は生み出されるたびに衰えているのがニカにもわかった。

「……やはり、な」

腰の剣に手をかけ、じっとフェルナンドを観察していたザカリアスが呟いた。首を傾《かし》げるニカに説明してくれる。

「王太子が今まで一度も出陣しなかったのは、王族特有の膨大《ぼうだい》な魔力を制御しきれず、すぐに魔力切れを起こすせいだと前々から噂《うわさ》されていたんだ。たとえ停戦派だろうと、王族なら一度は戦場に立つものなんだがな」

いくら多くの魔力を有していても、うまく配分が出来ず、肝心な時に枯渇してしまっては何の意味も無い。フェルナンドは最初の風刃と双頭龍でほとんどの魔力を使い果たしてしまい、今はろくに残されていないのだろう。

「王に対立して停戦を唱えていたのは、膠着化した戦線を押し返すために出陣を命じられたら困るからかもしれませんね」

シルヴェストは同意し、近くでのたうち回っているマルコスからペンダントを奪い取った。あのペンダントにはダリオが死に際に送った映像――白金色の髪のニカが記録されている。ニカが王族である証拠として活用するつもりなのだろう。

『…王族の魔力は代を…いや、時を経るごとに弱まっている』

ふと大司教の言葉が引っかかった。

それが真実であれば、聖神イシュティワルドから直接祝福を受けたトラウィスカ初代の王はどれほどの魔力を有していたのだろう。早々に枯渇してしまったとはいえ、フェルナンドの魔術は脅威だった。あれを際限無く連発出来たのなら、ニカたちティークの祖先が瞬く間に征服されたのも当然だ。

……だったら何故、エミディオ王は戦を続けてるんだ？

初代王や歴代の王ほどの魔力が無いのなら、侵略など仕掛けず内政に注力すればいいだけではないか。無理な戦を続けるから、トラウィスカはここまで衰退してしまったのだ。トラウィスカの国土はじゅうぶんに広く、これ以上版図を拡げる必要など無いはずなのに。

エミディオ王は歴代王の中でも頭抜けて強い征服欲の主だからだと、貴族たちは諦観《ていかん》しているらしい。ニカもそう思っていた。…今までは。

……たぶん、違う。

外したことの無い勘が告げていた。そんなに単純ではないのだと。王が戦を続ける理由も、そして王自身も——。

「…ち…、近付くな。それ以上近付いたら、反逆罪で捕らえるぞ！」

とうとう団員たちに囲まれたフェルナンドが恫喝《どうかつ》するが、捕らえるも何も、王太子のために動こうとする者はもはや一人も居ない。魔力もいよいよ枯渇寸前のようで、足元がふらついていた。もう攻撃魔術を放つのは不可能だろう。

「終わりです、殿下。この期に及んで見苦しい真似はなさいますな」

ザカリアスが騎士団長の顔で告げると、取り囲む団員たちがいっせいに剣を構えた。必死に逃げ場を探しながら、フェルナンドは喚く。

「お…っ、お前たち、私は聖神イシュティワルド様の祝福を受けた王族だぞ！　私を殺せばイシュティワルド様のお怒りを買うことになる。神の呪いを受けてもいいのか!?」

「私欲から同族を殺めようとした者を裁いたところで、イシュティワルド様はお怒りにはなりません。呪いを受けるとしたら、殿下の方でしょう」

呪いという響きにさすがに動揺した団員たちも、シルヴェストの冷静な言葉で落ち着きを取り戻した。

ザカリアスはシルヴェストと顔を見合わせ、頷くと、ニカから離れて腰の剣を抜く。最後は自分の手で幕を下ろそうというのか。

「やめ…、やめろ、ザカリアス卿…」

ザカリアスは答えない。団員たちが無言で下がり、団長のための道を空けた。身じろいだニカの腕に、シルヴェストが自分のそれを絡める。

「…やめて…、やめてくれ。そうだ、今からでも遅くはない。私の派閥に加われ。そうすればお前は、晴れてアルリエタ家の当主に…」

「俺はそんなものが欲しいわけじゃない」

まるで耳を貸さず、ザカリアスは剣を振り上げた。一瞬、こちらに流された紅い瞳がニカを捉える。

「俺が欲しいのは……」

「……ぎゃああああっ！」

往生際悪く命乞いを続けようとしていた口から、絶叫と鮮血が溢《あふ》れた。

どうっ、と倒れるフェルナンドの背中に突き刺さっているのはザカリアスの剣でも、団員たちの剣でもない。ばちばちと放電する雷の槍《やり》だ。

魔力を帯びた大気がずしりとのしかかってくる感覚に、ニカは反射的に叫ぶ。

「皆、伏せろ！」

雲一つ無い青空から無数の稲妻が降り注いだのは、その直後だった。

地鳴りが治まり、そろそろと起き上がったニカの視界に映る光景は、さっきまでとは一変していた。

焦げ臭い煙が立ち込める中、木々はおろか詰め所も、あらゆる施設も倒壊し、瓦礫《がれき》の山と化してしまった。まるで巨人に踏み荒らされた後のようだ。フェルナンドの兵士たちはほとんどが黒焦げになり、無惨《むざん》な骸《むくろ》を晒《さら》している。

倒れ伏した団員たちの中にひときわ鮮やかな紅《あか》い髪を見付けた時は、心臓が止まりそうになった。

「ザ、…カリアス？」

恐る恐る呼びかけても、ザカリアスはぴくりとも動かない。外傷は無いようだが、果たして生きているのか。

「……ニカ、……無事ですか？」

弱々しい声にはっと振り向けば、シルヴェストがニカの傍らで膝をついていた。純白の聖衣はところどころ無惨に焼け焦げ、剝《む》き出しになった白い肌には火傷《やけど》が刻まれている。

自分が無傷で済んだわけを、ニカはようやく悟った。…稲妻が降り注いだあの瞬間、シルヴェストは魔力の全てを注いで結界を張り、ニカを守ってくれたのだ。自分自身の防御は後回しにして。

「…どう、して…」

「貴方《あなた》は、…私の、…何よりも愛《いと》しい大切な人。何を犠牲にしても、守るのは、…当然のこと、です」

途切れ途切れの声にひゅうひゅうと不吉な呼吸が交じる。熱せられた空気に喉を焼かれてしまったのかもしれない。早く治療を受けなければ、命に関わる。

だがそれが難しいことはわかっていた。魔力を帯びた大気は軽くなるどころか、ますます重みを増してのしかかってくる。

フェルナンドを凌駕《りようが》する魔力の主。その正体は、おそらく――。

「…生き残ったか。焼け死んでおけば苦しまずに済んだものを」

炎を纏っているように白金色の髪の男が現れた。フェルナンドが倒れた以上、トラウィスカにその色を持つ者は一人しか居ない。ニカが寒気を覚えるほどの攻撃魔術を放てるのも。

「エミディオ王か。…後宮に入り浸ってるんじゃなかったのか？」

侮蔑《ぶべつ》も露《あら》わな問いに、エミディオ王はくつりと喉を鳴らした。長年の怠惰と荒淫《こういん》の影響か、顔も身体《からだ》もたるんで老け込み、フェルナンドの父親というよりは祖父に見える。

「これほど強い聖剣の気配を感じてはな。女を可愛《かわい》がるどころではないわ。…それにしても」

エミディオ王は不躾《ぶしつけ》にニカを凝視し、にやりと嗤《わら》った。

「同族の気配を感じる。そなたは間違い無く我が子のようだ。まあ、どこに種を蒔《ま》いたかなどいちいち覚えてはおらんが…まさかティークの腹から同族が生まれるとはな」

「…っ、あんたは…」

やはり母は意に染まぬ男の手籠《てご》めにされたのだという事実よりも、この男の血を引いていることの方にニカは強い嫌悪感を覚えた。

全てはこの最低の男が元凶なのだ。国が乱れたのも、ザカリアスや団員たちが倒れたのも、シルヴェストが命の危機に晒されているのも…フェルナンドが実の父親に殺されたのも。

「何だ、初めて会ったのだろうに、そやつに肉親の情でも抱いたか？」

ニカの非難の眼差《まなざ》しに気付いたのか、エミディオ王はフェルナンドの骸を一瞥《いちべつ》する。

苦悶《くもん》と驚愕《きょうがく》に固まった顔は、雷の槍《やり》に貫かれた苦痛だけのせいではないだろう。最期の瞬間、フェルナンドは父に殺されたのだと悟り、絶望と共に死んでいったに違いない。

「…そういうわけじゃない。仮にも息子なのに、どうして殺した」

あの間合いで雷の槍を放てたのなら、まず団員たちを攻撃し、フェルナンドを稲妻の効果範囲外へ逃がしてやることも出来たはずだ。わざわざ雷の槍を放ってから稲妻を降らせたところに、フェルナンドに対するひときわ強い殺意を覚えずにはいられない。

「息子だからに決まっておるであろう」

「は……？」

「そやつが聖剣を手にすれば、余から王位を奪い取ることが可能になる。危険の芽は早々に摘み取っておくに限る」

かつてないほどの――生まれて初めての激昂《げきこう》に、全身の血が沸騰するのを感じた。

聖剣…また聖剣だ。どれだけありがたい剣か知らないが、たかが鉱物の塊に過ぎない。そんなもののために、今日だけで何人の命が失われたのか。

「あんたは、……屑《くず》だな」

未《いま》だ動かないザカリアスと団員たち、そして立ち上がることも出来ないシルヴェストを見ると、頂点に達したと思っていた怒りがますます燃え盛る。

[illegible]、エミディオ王と比べたらまだましな部類だ。少なくともフェルナン

聖堂のために自ら行動した

対してエミディオ王は何もしていない。神の祝福を盾に快楽に耽《ふけ》り、聖剣の気配を感じたから出て来て、息子ごと邪魔者を消そうとしただけだ。

「ならばそなたは屑の息子というわけだ。…さあ、聖剣を渡せ。素直に寄越すのなら、命だけは助けてやろう。後宮の女どもはいくら種付けしてやっても孕《はら》まぬ。フェルナンドの代わりも必要だからな」

ニカの怒りなど一笑に付し、エミディオ王は手を差し出す。若い頃は戦場を駆け巡っていたという身体はたるみ、機敏に武器を振り回せそうには見えない。

だが、油断は禁物だ。この男には戦況を一瞬でくつがえせるだけの魔力がある。またあの稲妻を降らされたら、ザカリアスとシルヴェストの命は無いだろう。

だったら、大人しく剣を渡すか？

「――断る」

頭より先に、口が動いていた。自らの一部のごとく馴染《なじ》みつつある剣の柄《つか》を、しっかりと握り直す。

「何度も言ったが、これは祖父《じい》さんの剣だ。聖剣なんてご大層なもんじゃない」

仮に本物の聖剣だったとしても、エミディオ王だけには渡せない。…渡してはならない。

もしこの男が聖剣を手にしたら、盗難の咎《とが》を責め立てて聖教会には返さず、傍《そば》に置き続けるだろう。そして神のお墨付きを得たと称し、戦を続けるに違いない。聖皇《せいおう》の権威が失墜し、フェルナンドが死んでしまった今、王の暴虐を止められる者は居ないのだから。

「いいや、それは聖剣だ。間違い無い」

断言され、ニカの心にかすかな迷いが生じる。

エミディオ王は先代王から王位を継承する際、聖剣の実物を目にしたはずだ。その王がここまではっきり言うのなら、この剣が聖剣という可能性もあるのか？

誰よりも長く共に過ごしながら、ニカは祖父の過去をあまり知らない。厳重に警備された大教会の宝物庫から聖剣を盗み出す。ゼオならもしや、と思わなくもないが…。

考えるうちに、視界を紅い影が横切った。

「ニカ！　逃げろ！」

素早く起き上がったザカリアスが剣に炎を纏《まと》わせ、エミディオ王に襲いかかる。

生きていた…生きていてくれた。

きっとこの一瞬のために、ニカを王から逃がす好機を狙《ねら》うために、動けないふりをしていたのだ。さすがは戦場を駆け抜け、緋獅子《ひじし》と謳《うた》われた騎士である。

だが――。

「アルリエタの妾腹《しょうふく》か。…小賢《こざか》しい」

[illegible]ザカリアスの腹に命中した。

とっさに炎の魔力で防御したようだが、威力までは消しきれない。すさまじい勢いで吹き飛ばされ、瓦礫の山に背中からぶち当たってようやく止まる。

「…ザカリアス！」

ニカが叫んでも、ザカリアスはうつむいたまま反応しない。いつもなら紅い瞳に熱を灯《とも》らせ、じっと見詰めてくれるのに。

……どうして、だ。

とうに限界など超えた怒りの衝動が、脳天を突き抜けていく。

……どうして奪われなければならないんだ。俺を満たしてくれる、たった二人の存在を……。

「よくもここまで、その二人を手懐けたものだ。王となったあかつきには、将軍の位と聖皇の座をくれてやるとでも餌をちらつかせたか？」

聖剣しか眼中に無いエミディオ王は、己の言葉の一つ一つがニカの怒りを増幅させていることに気付かない。

「あんたと二人を一緒にするな。二人はあんたみたいに、欲望で肥えた豚じゃない」

「…っ…、ティークの血を引く劣等種でも我が子と認めてやったこの慈悲深き父に、何と不遜《ふそん》な口の利き方だ。……少々、躾が必要なようだな」

エミディオ王の魔力が一気に膨《ふく》れ上がる。大気に溶け込んだそれは光の柱となり、空に吸い込まれていった。

ゴゴ、ゴゴゴゴ。

にわかに黒い雲を立ち込めさせた空が、怒り狂う獣のように唸《うな》る。ばちばちと青白い雷を纏わり付かせながら。

……これが、神の祝福？

フェルナンドとはけた違いの魔力は本能的な恐怖をこれ以上無いくらい刺激し、正気を削り取ってゆく。これで衰えたというのだから、若かりし頃のエミディオ王は戦場では悪鬼のごとく怖れられただろう。

「万雷よ、無礼者どもに天罰を与えよ！」

両手を高く掲げたエミディオ王に応え、雷光が弾《はじ》ける。

あたりが白く染まった。

腹の底から突き上げてくるような震動と共に暗雲から生まれる無数の稲妻が、ニカにははっきりと見えた。まるで時の流れがひどくゆっくりになったかのように。

「…ザカリアス、…シルヴェスト…」

二人は応えない。でもきっと生きているはずだ。これほど周到にニカを囲い込もうとした二人が、ニカを置いていくわけがないのだから。

失いたくない。…失ってはならない。命を賭けてまでニカを満たそうとしてくれた二人を。

…も、この剣が本当に聖剣なら……あの時のように輝いてくれたら。

稲妻を斬り、二人を助けられるかもしれない。神の祝福の証《あかし》だという剣なら、二人の身体さえ癒《い》やしてくれるかも。

そして全ては、ニカの望み通りに――。

……駄目だ！

蜜のように甘い誘惑を、ニカはすんでのところで振り切った。祖父の剣の変わらぬ鋼の輝きが、傾きかけていた心を正気に戻してくれる。

エミディオ王が何と言おうと、これは聖剣なんかじゃない。祖父ゼオと共に転戦し、ゼオを守ってくれた剣だ。

己の手で未来を切り拓《ひら》いた、祖父のように。

「…俺も、俺の手で守ってみせる。……聖剣なんて糞《くそ》くらえだ！」

気力が、魔力が全身に漲《みなぎ》っていく。今なら何でも斬れる気がした。樋熊《ひぐま》でもルラータでも…雨あられと降り注ぐ稲妻でも。

ニカは深く息を吸い、剣を握り直す。勢い良く振り上げた瞬間だった。肉厚の刀身が、陽光を何倍にも強めたような光を放ったのは。

「……っ……!?」

息を呑《の》んだのが自分なのかエミディオ王なのか、それさえもわからなかった。

剣から放たれた光は瞬く間に人の姿を取っていく。シルヴェストの作り出す幻影とは違う、確かな存在感と質量を持った姿。

その姿を、ニカは知っていた。

「――今、呪《のろ》いは解けた」

少ししわがれた声も、ひと睨《にら》みするだけで樋熊が逃げていくほど凶悪そうな…けれど深い慈愛と寛容さを湛《たた》えた目も。

「祖父…、…さん…？」

「よお、ニカ。しばらく見ないうちに、いい面構えになったじゃねえか」

思わず呼びかけたニカに、祖父とそっくり同じ姿をしたその人はにやりと笑った。

…ああ、ゼオだ。この、いかにも何か悪事をたくらんでいそうな笑い方も、人を喰《く》ったような口調も、ゼオ以外にありえない。

「それに比べて、こっちは…」

「ヒッ、ヒイイイイイイイッ！」

ゼオが視線を向けると、エミディオ王は跳び上がって逃げようとした。だがすぐに脚がもつれ、無様に転がってしまう。

「前の儀式から三十年ちょいか？　歳《とし》を喰ってますます醜くなったな」

「ヒ…ッ、ヒイイ、ヒイッ…た、助け、助けて、助けてくれええええっ」

全身をがくがくと震わせ、地べたを這《は》いずってでも逃げようとするエミディオ王は追い詰め

られた野兎《のうさぎ》のようだ。ゼオは確かに初対面の人間には怖れられる容姿だけれど、ここまで怯《おび》えられるのは尋常ではない。

「チッ、鬱陶しいな。…だがまずは、こっちが優先か」

ゼオは無造作に右手を一振りした。すると今にも稲妻を降らせようとしていた暗雲が綺麗《きれい》に消え去り、澄んだ青空が広がる。

奇跡は、それだけでは終わらなかった。

「う……」

「…これは…、…何が？」

倒れていたザカリアスとシルヴェストが起き上がったのだ。

ザカリアスの動きはいつもと変わらずなめらかだし、シルヴェストにいたっては火傷が全て治っている。呼吸も問題無さそうだ。

ゼオは満足そうに腕を組んだ。

「炎の純種に、光の純種か。なかなかの獲物を捕まえたな」

「……ニカ!?」

何が起きたのかわからずにいた二人が、ゼオを視界に捉えて叫ぶ。

ゼオとニカを間違えるなんて、よほど混乱しているのか。心配になったニカだが、ゼオは何《な》故《ぜ》か胸を反らして、呵々《かか》と嬉《うれ》しそうに笑った。

「じじい、いいぞ！　そうじゃなきゃ俺の可愛い孫は任せられねえ！」

「…祖父さん、あんた、何を言って…」

祖父の言うことがほとんど理解出来ない。

それ以前に、どうして山小屋から消えたはずのゼオが剣から現れたりするのか。何故エミディオ王はティークの猟師に過ぎないゼオをこれほど怖れるのか。エミディオ王の魔術を破り、ザカリアスとシルヴェストを癒やしてくれた力は何なのか。

山ほどある疑問をぶつける前に、エミディオ王が震える指でゼオを指した。

「そそそ…っ…、そなた、どうして……」

「どうしてもこうしても、言っただろ。……呪いが解けたからだよ」

ゼオはふんと鼻を鳴らし、エミディオ王に向かって手を突き出す。

すると苦悶の表情を浮かべたエミディオ王の身体から白く輝く光の球が飛び出し、ゼオがきゅっと拳《こぶし》を握るのに合わせて砕け散った。

「ぎゃあっ……」

「…う、…ぐっ？」

苦痛の呻《うめ》きをこぼしながらくずおれたのは、エミディオ王だけではなかった。心臓が破裂したのではないかと思うほどの圧迫感に襲われ、ニカは胸を押さえる。

「ニカ！　…くそ、貴様何をした⁉」

「じっとして…今、光の癒やしを…」

我に返ったザカリアスがニカに駆け寄り、シルヴェストが癒やしの光術を発動させようとする。だがニカは首を振った。

「だい、…じょうぶ、だ」

今、自分の身に起きているのは悪い変化ではない。在るべき姿に戻っているだけだと、脈打つ心臓が…全身を巡る熱い血潮が教えてくれるから。

やがて完全に胸の圧迫感が消え、まぶたを開けると、驚くべき変化が起きていた。エミディオ王の髪が、漆黒に染まっていたのだ。

黒は魔力を欠片《かけら》も持たない者の色であり、黒髪の貴族は存在しない。もし万が一貴族家に黒髪の子が生まれれば、存在を伏せられ、産声を上げる前に始末される。

王国で最も尊ばれる白金色から、忌《い》み嫌われる黒へ。一瞬で変化してしまった髪をわななく手で摑《つか》み、エミディオ王は絶叫した。…ニカに向かって。

「か、か、返せえええええ！　祝福を、余に返せ！」

「……、何……？」

戸惑うニカに、シルヴェストが光術で鏡面を素早く作ってくれる。

鏡の中の自分の髪は見慣れた茶色ではなく、白金色に染まっていた。ダリオの映像魔術に記録された時よりも、まばゆさを増して。

「これが…、…俺か…」

違和感は無かった。むしろこちらこそが本当の自分なのだと、素直に信じられる。

「呪いが解けた今、誰に祝福を与えるかは俺の自由。…てめえにはその姿がお似合いだ」

「う…、…ううう、ううっ…」

ゼオが吐き捨てると、エミディオ王は何度も転びそうになりながら立ち上がり、両手を掲げる。

「万雷よ！」

あらん限りの声を張り上げても、そよ風すら吹かない。高みを飛んでいく鳥のさえずりが、虚《むな》しく響く。

「雷よ！　旋風よ、…風よ…、…何でもいい、応えてくれ……！」

エミディオ王は地団太を踏み、諦《あきら》め悪く何度も叫んだが、何も起きることは無かった。やがて心臓を押さえながら倒れ、二、三度けいれんした後、動かなくなってしまう。素早く駆け寄り、脈を取ったザカリアスが無表情に首を振った。

「てめえの祖先が代々やらかしてきたツケを払っただけだ。恨むんなら、俺を呪いやがったあのクソ王を恨むんだな。…さて」

ニカに向けられたゼオの眼差しは、エミディオ王とは比べ物にならないくらい温かかった。育ての親であり、狩猟と剣の師匠でもある祖父。老いてなおかくしゃくとした姿はあの別れの日と変わらないが、今ははっきりと感じ取れる。

…ゼオの中にある、人間とは決定的に違う何かを。

「ありがとな、ニカ。お前のおかげで自由になれた」

「…あんたは…、祖父さんじゃないのか？」

「そうとも言えるし、違うとも言える。少なくとも、お前を育てたのは間違い無くこの俺だ。

…そこの二人は、もう察しがついてるんじゃねえか？」

面白がるように聞かれ、ザカリアスとシルヴェストは顔を見合わせた。代表して口を開いたのはシルヴェストだ。胸のロザリオをしゃらりと鳴らし、恭しく一礼する。ザカリアスも騎士の礼を取った。

「では、申し上げます。…貴方様は我が国を守護せし偉大なる存在、聖神イシュティワルド様であられますか？」

ゼオは我が意を得たりとばかりに笑った。

「──その通りだ」

それからイシュティワルドの口から語られたのは、三百年前のトラウィスカ建国の経緯だった。ただし現在まで伝わっている歴史とはまるで違う。

「そもそも俺はノウムとやらの守り神なんかじゃなかった。この土地を守護する土地神だったんだ」

この土地に住まう人々…ニカの遠い祖先のティークに祀《まつ》られ、彼らのつつましくも幸せな生活を守り、自然の営みと調和を保つ。それがイシュティワルドの使命だった。だが攻め込んできたノウムによって、イシュティワルドの運命も大きくねじ曲げられた。

ノウムの首領――後のトラウィスカ初代王は大陸に伝わる呪術を用いてイシュティワルドを捕らえ、王しか場所を知らない王宮の一画に閉じ込めたのだ。

初代王はイシュティワルドから人間の心臓に当たる核を奪い、弱体化させると、剣に変化させた核を忠実な臣下に保管させることにした。その臣下こそ最初の聖皇であり、後の聖教会の始まりだ。

初代王に倣《なら》い、歴代の王はイシュティワルドから魔力を搾取《さくしゅ》し続けた。王族の髪が白金色なのは先天的なものではなく、イシュティワルドから吸い取った魔力による影響である。

直系の王族は生まれてすぐ王からイシュティワルドの魔力を与えられ、髪が白金色に染まるのだ。傍系の王族に白金色の髪が生まれないのではなく、権力の拡散を怖れた王が直系にしかイシュティワルドの魔力を与えなかっただけである。

好きな時にイシュティワルドから魔力を奪える王は、その膨大《ぼうだい》な魔力でもってトラウィスカの版図を拡《ひろ》げ続けた。

しかしいくら神といえども、三百年にわたり魔力を吸い上げられれば弱ってしまう。核を奪われていては、己を閉じ込める結界を破ることも出来ない。

エミディオ王が王位に就いた頃には、イシュティワルドの魔力は全盛期の半分以下まで落ち込んでいた。当然、奪える魔力は激減する。

かろうじて世継ぎのフェルナンドだけは白金色の髪にすることが出来たが、フェルナンドの次の世代は厳しいかもしれない。イシュティワルドの存在は歴代王のみに伝えられてきた秘密のため、誰かに相談するわけにもいかず、エミディオ王は悩んだ。

その末に思い付いたのが他国を侵略し、他国の土地神をイシュティワルドの代わりにすることだったのだ。

実はかつての初代王も、祖先が故国で捕らえた神を閉じ込め搾取していたのだが、その神が力尽きて消滅してしまったため、イシュティワルドの守る土地に攻め入ってきたのである。一度味わってしまった繁栄という名の甘い蜜は、簡単には忘れられないらしい。

だが神の捕獲などそうたやすいことではないし、全ての土地に神が存在するわけでもない。新たな神の捕獲は成らず、エミディオ王は魔力だけをすり減らしていった。

そこで己を閉じ込める結界に緩みが生じたのを見逃さず、イシュティワルドは最後の力を振り絞って脱出したのだ。大教会の宝物庫から、今や聖剣と呼ばれる己の核を盗み出して。聖皇は大教会の警備を破れる者など居ないとたかを括《くく》っているし、エミディオ王にいたっては王位継承の儀式でイシュティワルドの姿を見て卒倒してしまったから、聖剣の形すら覚えていないはずだ。

しかし逃げたはいいものの、搾取され続けてきたイシュティワルドは弱り切っていた。結界を破るのにかなりの力を使ってしまったせいで、すぐに消滅してもおかしくないほどに。

だが強烈に惹《ひ》かれる何かを感じ、王都からそう遠くないとある山の中に降り立った。そこで見付けたのが――。

「……お前だよ、ニカ」

イシュティワルドは懐かしそうに頬を緩ませた。


「……俺、……？」

そう言われても、何の心当たりも無いはずだった。

だが頭の奥にじわじわと、遠い記憶が滲《にじ》み出てくる。荒れた地面に座り込み、泣きじゃくる幼い自分。その前には血まみれになって倒れたゼオと、樋熊の骸。

イシュティワルドは頷《うなず》いた。

「…たぶんゼオはお前を守るために樋熊と戦い、相討ちになったんだろう。お前を一目見た瞬間、俺はすぐに悟った。お前の中に流れる王族の血に導かれ、ここまで来たのだと。憎んでも憎み足りない一族とはいえ、ずっと共に在ったことに変わりは無いし、呪いも解けたわけではないから、引き寄せられちまったんだろうな」

「じゃあ…、あんたはそれから祖父さんに化けて、俺を育ててくれたっていうのか？」

ニカ自身は知らなかったとはいえ、あのエミディオ王の子なのだ。三百年もの間自分を閉じ込め搾取してきた一族の子のために、どうしてイシュティワルドはそこまでしてくれたのか？

「俺は化けてなんかいねえ。正真正銘、この姿が俺自身だぞ」

さらりと返され、つかの間、ニカは言葉を失った。

この姿がイシュティワルド？　ゼオがたまたまイシュティワルドとうり二つだった？　そんな偶然があるのか？

「俺はな、ニカ。決まった姿を持たねえ神なんだ」

混乱するニカを慈しむように、イシュティワルドは微笑《ほほえ》んだ。何故か両横でザカリアスとシルヴェストが頰を染める。

「心清き者が見れば『その者が最も愛する者の姿』に見え、逆に心醜い者が見れば『その者が最も怖れる者の姿』に見える。…なあ？」

そうだろう？　と同意を求められ、ザカリアスとシルヴェストは珍しく口ごもったようだった。神の気配に圧されたか、渋々と口を揃《そろ》え『はい』と答えるが、イシュティワルドはそれだけでは許さない。

「言ってみろ、お前たちには、この俺が誰に見えている?」

しばしの逡巡《しゅんじゅん》の後、二人は観念したように口を開いた。

「……ニカだ」

「……ニカです」

じわ、とニカは頬が熱くなるのを感じた。イシュティワルドがニカの姿に見えたということは、二人にとって『最も愛する者』がニカであるということだ。

エミディオ王があれほど怖れおののいたのは、その心が醜いがゆえ、『最も怖れる者の姿』に見えたからだったのだろう。いったい何に見えたのかは、王自身に聞かなければわからないが。

そしてニカには、イシュティワルドがゼオに見えているということは。

「初めて俺を見た時、お前は『じいちゃん』と呼んだんだ。怖がる素振りも無かった。だからわかった。お前はあの一族の血を引きながら、清らかな心の主なのだと。俺は一縷《いちる》の希望を抱き…幼いお前に問いかけた。『お前は私に何を望む?』と。するとお前は…」

「『じいちゃんは、じいちゃんだ。ずっと、一緒に居てくれればいい』」

滲み出る記憶をたどりながら答えれば、イシュティワルドはくしゃりとニカの髪を撫《な》でてくれた。その節くれだった指も温《ぬく》もりも、ニカ自身が作り上げているものとは思えない。

「そうだ。お前が俺に求めたのはそれだけだった。だから俺はゼオの骸をひそかに葬り、お前からゼオの死に際の記憶を奪い、ずっとお前の傍に居た。…呪いを解くために」

初代王がイシュティワルドにかけた呪いは、王の血を引く者が望む限り、魔力を与え続けなければならないというものだった。だがどんな呪いにも、解除条件が存在する。

「『共に在る王族が十年間魔力を搾取せず、俺から申し出ても魔力を欲しない』。それが俺にかけられた呪いの解除条件だった」

「…何とも、いやらしい条件ですね」

シルヴェストが眉を顰《ひそ》めるのも当然だ。魔力を搾取するために閉じ込めている王族が、イシュティワルドから魔力を十年間も奪わないなどありえない。イシュティワルドの秘密を知らされていない王族であっても、イシュティワルドから無限の魔力が引き出せると教えられれば必ず欲するだろう。

「そうだ。王宮に閉じ込められている限り、成就するはずのない条件だった」

「だが王族でありながら何も知らないニカなら、成就の可能性はじゅうぶんにある。…貴方はそう考えたんだな」

ザカリアスのおかげで、ニカもイシュティワルドの…祖父だと信じていた存在の目的がわかってきた。ずっと傍に居て育ててくれたのは、解除条件を成就させるためだったのだ。

ニカにとっては唯一の肉親でも、イシュティワルドにとっては…。

「最初はそうだった。…だが呪いの解除なんて、すぐに忘れちまったよ」

優しい声音に顔を上げれば、かつてないほど優しい眼差しのイシュティワルドと目が合った。

「三百年の間、魔力だけを求められ続けてきた。だがお前は俺に愛情だけを求め、それ以上の愛情を返してくれた。…いつの間にか俺は、自分の意志でお前の傍に居たいと願うようになっていた」

「イシュ…、…祖父さん…」

共に過ごした日々の記憶が頭を駆け巡る。

村の子どもたちに仲間外れにされた時に木彫りの動物をこしらえて慰めてくれたのも、肩車をしてくれたのも、誕生日に不器用ながらも焼き菓子を作って祝ってくれたのも、本当の祖父ではなくイシュティワルドだったのだ。

今にして思えば、決して村に下りようとしなかったのは人嫌いのせいではなく、イシュティワルドの特性ゆえだったのだろう。

イシュティワルドがゼオに見えているのはニカだけだ。他の村人の目にはそれぞれまるで違う人物に見えるのだから、大混乱に陥ってしまう。

「王族は憎いが、お前だけは愛おしかった。お前になら本当の祝福を授けてもいいと思うほどに。…だからお前がティラを追って王都へ行くと言い出した時、賛成したんだ。お前に惹かれ絡み付く強力な存在が見えたからな」

「強力な、存在…」

もしやと思い両横を見ると、イシュティワルドは頷いた。ザカリアスとシルヴェストは困惑と納得が入り混じったような、複雑そうな表情をしている。

「そいつらくらい強力な者に守られれば、お前は本来在るべき場所へ戻れるだろう。それこそが王族どもには最高の復讐《ふくしゅう》になる。…そう思ったのさ」

イシュティワルドは出立するニカに祝福を与え、他の者にばれないよう封印を施してから送り出した。そしてすぐに自分も山小屋を出て、ニカに与えた剣に宿り、ずっと見守っていたのだという。

ニカは握ったままだった剣をかざした。

「じゃあこれは、本当に聖剣なのか？」

「いや、それは正真正銘ゼオの形見だ。山小屋に残されていたのを俺が見付けた。大切に仕舞われていたから、きっとお前が大きくなったら譲ってやるつもりだったんだろう」

目の奥がつんとした。ゼオが決して村に下りなくなったのはニカが六歳になった頃だったから、その頃に本物のゼオは亡くなったのだろう。ニカを守るため、樋熊と相討ちになって。

正直言って、本物のゼオの記憶はほとんど無い。けれど本物のゼオも確かにニカを大切に慈しんでいてくれたのだと信じられる。

「本物の聖剣…俺の核はすでに俺と同化している。だが俺が宿っていたせいで、そいつの探知機に反応したんだろう」

「……なるほど、聖剣は盗み出されたのではなく、正しい所有者のもとに戻ったと、そういうことでしたか」

シルヴェストが右手の指輪を見て呟《つぶや》いた。

嵌《は》め込まれた石はかつてニカが目撃した時と同じ、血のような深紅に染まっている。聖剣そのものであるイシュティワルドが顕現したせいだろう。

……うん？　ならどうしてあの時、探知機は紅く変化したんだ？

ザカリアスとシルヴェスト、両方から手伝いを望まれたあの時はまだ、イシュティワルドは剣の中にひそんでいたのに。二人も同じ疑問を抱いたはずだが、唇をゆがめるだけで何も言わない。

「そして、ニカ。さっきお前が聖剣を拒み、自らの手で未来を切り拓くことを選んだ瞬間、呪いは完全に解けた」

イシュティワルドは晴れやかに笑った。見慣れた祖父の顔がまぶしいくらい神々しい。

ザカリアスとシルヴェストにはどう見えているのだろう。悩むニカに、祖父の姿をした神は問いかける。

「俺を恨むか？」

「…何故？」

「呪いを解くためとはいえ、俺はお前を騙《だま》していた。…お前に本当の祖父が死んだことさえ知らせず、育ててしまった」

ニカは手にした剣に目を落とし、首を振った。

「恨めるわけがない。長い間ずっと一緒に居て、育ててくれたのはイシュティワルド、あんたなんだ」

両横の二人が固唾《かたず》を飲んで見守る気配を感じるけれど、イシュティワルドから目が離せなかった。少しでも答えを間違えれば二度と会えなくなる。そんな予感がしたから。

「本物の祖父さんもあんたも、俺の大切な家族だ。今までも、…これからもずっと一緒に居て欲しい」

「ニカ、……」

泣いているような、笑っているようなイシュティワルドの顔に一瞬、ゼオではない誰かの面影が重なった。ザカリアス…それともシルヴェスト？ 全く似ていないはずなのに、どちらなのかわからない。

「——ここに、新たな誓約は成された」

イシュティワルドが宣言した瞬間、ざっ、とザカリアスとシルヴェストがひざまずいた。

いったい何が起きたのか。ぽかんとするニカの肩を抱き、イシュティワルドはもう一方の手を高々と掲げる。

「我、イシュティワルドはニカが望む限り傍に在り、トラウィスカを守護すると誓う！」

イシュティワルドの手から太陽よりまばゆい光がほとばしった。

そこから先は、嵐のようにめまぐるしく時が過ぎ去っていった。

イシュティワルドの放った光がやむと、王宮に伺候していた貴族や使用人たちが泡を喰って駆け付けてきた。エミディオ王が雷を降らせた時、第二騎士団の区画で騒ぎが起きていることに王宮の人々も気付いたのだが、不可視の壁に阻まれ誰も近寄れなかったのだという。イシュティワルドの仕業だろう。

エミディオ王と王太子フェルナンドの変わり果てた骸を見ても、七割ほどの者は取り乱しも悲しみもしなかった。イシュティワルドの宣言は王宮内にくまなく響き渡り、地下の倉庫で働く最下級の使用人たちの耳にまで届いたのだそうだ。

残る三割はイシュティワルドを目撃した瞬間卒倒したり、絶叫して逃げ出そうとしたので捕縛された。イシュティワルドの姿が最も恐れる者に見えたということは、その者の心が醜い証拠であり、何らかの後ろ暗いところがあるということだからだ。

彼らを捕縛したのはアベルやシモンをはじめとする第二騎士団の団員たちだった。

ニカの警告でとっさに伏せた彼らは虫の息ながらもかろうじて生き延びており、イシュティワルドの治療のおかげで回復したのである。これであいつらは死ぬまでお前の下僕だな、とイシュティワルドは嬉しそうに笑っていた。

崩壊した区画からひとまず王と王太子の骸だけを運び出し、他の骸の回収や片付けなどは後日に回されることになった。霊廟《れいびょう》に運ばれたエミディオ王とフェルナンドの葬儀も後回しだ。仮にも一国の王と王太子の葬儀が後回しなど、普通はありえないことなのだが、異議を唱える者は居ない。もっと重要かつ優先順位の高い行事が控えていたのだから。

そう——新たな王の入城である。


「即位おめでとうございます、ニカ陛下。我ら騎士団総員、衷心より忠誠を捧《ささ》げ、王の剣、王の盾として王国を守ることを誓います」

「聖教会からもお祝い申し上げます。長らく聖教会は王宮と並び立って参りましたが、これよりは何事もニカ陛下の御心に従うことを誓います」

どこもかしこも豪奢《ごうしゃ》な王宮の、王の部屋だというひときわきらきらして落ち着かない部屋に案内され、一人で待たされること二時間ほど。ようやくザカリアスとシルヴェストが戻ったかと思えば揃ってわけのわからないことを言い出し、ニカの頭は真っ白になった。

「……陛下?」

しばらくしてようやく口を開くと、二人は神妙な面持ちで頷いた。

「今日、愚王エミディオは廃され、陛下がめでたく至高の座に上られました」

「聖神イシュティワルド様じきじきに祝福を授けられた以上、陛下を王と認めぬ愚か者など居りません」

「……やめてくれ、二人とも……」

シルヴェストはともかく、ザカリアスにまで丁寧な言葉を使われた挙句、ひざまずかれているのでは居心地が悪くてたまらない。

よほど情けない顔をしたのか、二人は苦笑するとニカの両隣に座ってくれた。ザカリアスが右、シルヴェストが左だ。

「なあ、俺が王様なんて冗談だよな？」

一縷の希望に懸けて聞いてみるが、二人ともにべも無かった。

「いくら俺でも、こんな時に冗談なんて言わないさ」

「王になれるのは貴方だけなのです。貴方が玉座を拒めば、トラウィスカは崩壊の道を進むことになるでしょう」

愕然とするニカに、二人はニカを待たせていた間の行動を教えてくれた。

まずはザカリアスだ。

ザカリアスは復活した第二騎士団員たちと共に第一騎士団を強襲し、第一騎士団長及び近衛《このえ》将軍に地位を放棄させると、新たな騎士団の長として第一層の貴族邸を制圧して回った。イシユティワルドの宣言は王宮どころか王都全域に届いていたようで、ほとんどの貴族家は無抵抗のまま大人しくニカを新たな王として認めたそうだ。

その中にはザカリアスの実家アルリエタ家も含まれるが、ザカリアスが乗り込んだ時、正妻は半狂乱になってザカリアスを殺そうとしたらしい。しかしザカリアスからマルコスの死を、ザカリアスの父から離縁を突き付けられると、魂が抜けたように大人しくなった。

新王の不興を買うことを怖れた実家に絶縁された彼女は、ザカリアス暗殺の容疑で牢《ろう》に送られたという。いずれ政情が落ち着けば司直の裁きを受けることになるだろう。一切の後ろ盾を失い、平民となった彼女に下されるのは死罪しかありえないが。

それからもザカリアスは淡々と任務をこなし、抵抗した貴族の監視と王宮の警備を部下に任せ、ニカのもとに戻ったのだ。

次にシルヴェスト。

シルヴェストはザカリアスと別れた後、大教会に向かった。自分を裏切った聖皇とその一派を捕らえ、聖教会の実権を握るためだ。ザカリアスと違い手勢を率いてはいなかったが、何の問題も無かった。

イシュティワルドの宣言が大教会にも届いていたから――ではなく、イシュティワルド自身がシルヴェストに同行していたからである。

『ば、…ばば、化け物おおおっ…』

聖皇にイシュティワルドが謁見の間に現れるなり皇座から転がり落ち、泡を吹いて失神したそうだ。聖剣の盗難を隠し通した上、シルヴェストを陥れようとした男の心が清らかであるわけがなかった。

『よどみきった空気を綺麗にしてやらねえとな』

イシュティワルドは聖皇をさんざん足蹴《あしげ》にし、全ての魔力を奪い取ると、宝物庫のある区画を破壊し尽くしたという。長きにわたり自分の核が囚《とら》われていた場所だから、存在することさえ許せなかったに違いない。

反シルヴェスト派の大司教はすでに死んでいる。イシュティワルドを見ても取り乱さなかった者——清らかでまともな心を持つ聖職者たちは、本物の神に従うシルヴェストを神の代弁者として認めた。

「…そうして私は聖教会の掌握に成功し、戻ってきたというわけです。イシュティワルド様のおかげで、全てが怖いくらい上手《うま》く運びました」

「祖父…、イシュティワルドは一緒じゃないのか？」

「しばらく大教会に留《とど》まるとの仰《おお》せです。その方がお前たちにとっては都合が良かろうと」

……都合が良い？　何が？

首を傾《かし》げると、左右からそれぞれの手を握られた。

紫と紅。握り締める手よりも熱い眼差しに射られ、一瞬、ニカはここが王宮であることを忘れる。

つい昨日まで、ザカリアスの邸で二人に挟まれ、抱かれていたのだ。二人がかりで与えられる熱が肌の下によみがえる。

「――ニカ、愛している。君が王族だったからじゃない。君の残酷なまでに無垢《むく》で澄んだ心に、どうしようもなく惹かれたからだ」

「貴方に出逢《であ》って初めて、何かに焦がれる気持ちを知りました。貴方の傍に居られるのなら、この目も、心臓さえも抉《えぐ》り取られても構いません」

ザカリアスの邸でも毎日捧げられていた告白は、ますます熱を帯びている。両側から見詰められているだけで、焼かれてしまいそうなくらいに。

もう逃げきれない。決断の時が訪れたのだ。これからの人生を、誰と共に歩むのか――。

「…だから俺を騙してまで、王の落胤《らくいん》として皆に認めさせようとしたのか。俺がどこにも行けなくなるように」

「そうだ」

迷い無く認めるザカリアスに、シルヴェストが続けた。

「ダリオが自爆魔術を発動させた瞬間、別の魔術も発動した気配をかすかに感じました。ザカリアスに相談したところ、おそらく猜疑心《さいぎしん》の強い正妻が暗殺の成功を見届けるため、映像魔術を仕込んでいたのではないかと――

そこで二人はニカが王族であることがマルコスに、そしてマルコスを通じてフェルナンドや大司教にまで伝わり、好機到来とばかりに動き出すと見通した上で暗躍していたのだ。さすがの二人も、大司教たちがニカの剣を聖剣だと信じ込んでしまったことや、イシュティワルド自身の降臨までは想定外だったようだが。

「……幻滅したか？」

「騙したこと、危険な目に遭わせてしまったことは申し訳無いと思っています。ですが私たちには、これ以外、貴方を留めておく手段が見付からなかった」

握り締める左右の手にぐっと力がこもる。口先では殊勝な台詞《せりふ》を吐きながら、ニカが逃げることを許すつもりなど欠片も無いのだ。

王宮という豪奢な鳥籠《とりかご》を用意し、どこにも飛び立てないよう四本の腕でがんじがらめにする。その周到さ、煮詰めすぎてどろどろになった蜜のような執念を捧げてくれるのは、大陸じゅう捜しても二人しか居ない。

……ああ……。

満たされる。満ちていく。

空っぽだった心の虚《うろ》が、なみなみと。

「――俺は、欲張りなんだ」

左右の手を握り返すと、二人ははっと目を見開いた。ニカが拒み通すとでも思ったのだろうか。二人のことだから、その場合に備えて準備は整えてあるのかもしれない。…ニカを玉座に縛り付け、逃がさないための。

その執着にぞくぞくするニカの本性を、イシュティワルドは見通していたのか。

「ザカリアスも、シルヴェストも。…俺を満たしてくれる二人とも、俺のものにしたい」

「ニカ……」

ニカは異口同音に呟く二人に微笑み、それぞれの手に指を絡めてから口元に引き寄せ、順番に口付けた。

「…イシュティワルドに気付かされたんだ。俺はティラを大切に思ってはいても、異性として愛しているわけじゃなかったんだって」

イシュティワルドは見る者によって姿を変える。ニカにはゼオに見えたのなら、ニカにとって最も愛する存在は祖父ということだ。本当にティラを生涯の伴侶に望むほど愛していたならば、ティラに見えていなくてはならなかったのに。

「ティラに無事であって欲しい気持ちは変わらない。…でも、あんたたちが俺のために命を投げ出そうとした時、心が張り裂けそうになった。もしあのまま二人が死んじまったら、俺も、…俺も、きっと…」

——生きてはいられなかったと、思う。

最後まで続けることは出来なかった。素早く手を解《ほど》いたザカリアスに、軽々と担ぎ上げられてしまったせいで。

無表情のまますたすた歩き出すザカリアスにシルヴェストも続き、奥の扉を開ける。その先は寝室だった。中央に置かれているのは、ザカリアスの邸で使っているものよりさらに一回りは大きなベッドだ。

その真ん中にニカを下ろすと、ザカリアスは手早く服を脱いで裸になった。続けてシルヴェストも生まれたままの姿になり、ザカリアスと共にベッドに乗り上がってくる。

「ここに誓う。俺は…ザカリアス・アルリエタは命ある限り、身も心もニカのものだと」

「神と貴方に誓います。シルヴェスト・カルデナスの血肉も魂も、ニカに捧げると」

真摯《しんし》に手を取って誓う二人に、また虚が満たされた。炎を纏った獅子と、まばゆい光の御使い。この二人を捕らえておくために、玉座が必要だというのなら。

「…誓いを受け取る。今日からあんたたちは俺のものだ」

応えたとたん押し倒され、裸に剝かれた。四つん這いにされ、期待に胸が高まる。二人がかりで犯されるのは、処女症状を治めてもらって以来だった。

「…っあ、…な、…に？」

冷たくぬるついたものが割り開かれた尻のあわいに触れ、ニカはびくんと背を震わせる。肩越しに振り返れば、ザカリアスが見慣れない小瓶《こびん》を逆さまにし、とろみのある中身を垂らしているところだった。

「大丈夫。貴方の身体を楽にしてくれるものです」

前に回ったシルヴェストがニカの髪を撫でてくれる。その言葉の意味はすぐにわかった。ぬるりと液体を塗《ぬ》り付けられるだけで蕾《つぼみ》がざわめき、熱を孕んだのだ。

「あぁ、…っ…」

ぐちゅん、と潜り込んだ長い指が媚肉《びにく》を抉る。もっと強い刺激が欲しくて、自然に尻が揺れてしまう。すっかり二人の愛撫《あいぶ》に慣らされてしまったニカだけれど、こんなのは処女症状が治まってからは初めてだった。

シルヴェストの口振りからして、たぶん瓶の中身に媚薬のたぐいが含まれているのだろう。ここはあのエミディオ王の寝室だから、そんなものがあってもおかしくはない。

……でも、どうして……。

媚薬なんて無くても、今のニカなら太いものを銜《くわ》え込めるのに。疑問が伝わったのか、ザカリアスが根元まで指を埋めながら笑う。

「今日はいつもより念入りに解《ほぐ》しておかないとならないからな」

「ええ。…いくら貴方でも、壊れてしまうかもしれませんからね」

微笑むシルヴェストの股間《こかん》のものはすでに熱く反り返り、雄の匂いをまき散らしている。き

[illegible]のザカリアスの雄もまた[illegible]収まるべき鞘を求めて打ち震えているだろう。

そんな状態になればすぐにでもニカを貫くのが常だったのに、わざわざ媚薬を用いてまで解すなんて…。

「あ、あっ、あぁ…っ！」

理由を閃《ひらめ》いた瞬間、指を銜えただけで勃起《ぼっき》していた性器が白い飛沫《しぶき》をまき散らした。二人も予想外だったのか、前後から驚きの気配が伝わってくる。

「……なんて締め付けだ」

熱っぽく囁《ささや》き、ぐちゅり、とザカリアスは二本目の指を突き入れた。根元まで埋め、媚肉をいやらしくかき混ぜる。怒張した雄をぴたぴたとニカの太股に押し当てて。

「これを入れてたら、持たなかったな。搾《しぼ》り取られちまってた」

「さすがの貴方も、死にかけて弱りましたか？」

シルヴェストが物欲しそうなニカの口に指を咥えさせながらからかえば、ザカリアスは心外そうに反論した。

「馬鹿言え。お前だって持たないに決まってるさ。…何なら替わってみるか？」

「遠慮しておきますよ。ニカはこっちのお口も欲しがりですからね」

シルヴェストの言う通りだ。粘膜をなぞられるだけで快楽を得る口は、一度与えられた指を決して逃すまいと喰い付いてしまう。

本当なら指なんかじゃなく、もっと太くて熱い、喉奥をごりごりと突いてくれるほど長いものを頬張りたいけれど…。

「…これから何をされるのか、わかったのですね？」

少しでも感じるところに当てようと、じゅぷじゅぷと顔を上下させながら雄をしゃぶっていると、シルヴェストが顔を近寄せてきた。…美しい。熱に溶けかけた頭でも、素直に感嘆してしまう。

「う…、…んっ、……」

舌の付け根のあたりを撫でられ、快感に震えてしまったせいでうまく答えられなかったが、二人にはちゃんと伝わったらしい。

「…そうだ。君のここで、俺たちを一緒に受け容《い》れてもらう」

三本に増やした指を、ザカリアスは腹の中でばらばらに動かす。媚薬のおかげでいつもより柔らかく解れた媚肉はうねうねと拡がり、早く貫いて欲しいとねだる。

「貴方が私たち二人を望んだのですから、当然ですよね？」

口蓋を指先で執拗《しつよう》になぞりながら、シルヴェストは今にも弾けてしまいそうな雄を決して突き入れようとしない。

「ふ…ぁ、あ、ああ……」

この腹に包まれたらど――想像するだけでまた射精しそうになった。限界以上に拡げられた…いれし込まれる二本の太い雄を。

魔力に富んだ二人はただでさえ精力が強く、一人に抱かれる時さえ腹が破れてしまいそうで恐ろしくなるのに、二人同時ならどうなってしまうのか…。

「…っ…、ニカ…」

恍惚として頷くと、シルヴェストの顔に飢えた獣にも似た表情が過《よ》ぎった。慈悲深い聖職者の仮面の下に獲物を喰らい尽くす獣が隠れているなんて、ニカ以外の誰も知らないだろう。

「もう、…我慢出来ない」

ぎりっと歯を軋《きし》ませ、ザカリアスはニカの中から指を引き抜いた。

シルヴェストも続き、銜えるものを失ったニカはどさりとベッドに崩れる。尻のあわいから覗《のぞ》く蕾に、紅と紫、二対の双眸《そうぼう》が熱く注がれる。

……満たされる、のか。

二人に。一つの孔を。

じりじりとにじり寄ってくる二人の雄は、どちらもこれまでに犯されたどんな時より凶悪に猛《たけ》り狂っている。一人だけでもつらいだろうに、二人もなんて。

なんて――最高なのか。

「……ザカリアス、シルヴェスト」

そっと手を後ろに回し、指で蕾を拡げてみせた。二対の眼差しに炎が灯り、ずん、と空気が重くなる。二人の魔力が暴走しかけているのか。

ニカはにっと笑い、上半身をくねらせた。触れられてもいないのに勃起した乳首と、火照《ほて》った肌で挑発してやるために。あの時は本気で犯し殺そうかと思ったと、二人がしみじみ語ったのは後の話だ。

「来いよ、早く。……俺を、満たしてくれ」

「……っ、……」

二人の口からほとばしったのは人間の言葉か、獣の咆哮《ほうこう》なのか。

理解する間も与えられず、ニカは抱え起こされた。背後からザカリアスに抱え込まれ、前からシルヴェストに両脚を大きく広げられる格好だ。

「…ぁっ、…あ、っ……」

初めての時は一人を呑み込むのさえ苦労した蕾に、二人分の先端が容赦無くあてがわれる。

ぬるりと滑る感触——二人もあの媚薬をまぶしたのだろうか。

「ぐ、…あ、…ああ、あっ…」

前後から二人に持ち上げられた身体が少しずつ落とされていくたび、みしみしと下肢が軋む。

すさまじい痛みも襲ってくるが、興奮しきった吐息を項《うなじ》と鎖骨のあたりに吹きかけられるとすぐ快感に取って代わった。

二人がニカの身を分かち合うことで気持ち良くなっている。その事実に、たまらなくそそら

れる。

「ああ、……あぁ——……っ！」

ぐぷん、と肉の輪の締め付けをくぐり抜けた二本の雄は解された柔襞《やわひだ》をこそぎ、同時に最奥までたどり着いた。

腹が張り裂けそうな圧迫感に、刹那《せつな》、息が止まる。

はくはくと空気を求めうごめく口を、シルヴェストが熱い唇でふさいだ。流し込まれる空気と、魔力を含んだ甘い唾液。媚肉は歓喜にざわめき、二本の雄に絡み付く。

快楽に染まり切った吐息が項をくすぐり、口内にも注がれる。

ニカが味わっている満足感を少しでも二人に分けてやりたくて、ぐち、ぎゅち、と腹の中のものを締め上げた。混ざり合った甘い唾液を啜《すす》り、腰をくねらせながら。

「っ……、シルヴェストは、うまいか？」

ザカリアスがかすれた声で尋ねるのは唾液のことか、腹の雄のことか、はたまた突き上げる腰使いのことなのか。

よくわからなかったけれど、ニカは口をふさがれたまま首を上下させた。どれも美味《うま》くて、上手かったから。

「…おい、シルヴェスト。替われ」

[illegible]笑を漏らし、ザカリアスはシルヴェストの肩を揺さぶる。シルヴェストはしばらく

ニカの口内を貪っていたが、やがて根負けしたように離れた。

「仕方がありませんね。…代わりに、こちらを頂きますよ」

濡《ぬ》れた唇を舐《な》め、シルヴェストがニカの肉茎を握った。ほんの少しだけ精液の溜《た》まった先端の穴に、ぐぷ、と指先がめり込まされる。

「……っ！」

悲鳴は、ザカリアスの唇に吸い取られた。首だけ背後を向かされ、無理な体勢で舌を受け容れさせられる。その間にも二本の雄は互いに擦《こす》れ合いながら狭い腹を犯し、肉茎の穴までも犯されている。

……熱、い……。

裂けそうなくらい拡げられた蕾は執拗に擦られ、腫《は》れて熱を孕んでいた。

嵌められただけで擦り切れてしまいそうなのに、絶対に逃すまいと雄に喰らい付いている。背中をザカリアスに、脚をシルヴェストに支えられ、自分では一切力を入れなくてもベッドに落ちる心配は無い。

「ふ、う、…んっ、ん、んっ」

ありえない感覚に襲われ、ニカは太股をびくびくと震わせた。肉茎の内側の細い管を、何かがじわじわと拡げている。

指さえ入り込めるはずがないのに、いったい何が？

「んー…っ、ん、…ううう…っ…」

見て確かめたいのに、余所見《よそみ》は許さないとばかりに口付けが深くなった。ザカリアスの唾液もシルヴェストに負けないくらい甘い。すぐに意識は蕩《とろ》け、上下の口から与えられる快楽をニカは味わう。

……そう、か。これは。

自らも腰を振るうちに、肉茎の管を拡げるものの正体がわかってきた。…シルヴェストの魔力だ。卓越した制御力で魔力を細長い針状に変化させ、肉茎に潜り込ませている。

「……ニカ？」

喉の震えが伝わったのか、ザカリアスがいったん唇を離す。ふふ、と唾液に濡れそぼった唇から笑みをこぼすと、背後からも息を呑む音が聞こえた。

「嬉しい、から」

故郷の村では、ティラ以外の誰もがニカを遠巻きにした。仲間外れにされたり、虐《いじ》められたわけでもないが、自分は——自分だけは他の誰とも違うのだと思い知らされた。だからこそゼオ以外にたった一人、傍に居てくれたティラに惹かれたのだろう。

でもあれは恋じゃなかった。たとえティラが王都で無事見付かっていたとしても、ニカは結局、彼女の手を離すことになっていたはずだ。だってニカの虚も穴もどこもかしこもふさぎ、ニカを満たしてくれるのはサカリアスとシルヴェストしか居ない。

「二人が、いっぱいで、嬉しい、から」

だからもっと激しくして欲しいと、ねだる必要は無かった。

獣めいた息を吐いた二人が、前後から媚肉をがつがつと穿《うが》つ。二本の雄はニカの中を拡げ、こそぎ、さらに奥へと進んでいく。

二人に捕らわれていてもなお、ニカのしなやかな褐色の身体はがくんがくんと大きく揺れた。まるで嵐に巻き込まれた木の葉のように。

「…ひ…っあ、あ、ああっ、…んっ、あ――……！」

背中と太股をがっちり抱え込まれたまま、腹の中に熱い奔流がぶちまけられた。二人分の精液はあっという間に最奥を満たし、もっと呑み込ませようと二本の雄が下からずちゅずちゅと突き上げてくる。

胃の腑《ふ》までせり上がってきそうな量と、いつまでも続く射精に本能的な怯えを抱くが、屈強な肉体に前後から隙間《すきま》無く挟まれていては逃げられなかった。

ニカに許されたのは魔力に穴をふさがれた肉茎を打ち震わせ、腹が内側から膨らまされていく感覚を受け止めることだけだ。

「…たの、…む…」

前も後ろも尻孔も肉茎さえもふさがれているのに、唯一自由にされている口が寂しい。ふさいで欲しいと舌を突き出してねだれば、まずシルヴェストが叶《かな》えてくれた。

甘い、甘い。抱えられた両脚をゆさゆさと揺すられながら、満たされる悦楽に酔う。

「次は俺だ」

「ふぁ、っ……」

無理やり後ろを向かされ、ザカリアスの唇を重ねられる。呑み込まされる唾液はやはり甘く、腹の中の雄をきゅうんと締め付けてしまった。

前後で悦楽の滲んだ溜息《ためいき》が漏《も》れる。ようやく射精を終えようとしていた雄が大きく脈打つのに合わせ、ぶしゃり、とまた大量の精液が溢《あふ》れた。

「…きりが無いな。このまま一滴残らず搾り取られちまいそうだ」

存分にニカの口内を愉しんだザカリアスが呟く。ぜひそうして欲しくて、ニカは密着した背中を揺すった。口は自由になっていたけれど、喋《しゃべ》るより口付けの余韻《よいん》に浸っていたい。

二人ともニカのものなのだから、きっと願いを叶えてくれると思っていた。

「ザカリアス。…ニカを、しっかり支えていて下さいね」

だがシルヴェストはそう言うと、根元まで嵌めていた雄をずるずると引き抜いてしまったではないか。

「なん、で…」

シルヴェストが離れてしまっても、ずっと開かされていた脚は閉じられない。

もう一本の雄に貫かれた蕾を晒したまま睨めば、膝立ちになったシルヴェストが脚の間に入り込んだ。白い手に持ち上げられたとたん、肉茎をふさいでいた魔力が膨張し、先端の穴を拡げる。

「まだ、ここは一度も満たして差し上げていないでしょう？」

艶《つや》やかに微笑み、シルヴェストは己の雄の先端をニカのそこに密着させた。ついさっきまで放出していたとは思えないほど逞《たくま》しく勃起した雄は、すぐにでもまた射精出来そうだ。

先端同士が口付けているような格好に、ニカは悟る。シルヴェストが何をしようとしているのか。きっとザカリアスも。

「良かったな、ニカ。…前も後ろも、いっぱいになれるぞ」

ザカリアスがシルヴェストの代わりにニカの両脚を拡げる。

口付けた先端同士を肩越しにじっと見詰める気配を感じ、快感の波が走った。…見られてしまうのだ。ありえないところまで満たされてしまう、その瞬間を。

「さあ、ニカ。…こちらでも私を受け容れて下さい」

数度扱《しご》いただけで、シルヴェストの雄は胴震いしながら達した。

発射されたおびただしい量の精液は魔力でこじ開けられた隘路《あいろ》を逆流していく。放出したことしか無いそこに注がれる未知の感覚は、ぐちょぐちょになった腹を揺すり上げられたとたん快楽にすり替わり、嬌声《きょうせい》が溢れた。

「あ……っあ、ああ、あぁぁぁ……！」

とぷとぷと、本来なら尿が溜まるべき場所に精液が流れ込んでくる。

歓喜に全身を震わせれば、体内でたぷりと鈍い水音がした。まだ始まったばかりでこの有様なら、夜が明ける頃にはどうなっているのか。穴という穴は犯され、二人の熱情を注がれ、虚などどこにもなくなっているだろう。

……やっと、見付けた。

ニカは場違いなくらい無垢な笑みを浮かべ、己の腹を撫でた。

「まだ足りない。…もっと、もっとくれるんだろう？」

——この腹が、膨れるくらい。

「…もちろんだ、ニカ」

「私たちは貴方のもの。…私たち以外の何も無くなるまで、満たして差し上げますよ」

紅と紫の瞳をした獣たちが、挟まれた身体を貪り始めた。

エミディオ王と王太子フェルナンドの死が公表されたのは、イシュティワルドが呪いから解放されて二日後のことだ。

すでにイシュティワルドの宣言が末端の庶民に至るまで知れ渡っていたため、混乱はほとんど無かった。人々の期待と関心は戦続きで自分たちを苦しめてきた王や、王と対立するばかりで何もしてくれなかった王太子より、突如現れた王の落胤――新たな王、ニカに集中していたのだ。

ニカがティークの血を引くことや、田舎の山村出身であることも隠されなかったため、純血を重要視する上位貴族たちはニカの即位に猛反対した。ティークの王よりは、白金色の髪でなくても傍系王族の誰かを推戴する方が彼らにとってはまだ受け容れられるのだ。

しかし新たな聖皇となったシルヴェストと王宮騎士団を束ねる将軍となったザカリアス、聖と軍の最高権力者を二人も味方に付け、イシュティワルド直々に祝福を授かったニカに逆らえる者は居らず、最終的には全ての貴族が新たな王に忠誠を誓った。

その後華々しく執り行われた即位式の折、ヴォラス諸侯連合国との和平及び出征していた全ての騎士と兵士の帰還が発表されると、人々の熱狂は最高潮に達した。軍や庶民の間で元々高かったニカ王の人気は、ここに不動のものとなる。

ザカリアス将軍は不正と賄賂《わいろ》の横行により腐りきっていた騎士団をいったん解体し、正しく王の剣たるべく再編成した。

賊より性質《たち》が悪いと忌み嫌われていた警備隊は民の守護者として生まれ変わり、乱れきっていた街の治安は急速に改善されていく。戦地から働き手の男たちが帰還したため、王都に出稼ぎに来ていた者たちもそれぞれの故郷へ引き上げ始めた。王都の活気がトラウィスカ全土に広まるのも、そう遠い日のことではないだろう。

新たな聖皇シルヴェストもまた聖教会の改革を断行した。これまでの聖教会は世俗の権力と結び付いて私腹を肥やすばかりだったが、神の教えを広め、民の心の拠り所《よどころ》となるという本来の正しい姿に立ち戻らせたのだ。

こちらはザカリアス将軍よりも容赦が無かった。何と言っても今の聖教会には聖神イシュティワルド自身が降臨しているのだ。

不正を行ってきた者はどれだけ弁舌や保身に長《た》けていても全ての真実を丸裸にされ、厳しい罰を受けることになった。だが逆に信徒のために尽くしながら不遇をかこっていた者は引き立てられ、その献身が報われたのである。

エミディオ王によって荒廃しつつあった王国は、神の祝福を受けた新たな王のもと、再び発展の道を歩み始める。

新王ニカの最側近にして恋人たるザカリアスとシルヴェストは王宮に住まい、多忙ながらも充実した日々を過ごしていたが、ある日、ニカには秘密で花街の『薔薇《ばら》女神の館』へ微行した。

オクタビアから手紙が届いたためだ。

――ティラの消息が判明した、と。

「…こちらが、見付かった指輪ですわ」

ザカリアスたちを専用の応接間へ通すと、オクタビアはテーブルに銀の指輪を置いた。宝石のたぐいはあしらわれていない質素なものだが、少し黒ずんだ内側には『ニカからティラへ』と彫られている。ニカから聞いていた通りに。

ザカリアスは確認した指輪をシルヴェストに渡し、頷いた。

「確かに、ニカがティラ嬢に贈った指輪に間違い無いようだ」

「…保管状況はあまり良くなかったようですが、どのような経緯で発見されたのですか？」

機密保持のため、手紙には詳しい事情までは記されていなかった。シルヴェストが問うと、オクタビアは聖皇の権威にも人間離れした美貌にも臆さず答える。

「花街の外れにある、小さな娼館《しょうかん》の主人が保管していたのですわ。その主人はここ数か月ほど病で寝付いてしまい、店も息子に任せきりだったそうで、わたくしたちがティラさんを探していることを最近ようやく知ったそうですの」

慌てて指輪と共に名乗り出たその主人によれば、半年ほど前、ティラという娘が主人の娼館で働き始めたそうだ。住み込みで働いていた食堂から性質の悪い男にさらわれ、売り飛ばされてきたのである。

娘はさらわれてきた身だから解放して欲しいと訴えたが、そんな境遇の女など花街では珍しくもないし、大枚はたいて買った娼婦を手放しては経営に差し支える。主人は娘の願いを無視し、働かせ続けた。

それでも隙を見ては逃げ出そうとしていた娘だが、客から病気を移されてしまい、苦しみ抜いた末に亡くなった。

さすがに多少の罪悪感を抱いた主人は娘の遺品のほとんどを処分したものの、娘が最期まで大切にしていた指輪だけは保管していたのだそうだ。もし遺族か恋人の男が現れたなら、渡してやるつもりで。

しかし療養中の経営を任せた息子には伝えていなかったため、これほど遅くなってしまったのだ。

「……ニカが王都に出て来た時には、ティラ嬢はすでに亡くなっていたというわけか」

「彼女は、ニカを裏切ったわけではなかったのですね…」

重い沈黙が落ちる。

ザカリアスに限らず、シルヴェストもオクタビアも…ニカから事情を聞いた誰もが、ティラの裏切りを確信していただろう。信じていたのはニカだけだった。そんなニカを、皆が憐《あわ》れんでいたのだ。

……まさか、こんな結末が待っていようとはな。

ちらと横を窺《うかが》えば、同じくこちらを窺っていたシルヴェストと目が合う。

紫の瞳に過ぎる暗い光に、ザカリアスは確信した。この男も自分と同じ考えだと。

「わざわざありがとう、オクタビア。この指輪は俺が責任持ってニカに渡す」

「事情も私から説明しておきます。ニカはきっと貴方に感謝するでしょう」

指輪を丁寧に仕舞い、ザカリアスとシルヴェストは立ち上がる。今や自分は将軍、シルヴェストにいたっては聖皇だ。花街で目撃されては、何かと差し支える。

「——お二方とも。どうかニカ様を傷付けず、大切になさって下さいませ」

その辺の事情をよくわきまえているオクタビアは引き止めなかったが、二人が応接間を出る間際、強い眼差しで懇願した。聡明《そうめい》な彼女のことだから、ザカリアスとシルヴェスト、そしてニカの関係は察しているだろう。

「……ああ。誓うよ」

「誰よりも、何よりもニカを大切にし、決して傷付けません。…あの子は私たちの宝ですから」

心からの宣言に、花街に君臨する女が何を感じたのかはわからない。ぎゅっと唇を引き結び、見事な淑女の礼で見送ってくれる。

「もしニカを泣かせたら、裏社会が敵に回ると考えるべきでしょうね」

シルヴェストの呟きに、ザカリアスも頷いた。

「そうだな。ニカの即位に際しては、オクタビアが全面的に味方に付いてくれたおかげで助かったが…」

オクタビアは恩人が王となることを心底喜び、裏社会の人間を使って新王に不満を抱きそうな者たちを処分させていった。電撃的な王位継承だったにもかかわらず混乱が最小限で済んだのは、彼女の尽力のおかげでもあったのだ。

話しながら『薔薇女神の館』を出ると、ザカリアスたちは一切の打ち合わせも無いまま、花街の片隅にある小さな家に向かった。万一の場合に備え、ザカリアスが確保してある隠れ家の一つだ。

仕舞っておいたティラの指輪を取り出すなり、シルヴェストの瞳が光った。

圧縮された魔力に息を呑む間も無く、宙に浮かんだ指輪は無数の光の刃によって切り刻まれる。細かな金属の破片と化した指輪は、床に落ちる前にザカリアスが放った炎によって塵《ちり》も残さず焼き尽くされた。

シルヴェストが嫉妬《しっと》まみれの悪鬼のような、壮絶な笑みを浮かべる。きっとザカリアスも同じような顔をしているだろう。絶対にニカには見せられない。

ぱん、ぱん、ぱん。

「っ……！」

突如拍手が鳴り響き、ザカリアスとシルヴェストは身構える。

奥の出窓に、誰かが脚を組んで腰かけていた。唯一の入り口は入った時に内側から施錠したし、窓は鎧戸が下ろされたままなのに。

「見事、見事。やれやれ、女の嫉妬も怖いが、男の嫉妬は幾層倍だな」

とん、と床に降り立った青年はニカだった。少なくともザカリアスとシルヴェストの目にはそう見える。

だが、ニカであるはずがない。ニカは今頃王宮で慣れない政務と格闘しているはずだ。それに二人の愛するニカは、こんなふうには笑わない。こんな、……悪意がしたたるような笑い方は絶対にしない。

ならば、これは。

「……イシュティワルド様」

深く腰を折ったシルヴェストに倣い、ザカリアスもひざまずくと、イシュティワルドは嫌そうに手を振った。

「やめやめ。俺は仰々しいのは嫌いなんだ」

「しかし…」

「神自身《おれ》がいいって言ってるんだから、いいんだよ」

そこまで言われては従わないわけにもいかず、ザカリアスたちは起き上がった。イシュティワルドは二人の周囲を歩きながらじろじろと眺め回し、再び出窓に腰かける。

「……で？　ティラの件、ニカには何て報告するつもりだ？」

相手が神では、言い逃れることは不可能だ。ザカリアスは全身にのしかかる神威の重さに耐え、口を開く。

「ティラ嬢は『山彦亭』の常連客から高額の報酬と引き換えに妾《めかけ》になるよう口説かれ、了承して雇い主に無断でその客のもとへ走ったところ、娼館に売り飛ばされた。その後病死したことが判明したが、指輪はティラ嬢がまだ『山彦亭』で働いていた頃、遊ぶ金欲しさに質に入れてしまい、その後の行方は不明。…そう報告する予定です」

「ふ、……はっはっはっはっ！」

イシュティワルドは途中から顔をゆがめていたが、とうとう笑いを爆発させた。出窓から転がり落ちそうな勢いで身体を揺すりながら笑い続ける。本物のニカなら絶対にやらない行動なだけに、見守る方は複雑な気持ちになる。

「ティラはニカを裏切っていたと、徹底的に偽るか！　何と言う醜悪な心、何と言う執念よ！」

はははは、あはははははっ。

響き渡るのはニカの笑い声だ。探し続けていた幼馴染みの裏切りを、ザカリアスとシルヴェストから告げられるニカの。

「そこまで妬《ねた》ましいか？　憎かったのか？　あの子の心に住み続けていたティラが。…純愛を貫いて死んだなど、許せないのか？」

「畏れながら、…許せないに決まっております」

シルヴェストが答えると、神はますますけたたましい笑い声を上げた。

…ティラに抱いていたのは恋愛感情ではなかったと、ニカは言った。その言葉を疑うわけではない。

だがニカの心には、村で唯一打ち解けてくれた相手としてティラが住み続けているはずだ。王位に就いた今でも彼女が無事見付かることを待ちわびている。そんな時に、ティラは何の罪も無いのに死んだと…最期までニカを思っていたと知らされたら？

怒るだろう。嘆くだろう。

そしてティラは永遠に色褪《あ》せぬ美しい存在として、ニカの心に刻まれてしまう。ザカリアスとシルヴェストさえも手出しの出来ない心の聖域に。

そんなことが——許せるわけがないのだ。

「しかしなあ、ニカもそう愚かな子ではない。そうやすやすと騙されてくれるか？　それにこの俺があの子にお前たちの企《たくら》みをばらすかもしれんぞ」

イシュティワルドがぎゅっと握った手を開くと、そこには消滅したはずの銀の指輪があった。復活した神の力をもってすれば、人工物の再生などたやすいだろう。愛する祖父にこの指輪を渡された上で真実を語られれば、ニカが信じる可能性は高い。

けれど。

「…貴方はばらしませんよ、イシュティワルド様」

シルヴェストが引き結んでいた唇を吊《つ》り上げる。指輪を掌《てのひら》でもてあそんでいたイシュティワルドは、怪訝《けげん》そうに眉を顰めた。

「何故、断言出来る？」

「この探知機ですよ」

シルヴェストは右手をかざしてみせた。その中指には、前聖皇から与えられた探知機の指輪がまだ嵌められている。宝石の色は深紅。イシュティワルド自身が目の前に居るから、正常な反応ではあるのだが。

「貴方はニカが王宮でその存在を知られ、騒動の中心となるべく導いていた。…そうではありませんか？」

イシュティワルドがニカの剣に宿っていたのなら、探知機の反応を操るくらい簡単に出来たはずだ。

ニカはザカリアスとシルヴェストの両方から手伝いに誘われた時、探知機が真っ赤に染まったのが恐ろしくてザカリアスの申し出を受けたのだという。

もしもあの時、ニカがシルヴェストを選んでいたら、ニカは第二騎士団とも王宮の人々とも出逢わなかった。クラウディオと決闘させられることも、そこから生じた因縁によってマルコスと正妻によるザカリアス暗殺に巻き込まれることも、フェルナンドに存在を気付かれることも無かったはずだ。

「…それ以前に、初めて出逢った時、探知機が反応しなければ私はニカを追いかけようとは思いませんでした。あれも貴方の思惑だったのではありませんか？」

何のためかは、言うまでもない。

ザカリアスとシルヴェスト。ニカに焦がれ、ニカを縛り付けるためなら玉座さえも用意してみせる男たちに、ニカを出逢わせるためだ。そもそもニカが故郷の村で遠巻きにされ続け、孤独の虚を抱えることになったのも、人ならぬ存在の気配を村人たちが感じ取っていたからに違いない。

全てが神の掌の上だったとは思わない。だがイシュティワルドの思惑がザカリアスとシルヴェスト、そしてニカの人生を大きく狂わせたのは事実だ。

自分たちは構わない。ニカと出逢い、捕らえられたのは、イシュティワルドのおかげでもあるのだから。

だが、ニカは？

あのまっすぐな青年が、最も愛する存在に謀《たばか》られていたと知ったら——？

「…ったく。これだから人間ってのは性質が悪いんだ。弱いくせに、時々神よりえげつないことを考えやがる」

イシュティワルドが鼻を鳴らすと、その掌から指輪は消え失《う》せた。ザカリアスとシルヴェストを見遣《みや》り、降参、とばかりに手を上げる。

「元からお前たちの関係に口出しするつもりはねえよ。お前たち二人は、ニカには必要不可欠な存在だからな。……今は、まだ」

軽やかに出窓を下り、イシュティワルドは二人の肩を叩いた。目が合った瞬間、蠱惑的《こわくてき》に微笑む。

「だがあの子もいつか、お前たちどちらかを選ぶ時が来るだろう。…さて、選ばれるのは紅い方かな？ それとも金色の方か？ まあ俺はどっちでも構わないがな」

くっくっく、と笑うイシュティワルドからは、ニカに愛されているという絶対的な自信が満ち溢れていた。

欲得ずくとはいえ、この神は十二年もの間ニカと共に過ごしてきたのだ。出逢ってまだ一年にも満たないザカリアスとシルヴェストとは、年季も積み重ねてきた情の濃さも違う。いつかニカがザカリアスとシルヴェストのどちらかを選ぶ日が訪れても、イシュティワルドが捨てられることは無いだろう。

「今から楽しみなことだ。せいぜい醜く足掻《あが》いてくれよ？」

嘲笑《ちょうしょう》したイシュティワルドの姿がふっと消え失せた瞬間、ザカリアスは傍の壁に拳《こぶし》を叩き付けた。シルヴェストは全身からほとばしらせた魔力であたりの調度を粉砕している。

「…危うく殺しそうになるところだった」

「あちらも察知していましたよ。だから早々に消えたんでしょう」

人間相手に後れを取ることは無いが、うっかり反撃してザカリアスたちに怪我《けが》でも負わせればニカを悲しませる。そう思ったからイシュティワルドはさっさと退散したのだろう。どこまでもニカ本位の神だ。

ザカリアスは嘆息し、ぽん、とシルヴェストの肩を叩いた。

「…どうしました?」

「いや、あんなのと日常的に接してるお前はすごい奴《やつ》だと思って」

騎士団を纏めるザカリアスがイシュティワルドと関わるのは、せいぜいイシュティワルドがニカに会いに来た時くらいだが、シルヴェストは職場でずっと顔を突き合わせているのである。ザカリアスならあっという間に胃を痛めてしまいそうだ。

「もう慣れました。…それに、私たちはニカのおかげでだいぶ手心を加えて頂いていると思いますよ。忘れてしまいそうになりますが、私たちノウムはあのお方の守護する土地を征服した者の末裔《まつえい》ですからね」

三百年もの間魔力を搾取され続けてきたイシュティワルドにしてみれば、唯一心許せるのはニカだけだろう。

実際、少しでもニカに反発したり、新王の治世を邪魔しようと企む貴族は容赦無く消されている。文字通り身体ごと消えてなくなるのだ。イシュティワルドは何も言わないが、神でもなければそんな真似《まね》が出来るはずもない。

なるほど、消された者に比べたら確かにザカリアスたちは優遇されている。こうして対等な口を叩いても、生かされているのだから。

納得するザカリアスに、シルヴェストはふっと笑いを漏らした。シルヴェストの父が亡くなる前はよく見ていた、素の表情だ。

「…何だか、昔に戻ったようですね」

「そうだな。俺も同じことを考えていた」

「ですが、もう昔には戻れませんね」

「そうだな。…戻れないな」

これから二人はニカのもとに帰り、ティラの顚末《てんまつ》を報告する。ニカには絶対に明かせない秘密を分かち合う、唯一の共犯者となるのだ。

そして、その後は。

「……行きましょう。ニカが首を長くして待っています」

シルヴェストは笑みを消し、きびすを返す。その隣に並んで歩けるのは…二人でニカを愛せる時間は、あとどれくらい残されているのか。

いつかニカがどちらかを選び、イシュティワルドがどちらかの姿に見えるようになったら、選ばれなかった方は選ばれた方を殺そうとする。選ばれた方はニカを自分だけのものにするため、選ばれなかった者を返り討ちにするだろう。

鮮血に彩られる瞬間は、きっと遠からず訪れる。

だがその日まではニカを愛し続けるのだ。

共犯者にして競争者となった幼馴染みと共に、胸に巣食う暗い妄執を飼い馴らしながら。

あとがき

こんにちは、宮緒葵《みやおあおい》です。キャラ文庫さんからは久しぶりにシリーズもの以外のお話を出して頂きました。お手に取って下さった皆様、ありがとうございます。

シリーズもの以外のお話も久しぶりなんですが、西洋ファンタジー設定のお話も久しぶりでした。数えてみたら、キャラ文庫さん以外を含めても四年ぶりくらい…？　登場人物全員が片仮名の名前というのが久しぶりすぎて新鮮でした。

そしてさらに久しぶりなのが複数攻め…なんですが、キャラ文庫さんではすでに二冊も出して頂いてるんですよね（『二つの爪痕』と『蜜を喰らう獣たち』です。とてもほのぼのとした心温まるお話なので、よろしければ本作と合わせてお読み下さいね）。

特にキャラ文庫さんだからというわけではなく、本当に偶然です。ある日の朝ごはんにフルーツサンドを食べていたら、キラキラ系攻め二人にサンドイッチにされてクリームまみれにされちゃう純朴系受けっていいな…という妄想を思い付き、担当さんにお話ししていたら、じゃあ書いてもいいよ！　とありがたいお言葉を頂いたおかげでした。

今回の主人公のニカは、普段私が書く受けとはだいぶ違うタイプになりました。担当さんに

『いつもと全然違いますよね？』と驚かれたくらいで。出自を抜きにしても、相当高い能力の主だと思います。しかし判断基準が常に『熊より強いかどうか』なので、周囲から寄せられる感情にはとことん疎いのです。たぶん本編終了後でも、王都には熊より強い女が居ると本気で思っています。

ザカリアスとシルヴェストは見た目こそ対照的ですが、中身はとてもよく似ています。彼らの懸念が現実になった時、トラウィスカに再び危機が迫る…ということはなく、たぶんイシュティワルドが色々暗躍するんだろうなあと思います。一番厄介なのはザカリアスでもシルヴェストでもなく、この神様なのかもしれない…。

今回のイラストはｙｏｃｏ先生に描いて頂けました。先生、お忙しいところお引き受け頂き本当にありがとうございました…！　先生の描かれる華やかで幻想的な世界に憧れておりましたので、ご一緒出来て嬉しかったです。

担当のY様。いつも相談に乗って下さりありがとうございます。今回のサンドイッチが陽の目を見られたのは担当さんのおかげです。

最後に、いつもお読み下さる皆様。今回もありがとうございました。久しぶりの西洋ファンタジー、お楽しみ頂ければ幸いです。良ければご感想を聞かせて下さいね。

それではまた、どこかでお会い出来ますように。

この本を読んでのご意見、ご感想を編集部までお寄せください。
《あて先》〒141－8202 東京都品川区上大崎3－1－1 徳間書店 キャラ編集部気付
「騎士と聖者の邪恋」係

【読者アンケートフォーム】
QRコードより作品の感想・アンケートをお送り頂けます。
Chara公式サイト http://www.chara-info.net/

■初出一覧
騎士と聖者の邪恋……書き下ろし

騎士と聖者の邪恋

Chara

……【キャラ文庫】

2022年11月30日 初刷

著者 宮緒 葵
発行者 松下俊也
発行所 株式会社徳間書店
〒141-8202 東京都品川区上大崎3-1-1
電話 049-293-5521（販売部）
03-5403-4348（編集部）
振替 00140-0-44392

印刷・製本 株式会社広済堂ネクスト
カバー・口絵 佐々木あゆみ
デザイン

ISBN978-4-19-901083-5

宮緒 葵の本

好評発売中

［羽化 悪食2］

イラスト✦みずかねりょう

宮緒 葵
イラスト◆みずかねりょう
羽化
Presented by Aoi Miyao
UKA
君の才能にかしずき、奉仕する悦びを
俺から取り上げないでくれ――
キャラ文庫

正体不明とネットで噂の「妖精画家」が、ついに姿を現した!! しかも新規ホテルに飾る絵を正式に依頼されたらしい!? 繊細なタッチまで酷似した、偽者の登場に驚愕する水琴《みこと》。けれど、水琴の才能を高く評価する、過保護な恋人で画商の泉里《せんり》は大激怒!! 正体を暴くため、招待客として水琴と共に乗り込むことに…。初めての旅行は嬉しい反面、画家として今後どう生きるか水琴は選択を迫られて!?

宮緒 葵の本

好評発売中

「曙光 悪食3」

イラスト✦みずかねりょう

水琴《みこと》の画家デビューのため、最高の舞台を用意したい——。画商兼恋人として、準備に奔走する泉里《せんり》。けれど、描くこと以外許されない水琴は、重圧を隠せない。泉里の期待と献身は有難いけど、このまま流れに身を任せていいのだろうか…？　不安が募る中、なんと親友の橋本《はしもと》が殺人容疑で逮捕されて!?　突然降って湧いた冤罪事件、恋人への微かな不信——デビュー目前の画家に、試練の時が訪れる!!

宮緒 葵の本

好評発売中

「百年待てたら結婚します」

イラスト✦サマミヤアカザ

結婚式当日、突然現れた美少年に無理やり抱かれてしまった!! それ以来、妻を抱けず不能になった紀斗《のりと》。妖鬼を退治する一族に生まれながら、役立たずと蔑まれて育ち、男の矜持すら失って三年――。出勤途中、妖鬼の大群に襲われた紀斗を救ったのは、成長した美青年――当主の座を簒奪し、絶大な権力を掌握した榊《さかき》だった!!　紀斗になぜか執着する榊は、「僕だけのものになって下さい」と懇願して⁉